KB240049

거문고 타는 소리를 듣다

聽彈琴

맑고 고운 일곱 줄의 저 거문고
차가운 송풍곡 고요히 듣는다
옛 가락 스스로 좋아하지만
지금 사람들은 대개 연주하지 않는다

泠泠七弦上
靜聽松風寒
古調雖自愛
今人多不彈

青城武士

Fantastic Oriental Heroes

백준 新무협 판타지 소설

청성무사

청성무사 5

백준 新무협 판타지 소설

초판 1쇄 찍은 날 § 2006년 3월 14일
초판 1쇄 펴낸 날 § 2006년 3월 24일

지은이 § 백준
펴낸이 § 서경석

편집장 § 문혜영
편집책임 § 김민정
편집 § 유경화 · 심재영

펴낸곳 § 도서출판 청어람
등록번호 § 제1081-1-89호
등록일자 § 1999. 5. 31
어람번호 § 제2-0862호

주소 § 경기도 부천시 원미구 심곡1동 350-1 남성B/D 3F (우) 420-011
전화 § 032-656-4452 팩스 § 032-656-4453
http://www.chungeoram.com
E-mail § eoram99@chollian.net

ⓒ 백준, 2005

ISBN 89-251-0032-0 04810
ISBN 89-5831-829-5 (세트)

※ 파본은 본사나 구입하신 서점에서 교환하여 드립니다.
※ 저자와 협의하여 인지를 붙이지 않습니다.

靑城武士

Fantastic Oriental Heroes

백준 新무협 판타지 소설

청성무사

|5|

도서출판 청어람

❖第一章❖
또 다른 여자를?

또 다른 여자를?

일소소가 인상을 찌푸렸다.

"기다려. 이놈의 상대는 나니까."

일소소의 말에 임파영이 미소 지었다.

"소저를 상대로 그저 몸을 가볍게 풀었을 뿐이야. 일종의 준비운동이라는 것이지. 아직도 그것을 눈치채지 못했나?"

일소소의 전신이 미미하게 떨렸다.

"이… 녀석……!"

순간 일소소의 앞에 하나의 그림자가 흐릿하게 나타났다. 그것은 소초산이었다. 일소소가 순간 눈을 부릅떴다. 어느새 마혈이 제압당한 것이다.

"뭐야?"

저도 모르게 놀라 눈을 크게 떴다.

"잠시만."

소초산이 임파영에게 손을 들어 보이며 신형을 돌렸다. 일소소의 부릅뜬 둥근 두 눈과 마주치자 소초산은 그녀의 허리와 종아리를 잡고 안아 들었다.

"어머! 뭐 하는 거야!"

"말했잖아, 저 녀석은 여자가 상대할 녀석이 아니라고. 강한 놈이란 말이야."

소초산이 중얼거리며 땅에 눕힌 후 아혈마저 점했다. 곧 신형을 돌리며 임파영에게 다가갔다. 임파영은 짙은 살기를 보이며 소초산을 노려보았다.

"그동안 조금은 변한 것 같은데……."

"많이 변했지. 네놈 때문에 조금은 인생 공부를 한 것 같아 고맙구나."

임파영의 대답에 소초산은 머리를 긁적거리며 허리에 찬 검을 뽑아 들었다. 어느새 검을 찾아온 것이다. 아니, 사실은 그 검은 대장간에서 하나 구한 거다. 과연 그 검으로 임파영의 묵도를 상대할 수가 있을까? 그런 의문도 들었지만 어쩔 수가 없었다.

"지옥곡에서 지옥 같은 수련을 했다. 그리고 하나의 심득을 얻었지."

"뭔데?"

임파영의 말에 소초산이 궁금한 듯 물었다. 그러자 임파영이 짙은 미소를 보였다.

"독(毒)."

"독?"

소초산이 인상을 찌푸리자 임파영이 살기 어린 목소리로 말하며 한 걸음 나섰다.

"둘 중에 한 명은 죽는다."

소초산의 표정은 경직되었다. 전과는 달리 뭔가 다른 검은 구름 같은 기운이 임파영의 발목에 사슬처럼 묶여 있는 모습이 보였기 때문이다.

'독이라······.'

푸스스!

임파영의 주변에 자라고 있던 풀들이 누렇게 변색하기 시작했다.

"와우!"

소초산이 그 모습에 놀라 눈을 크게 떴다. 임파영이 짙은 미소를 보였다.

"겁나나?"

순간 임파영은 미소를 거두며 인상을 찌푸렸다. 평소의 자신이라면 이런 쓸데없는 말을 하지 않기 때문이다. 하나 소초산만 만나면 자신을 잃어가는 것 같았다. 말이 필요없었다. 언제나 상대를 만나면 도가 먼저였다. 그게 자신의 모습이었다.

"도법만 봐도 무서운데··· 독공까지 익혔다니······."

소초산이 겁먹은 듯 손을 저었다. 임파영은 독공을 익힌 것이 아니었다. 자연스럽게 독기운이 몸에서 흘러나오는 것이었다. 그 사실을 스스로도 알고 있었다. 그러한 독기운과 자신의 도법이 만난다면 분명 대단한 위력을 발휘할 것이다.

슥!

임파영이 한 발 앞으로 나서자 주변 풀들이 죽어갔다. 소초산은 검을 빙글 한 바퀴 돌리며 자세를 낮추었다. 그의 눈동자가 임파영의 어깨를 향했다.

쉬릭!

임파영의 신형이 위로 낮게 올라가며 도날이 어깨 뒤로 넘어갔다. 검은 구름에 둘러싸인 도날을 임파영은 강하게 내려쳤다. 소초산의 머리를 쳐간 것이다. 단순한 내려치기였다. 하지만 피할 만큼 여유있는 초식이 아니었다. 그래도 소초산은 몸을 옆으로 이동시키며 피했다.

쾅!

흙과 돌무더기들이 전방으로 튀어나갔다. 임파영은 재빠르게 고개를 옆으로 돌렸다. 순간 미간 사이로 검끝이 날아들었다. 소초산의 검이다. 피하며 찌른 것이다. 임파영은 몸을 회전시키며 검날을 쳐갔다.

깡!

금속음이 일어났다. 소초산의 신형이 검날이 옆으로 쳐 나가자 회전하며 임파영의 목을 잘라갔다. 임파영은 회전하며 날아드는 검날을 눈에 담자 상체를 숙이며 강한 살기를 뿌렸다. 그의 주변에서 일어나는 독기운이 더욱 강하게 회오리쳤다. 그런 임파영의 도가 위로 올라갔다.

금속음과 함께 소초산의 검을 막은 임파영의 독이 서린 눈동자가 소초산을 응시했다.

"아무렇지도 않은 것 같은데?"

"독?"

임파영은 고개를 끄덕였다. 자신의 독기운이 검은 연기처럼 소초산의 전신을 희미하게 감고 있었기 때문이다. 소초산은 미소 지었다.

"아까부터 조금 냄새가 그렇던데… 그렇다고 숨을 못 쉴 수는 없잖아? 조금 구린내야 견디면 되니까."

임파영의 눈동자가 빛났다.

'설마… 독도 소용없는 인간이란 말인가?'

임파영은 설마 하는 생각이 들었다. 하지만 사실이다. 소초산은 자신도 모르는 자연지체가 된 상태였다. 한마디로 독조차도 자연의 일부처럼 흡수해서 중화시키는 능력을 지닌 것이다. 그의 몸은 어느새 그렇게 변해 있었다. 그렇기 때문에 모든 독이 소용없었다.

'말도 안 된다. 만독불침(萬毒不侵)은 전설상에 존재하는 것……'

쉬쉬식!

임파영이 도를 뒤로 빼며 다시 빠르게 앞으로 수십 번 베어갔다. 그의 주변에서 일어나는 수많은 도의 그림자가 소초산을 압박해 갔다. 소초산은 이리저리 몸을 흔들며 도의 그림자를 피해가고 있었다. 환향표를 시전하며 발을 움직이는 중이었다. 그러던 순간 임파영의 어깨가 미미하게 다시 뒤로 빠지는 찰나를 노려 검을 찔러갔다. 노리는 곳은 어깨.

핑!

검날에서 일어나는 날카로운 경기에 놀란 임파영이 신형을 비틀며 옆으로 피했다. 소초산이 그 모습에 재빠르게 따라붙으며 검날로 가슴을 찔렀다. 임파영은 자세를 바로잡으며 도날을 위로 쳐갔다.

'땅!' 거리는 소리가 울리며 소초산의 검이 위로 올라가는 순간 임파영은 도날을 비틀어 앞으로 찔러 넣었다. 소초산의 가슴을 향한 것이다. 그런 도날을 눈으로 인식한 소초산의 왼손이 본능처럼 앞으로 나왔다.

퍽!

부르르!

도날이 흔들리고 있었다. 아니, 검은 구름이 흔들리는 것처럼 보였다. 임파영의 표정은 굳어져 있었다. 당연히 놀라야 했다. 하지만 상대는 소초산이다. 어쩌면 그이기 때문에 지금의 모습은 너무도 당연하다는 생각이 들었다.

맨손으로 도를 잡은 소초산의 오른손에 들린 검날이 서서히 밑으로 내려오며 빛을 발하기 시작했다.

"이얍!"

임파영이 소리치며 도날을 비틀었다. 순간 소초산이 인상을 찌푸리며 손을 놓았다. 그리고 섬광과 함께 검날에서 뿌려지는 검기가 임파영의 어깨를 찔러갔다. 임파영이 뒤로 재빠르게 물러섰다.

핏!

짧은 소음이 일어나며 임파영의 왼 어깨의 옷자락이 살짝 잘렸다. 스친 것이다.

'초식의 정교함은 전과 비교할 수 없어. 발전한 것인가?'

임파영은 그런 생각이 들었다. 전에는 투박했다고 치면 지금은 기교가 넘쳤다. 발전한 것이다. 실전을 통해 소초산은 무리하게 기를 운용하며 힘을 과시하기보다 정교함과 적당한 기의 운용으로 상대를 제압해 가는 방향을 택한 것이다. 그것을 임파영은 알고 있었다. 임파영 역시 적당히 기를 운용하며 적절할 때에 힘을 폭발시키고 있었다.

쉭!

임파영의 도날이 소초산의 왼 어깨를 내려쳐 갔다. 소초산이 재빠르게 검날을 들어 막아가자 임파영은 눈을 빛내며 급속하게 몸을 한 바퀴 돌리며 소초산의 오른 어깨를 잘라왔다. 앞으로 내려치다 몸을 돌려 반대쪽을 내려친 것이다. 그 번개 같은 움직임에 소초산은 뒤로 물러서며 검날을 옆으로 쳐내듯 밀었다. 하나 그 순간 임파영의 신형이 소초산의 눈앞에서 사라졌다.

"……!"

소초산의 눈동자가 굳어지는 순간 강력한 경기가 하체에서 느껴졌다. 소초산은 놀라 시선을 내리자 어느새 앉은 임파영의 도날이 허벅지를 잘라왔다.

쉭!

소초산은 번개처럼 위로 떠올랐다. '퍽!' 거리는 소음이 울리며 자신이 있던 자리의 풀들이 경기에 휘말려 하늘로 솟구쳤다. 임파영은 재빠르게 고개를 들어 위로 삼 장 가까이 뛰어올라 있는 소초산을 응시했다. 기다렸던 것이다. 그런 임파영의 도날이 허공으로 솟구치며 강력한 검은 경기를 도신에 감았다.

"잘 가라!"

쉬아악!

강기를 먹은 도날이 허공으로 날아올랐다. 사타구니를 노리며 마치 땅에서 검은 번개가 피어나듯 솟구친 것이다. 소초산의 눈동자가 부릅떠졌다. 임파영의 반응이 빨랐기 때문이다. 소초산은 그런 급박한 와중에 코를 막았다.

'아… 냄새…….'

휘릭!

몸을 뒤집으며 검날을 밑으로 내렸다. 그런 소초산의 검이 급박하게 떨리기 시작했다. 순간 수십 개의 검 모양이 허공중에 백색으로 그려졌다.

쉬쉬식!

땅으로 떨어지기 시작한 검들의 모습에 소초산은 땅으로 몸을 날리며 또다시 검날을 더욱 흔들어 더욱 많은 검날을 허공중에 만들었다.

'폭우가 쏟아지듯… 우폭검!'

슈슈슈슉!

하늘에서 수백 개의 검비가 땅으로 쏟아지기 시작했다. 그 화려한 모습에 임파영은 두 눈을 부릅떴다. 마치 허공에서 수백 개의 검기가 비가 내려오듯 쏟아졌기 때문이다.

"이런, 젠장!"

콰콰콰쾅!

폭음성이 울리며 임파영의 신형이 이리저리 돌아다니기 시작했다.

"망할 새끼!"

임파영은 다시 소리치며 허공에서 떨어지는 자신의 도날을 재빠르게 낚아채곤 몸을 굴렸다.

콰쾅!

자신의 자리에 몇 개의 검날이 떨어지며 폭음성이 울렸다. 임파영은 몸을 낮추며 고개를 들었다. 순간 십여 개의 검날이 눈앞에 떨어졌다.

'도대체 무슨 초식이란 말이냐!'

임파영은 검은 그림자를 사방에 뿌리며 도날을 허공중에 휘둘렀다.

슈슈슉!

콰콰콰쾅!

임파영의 주변으로 강력한 경기가 사방으로 퍼져 나갔다. 임파영은 인상을 찌푸리며 저도 모르게 뒤로 십여 걸음이나 물러섰다. 그런 임파영은 삼 장 앞에 서 있는 소초산을 응시하고 있었다.

"꽤… 쓸 만한데……."

소초산은 자신이 금방 생각해 내서 사용한 초식에 만족한 듯 고개를 끄덕이다 주변을 둘러보곤 인상을 찌푸렸다. 수십 개의 구멍들이 여기저기 파여 있었기 때문이다. 쓰러진 나무들도 눈에 보였다. 상당한 피해였다.

"화려하군."

임파영이 이마에서 흐르는 땀방울을 소매로 훔치며 입을 열었다. 소초산은 그 말에 정신을 차리고 임파영을 바라보았다.

"그런가?"

"마치 비가 쏟아지는 것 같았으니까… 나 정도는 되니까 피했지."

임파영이 살기를 뿌리며 도를 어깨에 걸쳤다. 아직도 그의 살기는 꺼지지 않고 있었다. 소초산은 그 모습에 검을 가슴 앞으로 세우며 고개를 끄덕였다.

"피했겠지… 삼 할 정도의 내력으로 시전한 초식이니까."

"……!"

임파영의 눈동자가 미미하게 떨리기 시작했다. 아니, 눈꼬리가 위로 올라가며 살기가 더욱 강하게 피어나기 시작했다.

"내가… 그렇게 우습게 보이느냐……."

자신을 무시하는 말이었기 때문에 더욱 화가 났다. 하나 소초산은 별로 관심이 없는 듯 손을 저었다.

"그런 건 아니고… 처음 시전해 본 거라 시험 삼아 펼쳐 본 것뿐이야. 너무 기분 상해하지 말라고, 다음에는 내가 좀 더 노력해서 해볼 테니까."

그 말에 임파영은 왼 주먹을 굳게 쥐었다. 저절로 입속에 욕이 담겼다.

"망할 새끼."

"저기다! 저 새끼들을 당장 잡아들여라! 구금시켜야 한다!"

"와아아아!"

"감히 이곳이 어디라고 공공기물을 파괴하느냐!"

"당장 잡아들여라!"

"우아아아!"

외침성과 함께 수많은 관군들의 함성 소리가 순간 주변에서 터져 나왔다. 족히 오백은 되어 보이는 관군들이 사방에서 새까맣게 몰려오자 임파영과 소초산은 저도 모르게 놀라 서로를 바라보았다.

"역적들을 잡아라!"

"공공기물 파손죄다! 순순히 오라를 받아라!"

달려드는 관군들의 외침에 임파영은 피식거리며 소초산을 바라보았다.

"다음에 만나자."

쉭!

임파영의 신형이 허공 위로 높게 뛰어올랐다.

"우와아아! 귀신이다!"

달려들던 관군들이 놀라 멈춰 서며 그 모습에 고개를 높게 쳐들었다. 그런 그들의 모습에 소초산이 재빠르게 신형을 움직였다.

'일단 튀고 보자.'

괜히 잡혀서 일을 복잡하게 만들 생각이 없었다. 무엇보다 이곳에서 일어난 사건을 책임지려면 돈이 꽤 들 것 같았기 때문이다.

"이런 망할 새끼들. 아무튼 무림인 놈들은 다 때려잡아야 해! 할 일 없으면 집에서 잠이나 자던가, 왜 다 잘 시간에 기어나와서 싸우고 지랄들이야, 지랄은!"

성의 경비대장인 관표가 짧은 수염을 만지며 붉어진 얼굴로 씩씩거렸다. 오백여 명의 관군들이 사방을 뒤지고 있었다.

"대장님!"

누군가가 소리치자 관표가 고개를 돌렸다.

"무슨 일이냐!"

"여기 웬 여자가 자고 있는데요! 검을 차고 있는 것이 무림인 같아 보입니다!"

"잡아들여라!"

"예! 하지만 천하절색의 미모를 갖추었습니다. 선녀 같은데요!"

순간 관표가 정색했다.

"정중히 잡아들여라."

"예!"

관군들이 대답하자 관표는 신형을 돌렸다.

뿌드득!

앞에는 철창이었다. 그런 철창을 바라보는 일소소는 연신 이빨을 갈고 있었다. 아직도 마혈이 풀리지 않아 움직이기 힘들었다. 아혈도 아직 안 풀렸다. 이빨을 갈며 잠든 척을 해야 했다. 아침이 될 때까지 기다려야 한다는 생각이었을까?

'죽여 버리겠다! 개새끼들! 뿌드득!'

이빨을 다시 갈았다.

"어떻게 됐어?"

염옥림이 다가와 묻자 소초산은 의자에 깊숙이 몸을 묻으며 고개를 저었다.

"관군이 달려와서 그냥 왔어."

"관군?"

"시끄러웠나 봐."

"성안에서 그렇게 싸웠으면 관군이 달려올 만도 하지. 더욱이 여기 성주는 무림인들에게 조금 야박하단 말이야."

염옥림이 투덜거리며 의자에 앉았다. 그러자 소초산이 피곤한 안색으로 말했다.

"자야지?"

"아……."

염옥림이 일어섰다.

"아침에 올게."

"그래."

소초산이 고개를 끄덕이자 염옥림이 밖으로 나갔다. 소초산은 등불을 바라보며 인상을 찌푸렸다. 아까부터 뭔가 뒤가 켕겼기 때문이다. 빠진 게 있다는 생각이 들었다. 무언가 자신이 예상치 못한 실수가 있는 것 같았다.

"내가 뭐 늘 그렇지… 자자."

소초산은 생각을 접으며 침상으로 들어가 눈을 감았다. 달콤한 꿈을 꾸기 위함일까? 소초산의 입가에 미소가 그려져 있었다.

쾅쾅!

지붕이 터지며 그 속에서 붉은 그림자가 하늘로 솟구쳤다. 번을 서던 관군들이 그 모습에 눈을 휘둥그렇게 떴다. 위로 올라간 붉은 그림자가 어디로 사라졌는지 모르게 사라졌기 때문이다.

"귀… 귀신인가?"

성안을 달리던 일소소는 어느 한곳을 향해 꼬리에 불붙은 개마냥 달려나갔다. 그녀의 눈에 높게 솟은 거각이 보였다. 구층 정도로 되어 보이는 곳이었다. 그곳을 향해 달려가던 일소소는 마당에 내려서자 주변을 둘러싸고 있는 이십여 명의 무인들을 볼 수가 있었다. 일소소는 그런 그들에게 거만한 눈빛을 보내며 입을 열었다.

"당주를 불러라."

"이런 미친……!"

빡!

일소소의 말에 뭐라 말하려던 맨 앞의 무사가 뒤로 날아갔다. 일소소의 검집이 어느새 날아가 친 것이다. 주변의 무사들이 살기를 피우기 시작했다. 그들 사이로 한 명의 중년인이 거만한 눈빛을 뿌리며 걸어나왔다. 꽤나 강인한 인상에 보기 좋은 수염을 기르고 있는 오십대 초반의 인물이었다.

"감히 이곳이 어디라고 함부로 들어와서 난리를 피우느… 냐아……?"

"호오… 감히?"

"아이고! 아가씨! 아가씨가 아니십니까? 뭣들 하느냐! 어서 비키지 않고! 아가씨, 헤헤… 이런 누추한 곳까지 잘 오셨습니다."

중년인이 거만하던 눈빛을 버리며 양손을 비비고 옆으로 다가와 웃음을 흘렸다. 일소소가 굳은 표정으로 중년인의 귀를 잡아 입 쪽으로 당겼다.

"어젯밤에 공원에서 싸우던 제비 같은 새끼를 찾고 있다. 오늘 정오까지 찾아내라."

"예?"

"찾아."

"예. 뭣들 하느냐! 어서어서 달려나가!"

중년인이 재빠르게 손을 휘저으며 무사들을 쫓아내었다. 무사들은 영문도 모른 채 밖으로 나가야 했다.

"거처로 안내하지요. 그런데 며칠 정도 계실 계획입니까?"

"그놈 찾으면 갈 테니까 걱정하지 말아라. 왜? 오래 있으면 불편해?"

"아이고… 오래 있을수록 좋지요. 헤헤헤. 거기다 제 아들놈도 혼기가……."

중년인이 미소를 더욱 진하게 보이자 일소소가 인상을 썼다.

"쓸데없는 말 하지 말고 제비 같은 놈이나 찾아."

"여부가 있겠습니까. 이쪽으로."

중년인이 일소소를 안내하기 시작했다.

이른 아침부터 날벼락 같은 여자를 만나야 했던 중년인 아삼현은 이마에 주름을 잡고 있었다. 가장 상대하기 싫은 본궁의 인물이 왔기 때문이다. 그것도 혼자서, 아니, 비밀리에 그 주변에 숨어 있는 호위무사 쌍위가 있을 것이다. 그들까지 생각해야 했다. 설마 하니 일신궁의 소궁주를 혼자서 강호에 보냈겠는가?

"왜 와가지고……."

아삼현은 이맛살을 더욱 찌푸리며 많은 주름을 만들었다.

"무슨 일이 있습니까, 아버님? 아침부터 무사들이 분주하게 움직이던데요?"

아삼현의 앞으로 이십대 중반의 청년이 다가오며 말했다. 아삼현의 차남인 아지였다. 머리가 좋은 아지는 아삼현의 사랑을 받고 있는 인물이었다.

"본궁에서 사람이 왔다."

"헉! 정말입니까? 그렇다면 빨리 가서 인사라도 해야지요."

아지가 놀라 말하자 아삼현이 눈을 감으며 찌푸린 표정으로 고개를 저었다.

"그게 소궁주야."

"아… 첫째입니까, 둘째입니까?"

"첫째."

그제야 왜 아삼현이 저렇게 주름을 잡고 있는지 알 것 같았다. 일소소의 소문은 그리 좋지 않기 때문이다. 그래도 여자였다. 또한 혼기가 가득 찬 여자.

"소문에 듣자 하니 일소소 아가씨는 남자들을 거느리고 종처럼 부린다고 하던데… 자기에게 반한 남자들을 그렇게 부리면서 산다고 하던데요? 그런데 웬일로 강호에 나왔답니까? 혹시 혼사 때문에 그런 것일까요?"

"혼사?"

아삼현이 반응을 보였다. 아지가 다시 말했다.

"소소 아가씨가 시집갈 때가 되었는데도 아직 안 가고 있지 않습니까? 강호에 나온 이유가 아마도 남자를 구하기 위해서가 아닐까……."

아지의 말에 아삼현이 수긍하는 표정을 지었다.

"그런데 왜 하필 우리 집에 왔느냐 이 말이다. 거기다 오늘 오후에는 성주님이 방문하신다. 이번에 성의 경비무사들에 대한 수련을 맡기실 생각인 것 같은데. 아가씨가 모르게 일을 처리해야 하는데… 우리가 관군과 손을 잡고 있다는 것을 알게 되는 날이면 본궁에서 날벼락이 떨어질 것이다."

아삼현의 고민은 그것이었다.

"그런 걱정 하지 마세요, 아버님. 제가 낮에는 함께 밖으로 나가서 꽃구경이라도 시키겠습니다."

아지가 미소 지으며 말하자 아삼현은 눈을 크게 뜨며 좋아했다.

"그 생각을 못했구나. 하하. 그래, 그렇게 하거라."

"예."

"꽃?"

"예, 아가씨. 제가 모시라는 아버님의 명이 있었습니다."

"이름이 아지라고 했지?"

"예."

아지가 허리를 숙이며 대답하자 일소소는 고개를 끄덕였다. 아지는 미남형의 남자였기 때문에 마음에 들었던 것이다.

"성을 구경해 본 적도 없으니 이 기회에 한번 하는 것도 좋겠지. 하나 내가 말한 제비 같은 새끼를 빨리 찾아내는 게 좋을 거야. 안 그러면 내 성질에 못 이겨 이곳을 불태울지도 모르니까."

"여부가 있겠습니까? 일단 성이라도 구경하면서 천천히 기다리시는 것이 좋을 듯합니다. 저희 아자문(牙自門)이 그 제비를 찾기 위해 노력하고 있으니 오늘 안으로 소식이 올 겁니다."

"좋아. 그럼 가기로 하지. 안내하거라."

"예."

아지는 일소소를 데리고 장사성 내에 존재하는 오주공원으로 걷고 있었다.

"귤나무가 좀 많은 공원인데 귤은 먹어보셨습니까?"

"귤? 그런 것도 있었어?"

"지금은 철이 아니라 못 먹지만 초록빛의 귤은 맛이 달고 여인의 혀를 녹인다 하여 대대로 황궁의 여인들에게 인기가 많다고 합니다. 또한 피부 미용에 으뜸입니다. 남자들이 먹기에는 시고 달지만 여인들이 먹기에는 그 맛이 천하일품(天下一品)이라 하더이다."

"호오……."

일소소가 그 말에 관심을 보였다. 미용에 관련되었기 때문이다.

오주공원에 들어서자 수많은 사람들이 보였다. 많은 사람들이 여기저기 다니고 있었는데 연인들이 많았다. 그 모습에 아지가 살짝 얼굴을 붉히며 말했다.

"이곳은 연인들이 주로 오는 곳입니다. 풍광도 좋고 저 멀리 보이는 상강(湘江)은 동정호로 들어가는 강물인데 물이 맑아 여름에는 많은 사람들이 물놀이를 즐기는 곳이지요."

일소소가 고개를 끄덕였다. 일소소의 눈은 귤나무를 찾고 있었기 때문에 아지의 말이 귀에 들어오지 않고 있었다.

'집에 말해서 귤나무를 몇 그루 심어야 하겠어⋯⋯.'

일소소의 머릿속은 그 생각으로 가득 차 있었다. 그런 생각을 하며 앞으로 걷고 있는데 눈앞에 낯익은 사람이 보였다. 그 순간 일소소가 걸음을 멈추었다.

"무슨 일입니까?"

아지가 걸음을 멈춘 일소소의 모습에 신형을 멈췄다. 일소소는 앞을 바라보며 눈썹을 찌푸렸다. 가벼운 담소를 나누며 걸어오고 있는 연인 때문이다.

"어?"

소초산은 앞을 바라보다 일 장 정도 앞에 멈춰 서 있는 일소소를 발견하곤 걸음을 멈추었다. 염옥림이 그 모습에 걸음을 멈췄다.

"무슨 일이야?"

"아니⋯ 어디서 많이 본 사람이라⋯⋯."

소초산이 눈을 굴리며 생각했다. 그 순간 일소소가 다가오며 싸늘히 말했다.

"어디에 있나 했더니 이런 곳에서 여자나 꼬시면서 살고 있었군."

"아⋯ 누군가 했더니 어제⋯ 그⋯⋯."

소초산이 그 말에 생각난 듯 손가락을 들어 일소소를 향하며 말했다. 그러자 염옥림이 일소소를 바라보았다. 일소소도 염옥림을 바라보았다. 염옥림의 귀여운 얼굴과 일소소의 아름다운 얼굴이 교차되었다.

"꼬실 여자가 없어서 하찮은 여자나 꼬셨나?"

일소소가 염옥림의 아래위를 훑어보며 말하자 염옥림이 두 눈에 쌍심지를 밝히며 허리에 양손을 올렸다.

"뭐라꼬! 하찮은? 어디서 굴러먹다 온 개뼈다귀인데 말을 막는 거야?"

"개뼈다귀? 그런 너는 어디서 굴러먹다 온 돼지사골이냐?"

"허!"

염옥림이 기가 찬 듯 허공중을 바라보며 큰 숨을 내뱉었다. 일소소가 그 모습에 팔짱을 끼며 곁눈으로 염옥림을 훑어보았다. 그러다 소초산을 응시했다. 소초산은 둘의 분위기에 당황하며 뒷머리를 긁적거렸다.

"무공을 봐서 조금 호감이 갔는데 호색한이라··· 잘난 것도 없어 보이는 놈이 여자나 밝히기는. 그런 얼굴로 잘도 여자를 꼬시는구나."

"뭐!"

소초산이 화를 내야 했지만 염옥림이 더욱 큰 목소리로 소리쳤다. 그녀가 더 화난 듯 보였다. 소초산은 어색하게 웃으며 염옥림의 뒤로 돌아갔다. 등 뒤로 숨은 것이다.

"이게 보자 보자 하니까! 초면에 못하는 말이 없네. 너 몇 살이야?"

"스물셋이다!"

"나보다 한 살 어리군."

"한 살 차이는 차이도 아니지 아마?"

일소소가 대답하자 염옥림이 양손을 앞으로 내밀었다.

"한판하자 이거지?"

"오호··· 좀 한다 이거냐? 나야 좋지."

일소소가 허리의 검을 잡았다. 둘의 공기가 팽팽하게 변하였다. 그러자 아지가 말리듯 말했다.

"저기… 이런 곳에서 싸우시면… 곤란합니다."

아지의 말에 일소소는 인상을 쓰며 침묵했다. 소초산이 그런 둘의 모습을 지켜보다 둘 사이로 나타났다.

"그만 하지. 어제는 실례했는데 사과하는 뜻에서 식사나 한 끼 하지요? 제가 쏩니다."

소초산은 진짜 큰맘 먹고 말했다. 지금까지 자신이 여러 사람을 상대로 돈을 쓴 적이 없었기 때문이다. 하지만 일소소에게는 미안함이 들었다. 어제 자신이 신경 못 썼기 때문이다.

"네놈 때문에 관아에 끌려가 철창에 갇히는 신세가 되었다. 태어나서 그런 굴욕은 처음이야. 그런데 네놈과 같이 밥을? 미쳤나?"

"그럼 먹지 말던가? 가자, 내가 맛있는 거 사줄게."

염옥림이 소초산의 팔을 잡으며 말하자 일소소가 눈에 불을 밝혔다. 이건 아니기 때문이다. 더욱이 염옥림이 소초산의 손을 잡자 그 모습이 눈에 박혀들었기 때문이다.

"아니, 그 말은 취소. 같이 가주지."

"저는 그럼……."

아지가 옆에서 말하자 일소소가 싸늘히 고개를 돌렸다.

"집에 가."

아지가 멍하니 일소소를 바라보자 일소소가 염옥림의 옆으로 다가가며 말했다.

"맛없으면 후회하게 될 거야."

"쳇!"

염옥림이 일소소가 따라오자 고개를 돌렸다. 소초산은 어색하게 웃어 보였다.

"적당한 곳으로 가지."

곧 세 명이 오주공원을 빠져나갔다. 남은 사람은 아지뿐이었다. 아지는 멍하니 그들의 모습이 사라지는 것을 보고만 있었다.

'망할……'

아지는 땅을 발로 힘껏 찼다.

❖第二章❖

또?

또?

"그러니까 어제 철창에 들어갔다고?"

"그렇다니까. 저놈 때문에."

일소소가 젓가락으로 소초산을 가리키자 염옥림이 고개를 끄덕였다. 소초산이면 충분히 그러고도 남을 놈이기 때문이다.

"잊어버릴 게 없어서 사람을 잊어버려?"

"깜빡했을 뿐이야."

소초산이 젓가락을 놀리며 말했다. 그 무성의한 대답에 일소소가 아미를 찌푸렸다.

"근래에 명성이 자자한 소 소협이 그렇게 건망증이 심한 사람일 줄이야."

"거짓 명성이지."

소초산이 다시 젓가락을 놀리며 말하자 일소소가 고개를 끄덕였다.

"어제 어땠어? 옆에서 봤을 거 아니야?"

"내가 본 바로는… 음… 용호상박(龍虎相搏)의 대결이었지. 하나 내가 했어도 그 정도는 했을 거야. 마도의 무공은 분명히 강하지만 나의 무공 역시 거기에 못지않아."

"강한 자신감!"

염옥림이 고개를 끄덕이며 말하자 일소소가 미소 지었다. 염옥림은 다시 말했다.

"여자라고 해서 그런 자신감이 없으면 안 되지. 여자는 꼭 다소곳이 앉아 있어야 하는 법은 없어. 요즘 남자들은 여자에게 그런 것들을 바란다니까? 안 그래? 여자는 무공이 약하다고 생각하는데 절대 아니지, 암."

염옥림이 강한 어조로 말하자 소초산이 탕 그릇을 들어 국물을 마셨다. 그 모습을 일소소가 바라보고 있었다.

'청성파의 마지막 장문인… 나와는 악연인가?'

일소소는 어머니의 얼굴을 떠올리며 생각했다. 소초산이 탕 그릇을 내려놓고 입술을 소매로 훔치며 말했다.

"잘 먹었다."

소초산은 그렇게 말하며 일소소와 염옥림을 둘러보았다. 일소소가 일신궁의 사람이라는 것을 소초산은 모르고 있었다. 임파영과의 대화를 못 들었기 때문이다. 하나 염옥림과 일소소가 함께 앉아 대화하는 모습에서 사파의 냄새가 흘러나왔다. 보통 정파의 여인들은 저렇게 막말을 하지 않는 법이었다. 뭔가 다소곳한 면이 있었다.

"이제 검도 찾았으니 맹으로 돌아가야 하는데 같이 가겠어?"

염옥림에게 말을 하자 염옥림이 고개를 저었다.

"무림맹은 내가 갈 곳이 못 돼."

"무림맹?"

일소소가 반응을 보였다. 염옥림이 바라보자 일소소가 눈을 빛냈다. 한번 가보고 싶었기 때문이다. 일신궁의 사람으로서 정파의 중지인 무림맹에 갔다 왔다고 하면 궁에서 자신을 보는 시선이 달라질 것이다. 그런 생각이 들었다.

"가고 싶은데?"

"뭐… 가는 데 방해만 안 한다면야……."

소초산이 중얼거리자 일소소가 최대한 귀여운 미소를 보였다.

"절대 방해하지 않을게. 같이 가자."

"그래."

소초산이 별생각없이 고개를 끄덕였다. 순간 일소소의 눈동자가 더 없이 밝게 빛났다.

임파영은 객잔으로 들어오자 옷을 벗어 던지고 누워서 잠을 청했다. 그렇게 하룻밤 동안 잠을 잔 후에 일어나 운기를 시작했다. 절정신공을 전신에 돌리며 소초산과의 비무를 떠올리고 있었다. 그렇게 다시 반나절이 가자 임파영은 눈을 떴다.

"하오문……."

뭔가를 잡아야 한다는 생각이 들었다. 란을 만나기 위해서이다. 하나 접근할 방법이 마땅치 않았다. 모용세가의 여식을 잡았지만 이렇다 할 정보를 얻지 못했다. 이제 장사성의 호남 분타주에게 접근하는 방법뿐이 없었다.

임파영은 탁자 위에 올려진 서찰을 바라보았다. 방으로 들어올 때

점소이가 건넨 서찰이었다. 누구에게서 온 것인지 말하지는 않았지만 임파영은 알고 있었다. 악양에서 보낸 서찰이 분명했다.

슥!

손을 움직여 서찰을 읽은 임파영은 곧 삼매진화(三昧眞火)로 서찰을 태웠다.

"호원루라……."

서찰에는 호원루가 이곳 호남성의 총 책임을 맡고 있는 호남 분타주의 거처라고 알렸다. 목표가 생기면 실행에 옮겨야 한다. 임파영은 검은 무복을 걸치고 머리를 풀었다. 묵도를 허리에 찬 임파영은 살기를 전신에 감으며 천천히 객잔을 벗어나기 시작했다.

호원루를 나오는 소초산은 입구로 걸어 올라오는 계단에서 임파영과 마주쳤다.

"또?"

"……."

임파영은 살기를 뿌리고 있었다. 소초산은 그런 임파영을 바라보며 깊은 한숨을 내쉬었다. 그러자 일소소가 앞으로 나섰다.

"자! 어제의 대결을 다시 해야지."

일소소가 강한 어조로 말하자 소초산이 그런 일소소의 앞을 막았다.

"사람도 많은 곳에서 뭐 하자고? 무슨 일이야? 밥 먹으러 온 거야?"

"말할 이유가 없지 않나? 오늘은 그냥 지나가고 싶군. 비켜."

"싸울 생각이 없으니까… 비켜줄게."

소초산이 귀찮은 표정으로 말하며 옆으로 비켜주자 임파영이 안으로 들어갔다. 그런 임파영을 향해 소초산이 말했다.

"사람 좀 죽이지 마라. 비명이라도 들리면 방해할 테니까."

그 말에 임파영은 걸음을 잠시 멈추었다. 하나 그것도 잠시 눈을 빛낸 임파영이 주루로 들어갔다.

"그러지."

짧은 목소리가 소초산의 귓가에 울렸다. 소초산은 굳은 표정으로 천천히 주루를 벗어났다.

"여전히 무섭네."

염옥림이 고개를 돌려 사라져 버린 임파영의 그림자를 찾았다.

"왜 막지 않았어?"

일소소가 말하자 소초산은 고개를 저었다.

"인연이 있는 것 같아서… 문득 그런 생각이 들더군."

소초산은 가볍게 미소를 보였다.

말을 타고 가는 소초산과 일소소는 천천히 대로를 이동하고 있었다. 일소소는 적홍검을 매만지며 임파영과의 대결을 맘 놓고 못한 것에 후회하고 있었다.

"싸우자."

일소소의 말에 소초산은 눈을 부릅떴다.

"여기서?"

일소소가 고개를 끄덕였다. 소초산은 한숨을 내쉬며 말했다.

"귀찮아."

일소소가 그 말에 몸을 미미하게 떨었다. 분노 때문이다. 누가 자신을 이렇게 무시할 수 있다는 말인가? 없었다. 무엇보다 막 뭔가를 하려고 할 때 중간에 그만두어야 하는 아픔도 겪었다. 사람은 뭔가를 열심히 하려다 그만두면 맥이 풀려 버린다. 거기다 열정도 식는다. 하나 가슴에는 답답함이 남는다. 해야 하는데 못하는 그 기분을 소초산이 몰라주는 것이었다.

"하고 싶은 것을 못하면 죽어라고 하고 싶어지지?"

"그렇지."

일소소의 말에 소초산이 고개를 끄덕였다. 그러자 일소소가 다시 말했다.

"어제 마도하고 비무를 하려다가 그만두게 되어서 지금 굉장히 하고 싶거든? 쌓이면 풀어야지? 어제 제대로 싸우지도 못했는데 중간에 그만두게 되는 내 심정을 이해했으면 좋겠는데? 싫어? 반은 책임이 있잖아?"

"아이고… 허리야……."

소초산이 허리를 잡으며 상체를 숙였다. 그러면서 손을 저었다.

"허리가 아파서……."

"그런 핑계가 통할 것 같아?"

소초산이 그 말에 상체를 세우며 정색했다.

"그럼 도대체 어디서 싸우자고? 그렇게 싸우고 싶어?"

"어."

당연하다는 듯 일소소가 대답하자 소초산은 고개를 저었다. 그러다 무엇을 발견했는지 굳은 얼굴로 심각하게 고개를 들었다.

"하늘."

"……!"

그 짧은 말에 담긴 심각성 때문일까? 일소소가 고개를 들었다. 일소소의 눈에는 창공의 푸르름만이 보였다.

두두두두!

순간 먼지구름이 일소소의 얼굴을 뒤덮었다. 순간 일소소의 표정이 굳어졌다. 어느새 소초산이 앞으로 내달렸기 때문이다.

"이런 쌍! 거기 안 서!"

일소소가 소리치며 내달렸다.

주변은 조용했다. 창문을 통해 들어오는 햇살은 내실을 밝게 비추고 있었다. 밝은 내실은 붉은색을 보이고 있었다. 온통 붉은색이었으며 햇살에 반사되어 아지랑이 같은 기운을 위로 올리고 있었다.

탁자 위에는 엎어진 여인의 고운 손만이 보였다. 여인의 주변으로 피가 흘렀으며 그 붉은색은 주변의 사람들이 뿌린 피인 듯 다섯 명의 인물들이 땅바닥에 쓰러져 있었다. 그 중앙에 서 있는 검은 인물은 도를 굳게 움켜쥐고 있었다.

소리도 없었다. 비명도 없었다. 순식간에 목숨을 빼앗은 것이다. 방법이 없었다. 그렇게 해야 할 것 같았기 때문이다.

'이것으로 완전한 적이 된 것인가?'

임파영은 중얼거리며 신형을 돌렸다. 이미 위치는 대충 파악했다. 이곳에서 그리 먼 곳도 아니었다.

밖으로 걸어나가자 작은 정원이 눈에 들어왔다. 잘 가꾸어진 곳이었다. 그곳의 월동문을 지나 한참 가자 거대한 주루의 본관이 보였다. 그곳은 여전히 시끄러웠다. 뒷문으로 들어선 임파영은 천천히 주루를 지나쳐 밖을 향했다.

웃음소리에 슬쩍 시선을 돌렸다. 그곳에 가족인 듯한 세 명의 사람이 앉아 있었다. 한 명은 이제 십 세 정도의 소녀였다. 둘은 부부 같았다.

"아이."

소녀가 살짝 옆으로 엎어지며 임파영의 발등에 손을 짚었다. 임파영이 걸음을 멈추었다. 소녀의 검은 눈동자가 위로 올라가며 임파영을 향했다.

"어머! 춘아야……."

여자가 그 모습에 놀라 일어섰다. 소녀가 미소를 보이며 일어섰다. 소녀에게 임파영의 모습은 무섭지가 않은 듯했다. 오히려 그 소녀의 부모들이 무서워했다. 특히나 임파영의 손에는 도가 들려 있었기 때문이다.

"죄송합니다."

소녀가 허리를 숙이자 임파영은 짧게 고개를 끄덕였다. 소녀의 천진한 미소 때문이다. 소녀가 다시 한 번 곱게 웃으며 임파영을 바라보았다. 그런 소녀가 한 걸음 앞으로 나섰다.

픽!

임파영은 굳은 표정으로 소녀를 내려다보고 있었다. 그런 임파영의 손에는 어느새 끌어당긴 듯 소녀의 어머니인 듯한 여인의 목이 잡혀 있었다. 그녀를 자신의 가슴 앞에 끌어당긴 것이다.

뚝! 뚝!

핏방울이 바닥으로 흘러내렸다. 소녀는 굳은 얼굴로 임파영을 바라보고 있었다. 그런 소녀의 눈동자는 미미하게 흔들렸다. 양손에 들린 비수가 어미인 듯한 여인의 배를 뚫고 있었다.

쉭!

순간 아비인 듯한 청년의 손이 움직이며 백색의 선이 반원을 그리고 임파영의 목을 잘라갔다. 임파영의 신형이 그 자리에서 앉으며 앞으로 날았다.

퍽!

어미의 목이 하늘을 날았다. 청년의 손에는 어느새 연검이 들려 있었다. 어미의 머리와 함께 임파영을 잘라 버릴 생각이었던 것이다. 소녀가 차가운 얼굴로 임파영을 바라보았다. 그제야 사람들이 갑작스럽게 일어난 일에 시선을 돌리다 피분수가 허공으로 솟구치자 비명성이 터져 나왔다.

"아아악!"

"살인이다!"

외침성과 함께 사방이 소란스럽게 변하였다. 그 틈으로 소녀가 바쁘게 걸음을 움직였다. 임파영은 사람들 틈으로 소녀가 사라지자 시선을 돌리며 주변을 살폈다. 그의 눈에 아비가 잡혔으나 그 아비의 그림자도 밖으로 마구 나가려는 사람들 틈으로 사라지는 것이 보였다.

'실수……'

직감적으로 든 생각이었다. 임파영은 긴장한 표정으로 주변을 경계하기 시작했다. 하나 이곳에 있는다고 이득이 되는 것도 아니었다. 넓은 곳이 좋다는 생각이 들었다. 임파영은 재빠르게 신형을 돌리며 바쁜 걸음으로 밖으로 나갔다.

"대단해."

소녀가 나무그늘 사이에 서서 사라지는 사람들과 그 틈에 섞인 임파영을 응시하며 중얼거렸다. 곧 '뚜득' 거리는 뼈마디 어긋나는 소리가 울리며 소녀의 신체가 기이하게 커지더니 십대 후반의 소녀로 변하였다. 소녀는 손에 단검을 쥐고 있었다.

"보통 아이들의 눈에는 긴장을 풀기 마련인데."

소녀가 아쉬운 듯 입맛을 다시자 옆에 하나의 그림자가 나타났다. 그 아비인 청년이었다.

"그만큼 노련하다는 뜻이겠지… 아니면 고수거나."

소녀가 동의한다는 듯 고개를 끄덕였다. 청년이 잠시 짧게 숨을 내쉬며 빠르게 말했다.

"아홉째가 죽었군."

소녀가 고개를 끄덕였다.

"저 새끼가 죽인 거야."

그 말에 청년은 동의했다. 하나 자신과 옆의 소녀가 함께 죽인 것도 변함이 없었다. 둘이 죽여놓고 그 죄를 임파영에게 전가시키는 것이었다. 왜냐하면 그 죽은 여자 때문이다. 그 여자는 허무하게 죽었지만 첫째 사형의 여동생이었다. 이제 곧 그 첫째 사형이 움직일 것이다. 그렇게 되면 임파영의 목숨도 끝이었다. 그렇게 확신했다.

"젠장."

청년이 짧게 욕을 내뱉었다. 자신들에게 내려올 무거운 책임 때문이다.

소초산은 장사성을 벗어나 달리고 있었다. 옆에 귀찮은 여자가 계속 따라오고 있었지만 신경 쓰지 않았다. 그러다 뭔가 생각난 듯 물었다.

"이름을 안 물었네?"

"허… 칠 일 동안 같이 다녔으면서 이름을 이제 물어봐? 소소."

"소소? 소씨?"

"아니, 장씨."

일소소가 장씨라는 말을 하며 성을 속였다. 어쩔 수가 없었다. 강호에 일씨는 자신들 일신궁뿐이 없었기 때문이다.

"흔한 이름이네. 소소."

소초산이 중얼거리며 다시 천천히 말을 몰았다. 곧 악양이었다. 이곳에서 이제 하룻밤 묵고 배를 타고 무한의 무림맹으로 입성하면 한동안은 편하게 지낼 생각이었다. 놀고 먹고 자는 그런 곳이 무림맹이었기 때문이다.

"전부터 묻고 싶었는데."

"뭘?"

소초산이 고개를 돌리자 일소소가 입을 열었다.

"청성산이 과거 일신궁에게 불탔잖아? 복수… 는……?"

"무슨 복수?"

소초산의 물음에 일소소가 답답하다는 듯 다시 말했다.

"청성산에 대한 복수 말이야, 복수! 보통 그런 경우면 죽을 때까지 뼈를 갈아서라도 복수하려고 다짐하는 게 정석 아니야?"

"아아… 그렇지… 보통은."

소초산은 고개를 끄덕이며 짧게 대답했다. 하지만 그 이후로 입을 닫았다. 말이 없자 일소소가 다시 물었다.

"분하거나 그런 거 없어? 복수를 해야 한다거나 그런 사명 같은 거?"

"솔직히… 조금 분하기도 하고… 뭐… 이것저것 여러 가지 복잡한 감정도 있지만 복수를 생각해 본 적은 없어. 굳이 내가 피를 볼 필요가 있나? 이렇게 지금 편하게 사는데 왜 쓸데없이 원한을 내가 만들어야 하는데? 그럴 필요가 없잖아? 과거의 원한은 과거일 뿐이야."

소초산이 고개를 저었다. 일소소는 고개를 끄덕였다. 약간은 이해할 수 있을 것 같다는 생각이 들었다.

'과거의 원한은 과거일 뿐이다… 어머니에게 해줄 말이네.'

일소소는 미소 지었다. 궁에 돌아가면 꼭 자신의 어머니에게 해줄 말을 배웠기 때문이다.

얼마 지나지 않아 동정호가 나왔다. 그 장대한 모습에 소초산이 입을 열었다.

"흘러가는 물처럼 조용히 산다면 그것 또한 행복이오……."

"이 물은 고여 있는 물이야."

"하하! 고여 있는 물처럼 조용히 누워만 있다면 그것 역시 행복이오, 아무것도 안 하면서 걱정 근심 없이 평생을 산다면 그것처럼 선(仙)에 가까운 것도 없을 것이니 나 또한 그렇게 살고 싶구나. 진정한 도(道)란 이렇게 걱정과 근심이 없는 물과도 같은 것……."

소초산은 가만히 중얼거렸다. 일소소는 그 말에 고개를 갸웃거리며 피식거렸다.

"무슨 말인지… 놀고먹는 사람처럼 게으르고 보기 싫은 사람도 없겠지."

"하하하하!"

소초산이 그 말에 크게 웃음을 터뜨렸다. 저 멀리 악양이 눈에 들어오기 시작했다.

*　　　　*　　　　*

쉬이익!

내실의 공기는 요동치고 있었다. 허공중에 떠 있는 사마원은 두 눈이 빠질 듯 부릅뜨고 있었으며 양손으로 목을 잡고 있었다.

"크어어억……!"

저절로 쉰 목소리가 목을 타고 흘러나왔다. 그 앞 의자에 앉은 심아민의 손은 허공중에 뻗어 있었다. 그 손을 통해 붉은 기운이 빨려 들어오고 있었다. 그 옆에 서 있는 호여림은 그저 놀란 표정으로 입을 벌리고 있을 뿐이었다.

"휴……."

심아민이 한숨을 깊게 내쉬며 손을 내렸다. 그러자 '쿠당!' 거리는 소리와 함께 사마원의 신형이 바닥에 떨어졌다. 사마원은 괴로운지 연신 목을 잡고 있었으며 기침을 하기 시작했다.

"마기(魔氣)는 뺐어요. 그러니 이제부터 정상적인 무공을 쓸 수가 있을 거예요. 하나 전과 같은 경지의 무공은 펼칠 수가 없으니 그리 아세요."

사마원이 그 말을 들으며 몇 번 기침을 토하다 천천히 일어섰다. 그런 사마원의 표정은 서릿발처럼 차갑게 변해 있었다.

심아민은 그런 사마원의 표정을 안 보고 탁자 위에 시선을 던졌다. 탁자 위에는 과도와 함께 과일이 놓여 있었다. 심아민이 과도를 들어 과일을 깎기 시작했다.

"너무 걱정하지 마세요. 시간이 해결해 줄 테니까……."

"내 무공을 돌려줘라."

사마원의 음성은 날카로웠다. 살기마저 담았다. 하나 심아민은 맑은 눈으로 과일만 바라보았다. 관심이 없는 표정이었다.

"시간이 해결해 줄 테니 기다리세요."

고운 목소리가 다시 흘러나오자 사마원이 바닥을 차며 뛰어올라 심아민을 덮쳤다.

"개수작 집어치워라!"

순간 심아민의 오른손이 사마원의 등을 내려쳤다. 번개 같은 움직임이었다.

퍽!

쿵!

사마원의 상체가 탁자에 붙었다. 오른 어깨에 심아민의 손이 닿고 있었다. 사마원이 고개를 들어 심아민을 응시했다. 살기에 찬 눈동자가 번들거렸다.

"죽여라. 이미 무공은 없어졌다. 무공도 없는 무인이 살 것 같나?"

심아민이 천천히 사마원의 등에서 손을 떼었다. 과도가 손잡이 부분만 남기고 어깨를 뚫고 들어가 탁자에 박혀 있었다. 그렇기 때문에 사마원이 탁자에 붙어 움직이지 못하고 있는 것이었다. 그 고통이 상당했을 텐데도 사마원은 살기를 뿌리고 있었다. 그의 두 눈은 붉게 충혈되어 있었다. 운기를 하여 내공이 없다는 사실을 알았을 때부터 눈에 보이는 것이 없었다.

"죽여라! 악마 같은 년!"

사마원이 다시 소리쳤다. 그러자 심아민이 아미를 찌푸리며 사마원을 바라보았다. 그녀의 투명한 동공에 사마원은 무언가 홀린 것처럼 멍하니 두 눈을 부릅떴다.

"아직 모르는 것 같군요. 당신은 이제부터 충실한 개가 되는 것이에요. 나만의 충실한······."

뒷말은 잘 안 들렸다. 저절로 눈이 감겼기 때문이다. 사마원은 그렇게 눈을 감았다. 잠이 든 것이다.

"치워주세요."

심아민의 말에 소리없이 나타난 장홍이 사마원을 들었다. 곧 장홍이 사라지자 심아민은 호여림을 바라보았다. 호여림은 두려운 표정으로 심아민에게 고개를 돌렸다.

"당신처럼 똑똑한 사람이 왜 이런 자에게 붙어 있을까요?"

"···그를 어떻게 하실 생각인가요?"

호여림의 물음에 심아민은 미소 지었다.

"단지 조금 시끄러워서 잠재웠을 뿐이에요. 그를 어떻게 할 생각은 없어요. 단지 이곳에서 새로운 삶을 살 수 있게 도와줄 생각일 뿐··· 원하는 것도 없어요. 그가 원한다면 무공을 다시 배우게 될 거예요. 그리고 언젠가 강호에 나가겠지요?"

호여림은 그 말에 고개를 끄덕였다. 심아민이 고운 미소를 보냈다.

"당신은 어리석은 사람이 아니라 생각하는데······?"

호여림이 고개를 끄덕였다. 그런 호여림의 머리에는 차가운 심아민의 목소리가 울렸다. 이곳을 빠져나갈 생각은 버리라는 일종의 경고처럼 들렸기 때문이다.

호여림이 시비들의 안내로 나가자 심아민은 혼자 남은 방 안을 둘러보며 짧게 숨을 내쉬었다. 앞에는 사마원의 피가 묻은 과도가 있었다. 심아민은 흰 천을 꺼내 피를 닦아내며 과도를 들었다. 왼손에는 과일을 든 심아민은 천천히 입을 열었다.

"들어오세요."

"예."

문이 열리며 작은 체구의 노인이 지팡이를 들고 모습을 보였다. 주름진 얼굴의 노인은 천천히 조심스럽게 걸어와 심아민의 뒤에 섰다.

"앉으세요."

"그럼."

노인이 앞으로 걸어와 맞은편에 앉았다. 그는 음산에서 잠깐 모습을 보인 천마자(天魔子) 한독이었다. 한독은 일월맹의 중요 인물 중 한 명이었다. 장홍과 비슷한 위치의 한독은 일월맹주가 가장 아끼는 인물 중 한 명이었다. 그런 한독이 찾아온 것이다.

"무슨 일인가요?"

"맹주님이 나오셨습니다."

탁!

심아민이 저도 모르게 과도를 놓쳤다. 과도가 바닥에 떨어져 박히자 심아민은 그 소리에 정신을 차리고 한독에게 시선을 돌렸다.

"언제?"

"방금 전입니다. 맹주님께서 급히 부맹주님을 찾으시기에 제가 직접 이 소식을 전하기 위해서 달려왔습니다."

한독이 미소 지었다. 심아민은 자리에서 일어섰다.

"고마워요, 한독."

휘릭!

심아민의 신형이 문밖으로 사라졌다. 한독은 그녀의 뒷모습에 잠시 침을 삼켰다.

"언젠가는……."

한독은 아무도 모를 말을 중얼거리며 일어섰다.

화려하지 않은 대전이었다. 일곱 명이 좌우로 나뉘어 서 있었으며 그 중앙에는 탁자가 놓여 있었다. 그리고 그 위에 놓인 상단에 이십 대 중반으로 보이는 백의청년이 한 손으로 턱을 괴며 앉아 있었다. 흐린 눈동자를 하고 있는 청년은 만사가 귀찮은 표정으로 앉아 있었다.

"그동안의 보고를 한꺼번에 받으려니 귀찮군."

청년이 중얼거리자 단상 아래 우측에 앉은 오십대 중년인이 검은 수염을 쓸어내렸다. 그는 준수한 외모의 중년인으로 부드러운 인상이었다.

"재정에 관한 것부터 우선시해서 일을 처리해 주셨으면 좋겠습니다."

"재정보다 인사부터 해야 합니다."

중년인의 말에 맞은편의 반백머리의 중년인이 인자한 눈동자를 굴리며 말하자 맹주인 청년이 칠 인을 둘러보다 빈 의자에 시선을 던지며 말했다.

"다른 사람들은 어디 있나?"

좌측 가장 후미에 앉은 이십대 후반의 여인이 입을 열었다. 아무래도 서열이 가장 낮은 듯 보였다.

"암회주와 하오문주는 오는 중입니다. 맹주님의 소식을 전한 지 얼마 안 됐기 때문에 시간이 걸릴 듯 보입니다. 한독은 부맹주를 모시러 갔습니다."

맹주인 청년이 그 말에 고개를 끄덕였다.

"맹주님을 뵙습니다."

청년이 문이 열리며 나타난 심아민의 모습에 자리에서 벌떡 일어섰다. 그런 청년의 눈은 지루함에서 역동적으로 바뀌었다.

"모두 나가시오. 삼 일 후 하오문주와 암회주가 자리를 차지하면 그때 중원평정에 대한 이야기를 시작하겠소."

"예."

맹주의 말에 모두 자리에서 일어섰다. 심아민은 자신에게 허리를 숙이는 인물들에게 인사를 보내며 안으로 들어섰다. 곧 문이 닫혔다.

"이곳은 삭막한 것 같으니 잠시 걸을까?"

"예. 좋아요."

심아민이 일어서는 청년의 옆으로 다가갔다.

특이하게 잘생긴 얼굴은 아니었다. 하지만 그렇다고 못난 것도 아니었다. 그런 청년이지만 심아민이 옆에 있자 그녀의 아름다움에 동화된 듯 좀 더 잘난 사람처럼 보이게 해주었다.

"스승님이 남기신 마지막 숙제를 풀기 위해 잠시 폐관에 들어갔지만 여전히 다 풀지 못한 것 같아 마음에 걸리는구나."

청년은 정원의 호수를 바라보며 천천히 걷고 있었다. 그런 청년을 심아민은 부드러운 눈동자로 바라보았다.

홍수월은 사실 심아민이 보고 싶었다. 그렇기 때문에 폐관 도중에 미리 나온 것이다. 숙제를 다 풀려면 족히 십 년은 더 걸릴 것 같았다. 그렇게 걸린다면 심아민이 달아날 것 같았기 때문에 마지막 하나의 과제를 남겨놓고 나온 것이다.

"강호의 일을 해결하고 나서 다시 폐관에 들어가 숙제를 풀어도 늦지는 않아요."

"그렇겠지? 나도 그렇게 생각한다. 아직 젊어서 그런지… 시간이 넉넉하다는 생각으로 나오게 되었다. 물론 사매가 보고 싶었던 것도 있지만."

홍수월이 살짝 웃었다. 그 모습이 귀여웠을까? 심아민이 붉어진 얼굴로 말했다.

"저도 보고 싶었어요. 사형이 없어서 제가 그동안 맹의 일을 주관해 왔기 때문에 조금 피곤하기도 했구요. 하지만 사형이 왔으니 한시름 놓았네요."

홍수월이 손을 들어 심아민의 어깨를 두드려 주었다.

"고생 많았다. 참! 듣자 하니 독특한 놈을 수중에 넣었다고? 거기다 마지막 칠성을 메울 란이라는 아이도 있다면서?"

홍수월의 말에 심아민이 고개를 끄덕였다.

"사마원은 흡정마공을 익히다 무공을 상실했어요. 한독이 원하는 인물이기에 한독에게 맡길 생각이에요. 그리고 호여림이라고 사마원의 부인이 한 명 있는데 꽤나 머리가 좋아 보이더군요. 그녀는 유용하게 쓸 수가 있을 것 같아서 일단은 가르쳐 볼 생각이에요."

홍수월이 그 말에 고개를 끄덕였다. 심아민의 목소리가 계속 흘러나왔다.

"란은 참으로 영특하고 귀여운 아이예요. 분명히 좋아할 거예요."

"사매가 좋다면 분명히 좋은 아이겠지."

홍수월은 신뢰의 표정으로 말하며 눈을 빛냈다.

"별일이 없었으니 다행이야. 일단 하나의 과제를 해결해야 하는 시점이 다가왔으니까."

홍수월의 눈동자가 차갑게 빛났다. 심아민도 뭔가를 느낀 듯 입을 열었다.

"그럼……?"

"누가 과연 전통을 이어가고 있을까……? 재미있어질 거야… 일신 궁과 싸운다면."

홍수월이 차갑게 미소 지었다. 그것은 흥분과 기대감이었다.

*   *   *

일정신은 태사의에 앉아 있었다. 그 밑으로 이십여 명의 인물들이 좌우로 길게 늘어서 있었다. 좌중을 둘러보던 일정신은 단상 밑의 중신들을 향해 큰 목소리로 말했다.

"자네들도 다들 알다시피 우리는 지금까지 조용히 살아왔네. 하나 잠자는 호랑이의 콧털을 건드리려고 하는 불순한 세력이 있는데 어떻게 생각하는가?"

일순 내전 안은 시끄럽게 변하였다. 웅성거리는 소리가 크게 일어난 것이다.

"조용!"

일정신의 말에 웅성거림이 한순간에 사라졌다. 그러자 좌측의 가장 앞에 서 있던 반백의 중년인이 허리를 숙이며 말했다.

"그런 불순한 것들은 모두 족쳐야 합니다, 궁주님."

"힘을 보여줘야 하지요. 우리가 가만히 있으니까 이제는 우리도 눈에 안 찬다는 것인데 그런 건방진 놈들이 어디 있습니까? 보여줘야 합니다."

그 옆에 서 있던 삼십대 중반의 장년인이 목소리에 힘을 주었다. 그의 한쪽 볼에는 긴 선이 그어져 있었다. 귀밑부터 콧잔등까지 이어진 긴 선은 그의 얼굴을 강인하게 만들었다.

"만족스러운 대답이군."

일정신이 고개를 끄덕였다. 그러자 우측의 가장 앞에 서 있던 반백의 중년인이 조용하게 말했다.

"일단 잠시 동안 두고 보는 것이 어떻겠습니까? 그들이 움직인다고 해서 본 궁에 직접적인 피해를 줄지 아직 미지수입니다. 그들의 목표가 우리라면 그들 역시 큰 피해를 감당해야 할 것입니다. 그런데 쉽게 움직일지… 좀 더 상황을 두고 본 후에 움직여도 늦지는 않을 것입니다."

"우문상의 말에 동의합니다."

반백의 중년인 옆에 서 있던 사십대 초반의 잘생긴 장년인이 말하자 좌중은 다시 시끄럽게 변하였다. 우문상과 좌측의 좌무상이 서로를 노려보며 이를 갈았기 때문이다.

"아니, 그놈들이 쳐들어올 텐데 무슨 헛소리를 하시오? 나이를 먹더니 머리도 굳은 것이오? 문상은 기다리다가 세월을 보낼 참이오?"

"어허… 이 사람이 못하는 소리가 없구만. 자네는 그럼 또 싸우자는 건가? 매일 밥을 처먹고 하는 짓이 싸우는 짓이라 말도 생각없이 하는군! 생각이라는 것이 머리에는 있기나 하시오? 만약 우리가 긁어 부스럼만 만든다면 그 피해는 어떻게 할 것이오? 무상이 책임질 것이오?"

"그만!"

일정신이 손을 들고 말하자 모두 입을 닫았다. 일정신은 가만히 좌중을 둘러보다 짧게 말했다.

"일단 본 궁은 위기 상황이라 인식하고 외부에 나가 있는 궁의 인사들을 소환한다. 또한 황색경계령을 내릴 터이니 그렇게 알고 대기하도록 하시오."

"명을 받겠습니다!"

큰 목소리가 대전에 울렸다. 일정신은 의자에 몸을 묻으며 수염을 쓰다듬었다.

'장로원에 한번 가야겠어……'

이럴 때는 노인들에게 기대는 것도 좋다고 여겼다.

*   *   *

타닥!

모닥불이 타오르고 있었다. 그 앞에 누운 소초산은 잠이 들었는지 움직이지 않았다. 일소소가 주변을 둘러보다 조용히 일어나 그곳을 벗어나기 시작했다. 소초산은 살짝 실눈을 떴지만 관심이 없는 듯 다시 눈을 감으며 잠을 청했다. 사실 밀려오는 잠을 이기기 힘들었던 것이다.

쉬릭!

일소소의 신형이 어둠 속에서 사라졌다.

"잠도 없나, 뭐가 그렇게 할 일들이 많은지 원……"

소초산이 잠꼬대처럼 낮게 속삭이며 몸을 반대로 눕혔다.

졸! 졸! 졸!

계곡물이 흐르는 소리가 조용하게 산속을 울렸다. 달은 밝았으며 계곡물이 보이는 평평한 바위에 일소소는 모습을 나타내었다.

"무슨 일이냐?"

쉬릭!

말소리가 끝나는 순간 어둠 속에 검은 그림자가 일소소의 앞에 부복하며 나타났다.

"본 궁이 황색경계령에 들어갔습니다."

"그런……!"

일소소는 놀란 듯 눈을 크게 떴다. 황색경계령은 자신이 살아오면서 아직 단 한 번도 경험한 적이 없었던 일이기 때문이다. 그만큼 평화로웠다. 그런데 경계령이라니 놀랄 만했다.

"아직 별다른 일은 없는 것 같으나 위험이 있을지도 모르니 일단 복귀하라는 명입니다. 마님께서 걱정하십니다."

일소소는 그 말에 인상을 찌푸렸다. 어떻게 해야 할지 몰랐기 때문이다. 강호에 나왔는데 나오자마자 다시 들어가야 했다. 그것이 안타까웠다.

"그냥 모른 척 놀고 싶은데 안 되겠지?"

"물론입니다."

부복한 인영은 딱딱하게 대답했다. 일소소는 한숨을 크게 내쉬며 손을 저었다.

"알았다. 궁으로 돌아가마."

"그럼."

쉭!

검은 그림자가 일소소의 눈에서 사라지자 일소소는 곧 하늘을 올려다보았다.

"강호에 나와 꿈도 못 꾸고 접어야 하는구나……."

그것은 아쉬움이었다. 하나 고개를 숙인 일소소의 눈동자는 밝게 빛나고 있었다.

"내가 미쳤다고 돌아가냐?"

입가에 웃음을 머금은 일소소가 재빠르게 신형을 날렸다. 그녀가 사라지자 곧 어둠 속에서 두 명의 그림자가 나타났다.

"내 저럴 줄 알았다니까."

"일단 마님께서 무슨 일이 있어도 옆에서 떨어지지 말라고 했으니… 명령을 수행해야지?"

"물론이에요, 언니."

쉬리릭!

둘의 그림자가 일소소를 따라 사라졌다. 일소소의 그림자인 쌍위였다.

처음 누워서 본 것은 임파영의 독기 서린 살기였다. 소문보다 더한 살기였다. 실종됐다던 마도였지만 그의 위명은 여전히 컸다. 하나 더 놀라운 것은 소초산이었다. 그런 마도를 앞에 두고 여유가 있었으며 무엇보다 긴장한 것은 마도였다. 왜?

'비리가…….'

문득 그런 생각이 들었다. 하지만 둘의 경합된 모습을 보고선 왜 마도가 긴장했는지 알 것 같았다.

'강하다…….'

그런 생각이 들었다. 자신도 모르게 든 생각이었다. 그렇게 크게 마도를 압도하지는 않았지만 여유가 있어 보였다. 그리고 마지막에 보여준 하늘에서 떨어지는 검의 비는 그녀의 동공을 가득 메웠다. 멍하니 검비를 바라보았다.

예쁘다고 생각했다. 무공이 이렇게 예쁘게 변할 수가 있다는 것에서 놀라고 있었다. 마치 수많은 별들이 떨어지는 것 같았기 때문이다. 그 모습은 어릴 때 동산에 올라 하늘에서 떨어지는 유성비를 볼 때와 같은 두근거리는 심장을 느끼게 해주었다.

추억까지도 떠올리게 한 것이다. 소초산의 무공은 그녀에게 그랬다. 무공은 강함만 주는 것이 아니다. 추억도 만들어주며 감동도 선사한다. 그런 생각이 들었다. 그래서 소초산을 생각하게 된 것이다. 다시 한 번 그러한 기분을 느끼고 싶었기 때문에.

"어디 갔다 오는 길인데?"

"안 잤어?"

"자는 중이야."

일소소는 기괴한 눈으로 누워서 자고 있는 소초산을 응시했다. 자는 사람이 왜 묻는가? 일소소는 대답하지 않았다. 이곳으로 오는 동안 궁의 독특한 표식이 있었기 때문에 잠시 자리를 비운 것이었다.

"부모님이 걱정 안 하셔?"

"뭘?"

"여자 혼자 강호에 나돌아다니는 것 말이야."

소초산이 중얼거리자 일소소가 인상을 찌푸렸다. 사실 걱정하는 말을 들었기 때문이다.

"때가 되면 돌아가야지."

일소소는 그렇게 말하며 눈을 감았다.

다음날이었다. 주루에 들어선 소초산은 이층으로 올라갔다. 그곳에 빈자리가 있었기 때문이다. 맞은편에 일소소가 앉았다. 곧 점소이가 다가왔는데 소초산은 점소이의 얼굴을 보는 순간 잠시 당황했다. 하나 예의 나른한 표정으로 점소이를 바라보았다.

"아무거나."

소초산의 말에 점소이가 허리를 숙이며 소초산의 소맷자락 속으로 뭔가를 던져 넣었다. 소초산은 눈을 빛내며 일소소를 살폈다. 일소소는 창밖을 보느라 못 본 듯했다. 점소이가 물러가자 소초산은 자리에서 일어났다.

"어디 가?"

"뒷간."

소초산이 그렇게 말하며 일층으로 내려가자 그 모습을 물끄러미 일소소가 바라보았다. 소초산은 주루의 후문을 나서 뒷간으로 향했다. 그러자 점소이가 따라왔다. 그는 적룡이었다.

"왜?"

"단주님이 보자고 해서요."

소초산은 그 말에 고개를 끄덕이다 소매의 서찰을 꺼내 읽었다. 몇 글자 없었다.

앞의 여자를 조심하세요.

짧은 말이었다. 그 말에 소초산은 시선을 돌려 적룡을 바라보았다.

"누군데?"

“일신궁의 소궁주입니다.”

순간 소초산의 표정이 변하였다. 일신궁이라는 말 때문이다. 왜 그녀가 과거의 복수를 물었는지 알 것 같았다. 그녀는 왜 자신과 함께 있었던 것일까?

‘혹시… 청성에 대한 복수인가?

그런 느낌이 들자 소초산은 주변을 살피다 적룡에게 살짝 말했다.

“나 먼저 간다. 단주님은?”

“선착장으로 가면 배가 떠 있습니다. 가장 큰 상선인데 그곳에 계십니다.”

“좋아.”

소초산이 빠르게 몸을 날리며 주루의 담장을 넘었다.

해가 지고 있었다. 창밖을 물끄러미 보고 있는 일소소는 저녁놀이 지는 창밖을 하염없이 바라만 보고 있었다.

“떠났습니다.”

일소소의 귓가로 가는 음성이 흘러들어 왔다. 일소소는 멍하니 창밖을 응시하고만 있었다.

“알고 있어…….”

“죄송합니다.”

예의 목소리가 가늘게 울렸다. 일소소는 붉어진 눈으로 노을을 바라보았다. 노을에 반사되어 눈동자가 붉어진 것일지도 몰랐다. 바람이 창문을 통해 불어왔다. 그녀의 머리카락이 가볍게 휘날렸다.

일소소는 흘러내린 머리카락을 위로 쓸어 넘기며 반짝이는 눈동자를 굴렸다.

"오겠지……."

문득 일소소는 자신의 눈앞에 검이 하늘에서 유성처럼 떨어지던 광경이 떠올랐다.

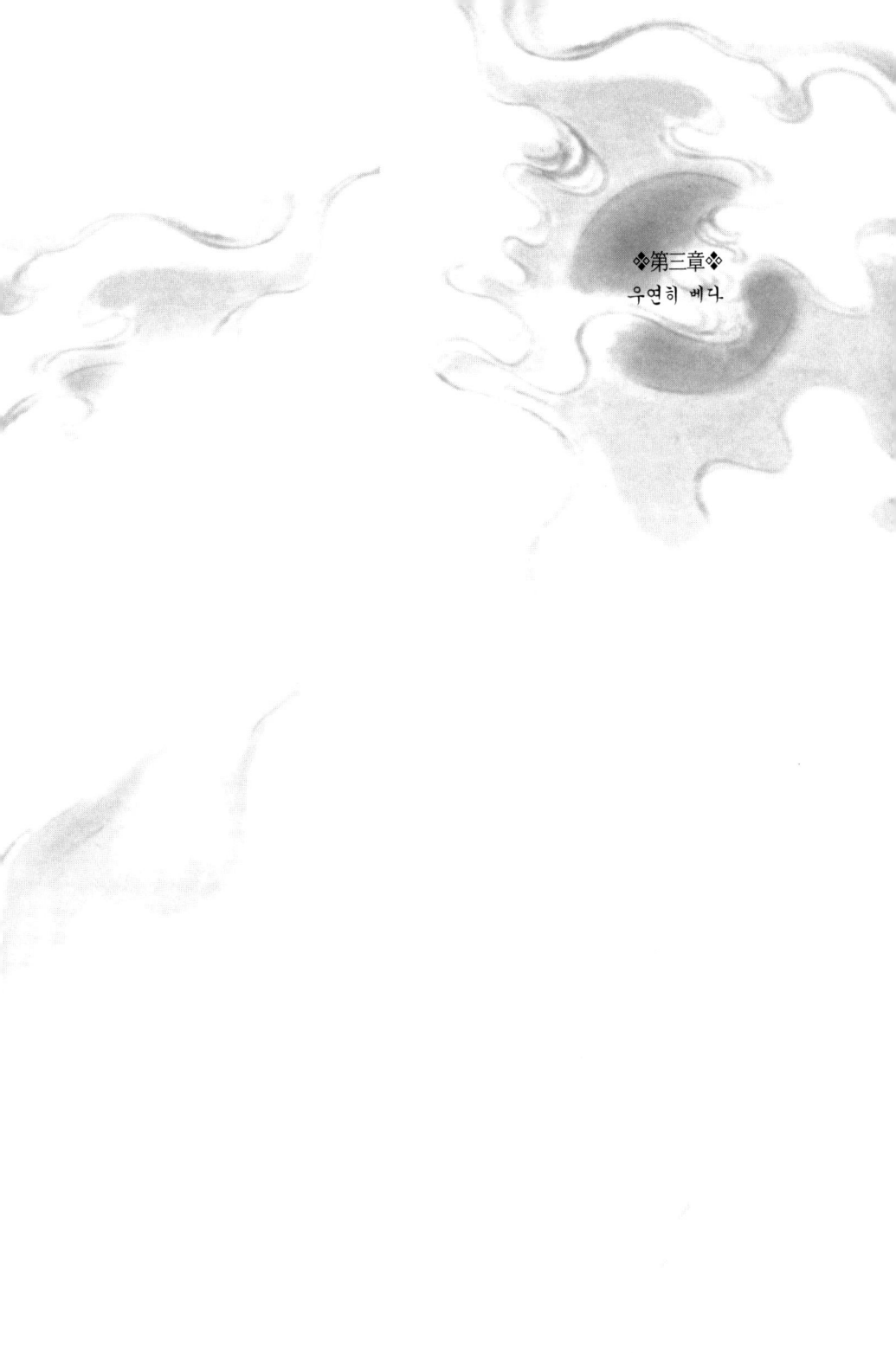

❖第三章❖
우연히 베다

우연히 베다

그녀는 오늘도 수를 놓고 있었다. 이번에는 기린을 생각하며 수를 놓았다. 백색 천에 황금색의 사슴 같기도 하고 호랑이 같기도 한 그림이 그려지고 있었다. 그런 그녀의 손이 어느 순간 밑으로 내려가며 입술을 통해 긴 한숨이 흘러나왔다.

"사내에게 어울리는 것을……."

삼십대 초반으로 보이는 미부였다. 좀 더 젊었다면 가히 천하제일이라 불릴 만큼 빼어난 미모의 그녀는 포근한 눈동자를 하고 있었다.

잠시 호랑이의 몸을 손가락으로 매만지던 그녀는 고개를 저으며 탁자 위에 수를 올려놓았다. 그녀는 요즘 들어 마음이 허전하다는 것을 알게 되었다. 딸이 두 명이나 있었지만 정작 사내아이는 없었다. 사내아이에 대한 욕심이 없었던 것도 사실이었다. 하지만 나이가 들면 들수록 허전함이 더해지고 있었다. 후사가 없었기 때문이다.

더욱이 얼마 전 남편은 양자 이야기를 했다. 그 말을 듣고 화를 냈지만 다시 생각해 보니 그렇게 화낼 이야기가 아니라는 것을 알게 되었다. 그 말을 듣고 나서부터 자신도 모르게 기린을 그리게 되었다.

"마님, 궁주님이 오셨습니다."

스륵!

문이 열리며 일정신이 들어왔다. 일정신은 뒷짐을 진 채 근엄한 얼굴로 고개를 숙이고 있는 마누라를 바라보았다.

"험!"

"왜요?"

전영림은 고개를 들었다. 일정신이 먼 산을 보듯 창밖으로 시선을 던졌다. 뒷짐 진 손이 뭔가를 조물락거리고 있었다.

"험! 험!"

"무슨 일인데요?"

"자."

슥!

일정신이 뒷짐을 풀며 손을 내밀자 그 손 안에 큰 조개가 들려 있었다. 전영림이 조개를 바라보다 고개를 들었다.

"뭔가요?"

"험! 험! 선… 선물이오."

일정신이 약간 상기된 표정으로 말하자 전영림이 피식거리며 미소를 보였다. 일정신의 성격을 알기 때문이다. 이렇게 남에게 보이는 선물을 주는 성격이 아니었다. 남을 시키면 시켰지 자신이 직접 주는 것이 없었다. 약간은 서운함도 있었지만 그의 성격이 그러한 것을 탓할 수가 없었다.

"미안해서… 나보다 당신이 더 마음에 남았을 텐데……."

전영림이 고개를 저으며 조개를 받아 열어보았다. 그러자 엄지손가락보다 더 큰 흑색의 진주가 빛을 발하며 나타났다. 전영림이 가만히 흑진주를 바라보다 살며시 손에 잡았다.

"젊었을 때 이렇게 제게 직접 오셨다면……."

전영림의 말에 일정신이 얼굴을 붉히며 손을 저었다.

"그때야… 험!"

일정신이 다시 한 번 헛기침을 하며 입을 닫았다. 전영림이 손 안에서 흑진주를 굴리며 미소 지었다.

"양자 이야기……."

그 말에 일정신이 반응했다.

"아니오, 당신이 정 내키지 않는다면 군이 그럴 필요가 있겠소? 그만둡시다."

일정신이 손을 내밀어 전영림의 손을 잡으며 그 안에 진주를 같이 잡았다. 그러자 전영림이 고개를 저었다.

"그게 아니라 양자가 될 만한 아이가 있다면 그렇게 하기로 해요."

"정말이오?"

픽!

순간 둘이 마주 잡던 손 안에서 뭔가가 터지는 소리가 들렸다. 약간의 연기 같은 것이 탁자에 뿌려졌다. 전영림의 눈에 불꽃이 일었다. 자신도 모르게 힘을 준 일정신 때문에 진주가 터진 것이다. 아니, 가루로 변하였다.

"아… 하하… 여보……. 하하……."

일정신이 저도 모르게 놀라 뒤로 몇 걸음 물러서자 전영림이 손에서 가루로 변한 진주를 바라보았다. 문득 그녀가 화난 표정을 풀며 미소를 보였다.

"가루는 피부에 좋다고 하네요. 또 약으로 먹을 수 있으니 어쩌면 지금의 제게 진주보다는 진주 가루가 더 좋겠네요."

일정신은 부인의 말속에 담긴 슬픔을 읽을 수가 있었다. 평소라면 분명히 화를 냈어야 했다. 하지만 오히려 웃고 있는 모습에서 허전함을 엿보았다.

"여보……."

일정신이 다가가자 전영림이 손에 든 가루를 탁자에 흘리며 말했다.

"양자는 제 맘에 들어야 해요. 절대적으로……. 당신보다 제가 키워야 할 테니까요. 그리고 양자를 선택하는 일은 제가 하겠어요. 당신의 눈은 믿을 수가 없으니까."

"그… 그렇지만……."

"이미 마음에 둔 사람이 있는 것 같은데… 하나 제가 선택하겠어요. 무슨 뜻인지 아시겠지요? 이 부분만큼은 절대로 양보하지 않겠어요."

"그렇게 하시오."

일정신이 고개를 숙이며 순응하듯 말했다.

"그것보다 외출하고 싶네요. 궁에서만 너무 오래 있었어요."

"외출? 어디로 가겠다는 것이오?"

"집에 좀 다녀올까 해서요."

일정신은 그 말에 난감한 표정을 지었다. 지금은 황색경계령을 내렸기 때문이다.

"하지만 시기가 좋지 않소 지금의 형국이 완전히 풀린다면 모를까……."

일정신이 걱정스러운 듯 말하자 전영림이 고개를 저었다.

"알고는 있지만 양자 이야기를 들으니 왠지 모르게 심란하군요."

"부인의 마음을 모르는 바는 아니나 내 마음도 이해해 주시구려. 부인을 위험에 빠지게 만들고 싶지 않아서 하는 말이오."

전영림은 그 마음을 충분히 알고 있었다. 하지만 이미 마음으로 정한 일이었다. 그 고집을 꺾을 생각 또한 없었다.

"걱정하지 마세요. 제 몸 정도는 지킬 무공이 있으니."

"황소고집."

일정신이 무심히 중얼거렸다. 그 말을 못 들을 전영림이 아니었다. 하지만 화가 나지는 않았다. 그의 마음을 어느 정도 알기 때문이다. 그때였다. 급박한 발소리가 밖의 회랑에서 들려왔다. 곧 문밖에서 큰 목소리가 울렸다.

"궁주님! 속하 비천전주이옵니다."

일정신이 그 말에 주름을 잡으며 인상을 찌푸렸다. 이곳에 올 때는 그 누구도 오지 못하게 하기 때문이다. 전영림이 원했기 때문이다. 하나 그런데도 이곳에 온 것은 급한 일이 터졌다는 소식이 분명했다. 그것 때문에 이맛살을 찌푸린 것이다.

"무슨 일이냐?"

"칠성회(七星會)의 목표가 전가장(前家莊)으로 확인되었습니다!"

"헉!"

일정신보다 전영림이 벌떡 자리에서 일어섰다. 전가장은 그녀의 부모가 살고 있으며 그녀의 집이었기 때문이다. 일정신도 굳은 표정을 지으며 전영림을 바라보았다.

전영림이 굳은 표정으로 일정신을 바라보았다. 그녀의 표정은 굉장히 경직되어 있었다.

"칠성회면 요즘에 일월맹으로 스스로 바꿔 일월교의 적통이라고 주장하는 곳이 아니던가요? 그런 곳이 왜……?"

"예상했던 일이오. 황색경계령은 그 일 때문에 내린 것이었소."

"그런… 저는 무림맹이 새롭게 힘을 집중시키기 때문에 경계령을 내린 것으로 알았어요. 왜 제게 그 일을 말하지 않았나요? 칠성회는 분명 일월교의 뿌리예요. 어떻게 그들이 같은 배를 탄 우리에게 칼을 겨누나요……?"

전영림이 놀란 표정으로 고개를 저었다. 그러자 일정신이 그녀의 어깨를 잡았다.

"다시 한 번 혈세를 만들자고 십 년 전 칠성회의 회주가 다녀간 적이 있었소……."

"당신은 거절했군요."

일정신은 가만히 전영림을 바라보며 고개를 끄덕였다.

"지금 이렇게 화목한 우리 가족을 깨고 싶지 않았기 때문이오."

전영림은 고개를 끄덕였다. 일정신의 선택이 얼마나 자신을 위한 일인지 알기 때문이다. 분명 궁에서도 혈세를 원하는 세력이 있을 것이다. 그런 그들을 일정신이 모두 막아버렸다. 모두 자신을 위해서.

"그자가 왔던 것은 막 둘째가 말을 하면서 품에 안길 때였소. 어떻게 그자와 손을 잡겠소."

전영림이 가만히 의자에 앉으며 손으로 이마를 짚었다.

"그들이 공격을 가하다니……."

"아마도… 흩어진 일월교의 뿌리를 다시 집중시키려는 것 같소. 그러기 위해서는 우리가 가장 큰 걸림돌이겠지. 일신궁의 힘. 같은 배를 못 탄다면 당연히 제거해야 하는……."

일정신은 눈을 빛내며 중얼거렸다. 이미 일정신의 마음에는 투지가 타오르기 시작했다. 도발을 시작했기 때문이다. 그렇다면 대응해야 한다. 그게 일정신이었다.

"집에 가야겠어요."

"부인!"

일정신이 여느 때와는 달리 굳은 표정으로 바라보았다. 그러자 전영림이 차가운 표정으로 변하며 낮게 말했다.

"제 집이에요. 제가 지키는 것은 당연한 것이 아닌가요? 갈 테니 말리지 마세요."

그녀의 확고부동한 목소리에 일정신은 눈썹을 찡그리다 곧 고개를 저으며 짧게 한숨을 내쉬었다.

"정 그렇다면 가신들을 데리고 가시오."

전영림이 고개를 끄덕이자 일정신이 신형을 돌리며 조용히 말했다.

"당신의 집이기도 하지만 나에게도 그곳은 집이 되는 곳이오. 내 가족이나 마찬가지니까."

"미안해요."

전영림이 조용히 속삭였다.

일신궁의 문이 열리며 이백의 인마가 질주하기 시작했다. 그 맨 선두에는 전영림과 두 명의 백발이 성성한 장로가 가고 있었으며 그 뒤로 일양이 따라갔다. 일양은 가고 싶다고 우겨서 따라가게 된 것이다. 또한 일양은 떠나기 전 확실히 전서를 보냈다. 언니에게 보낸 전서였다. 일소소를 전가장으로 부르는 전서구였다.

"아무튼 우리 집안의 여자들은… 모두 지 멋대로야!"

쾅!

탁자가 가루로 변하며 흩어졌다. 의자에 앉은 일정신이 탁자를 손바닥으로 쳤기 때문이다. 곧 문이 열리며 시비들이 비를 들고 들어와 쓸어가기 시작했다. 꽤나 익숙한 듯 당황하는 모습은 없었다.

"너무 걱정하지 말게나."

"아… 유 장로님."

백발에 백미, 백색의 학창의를 입고 있는 큰 키의 노인이 들어오며 미소 지었다. 일정신이 일어나 반기자 노인은 의자에 앉았다. 곧 시비가 작은 다탁을 들고 들어와 그 중앙에 놓았다. 다른 시비가 찻잔과 주전자를 들고 들어와 차를 따랐다.

쪼르륵!

물의 맑은 소리가 방 안에 흐르자 유선풍이 천천히 말했다.

"전가장 때문에 이 형과 호 형이 나갔네. 둘이 있다면 끄떡없겠지."

"물론입니다. 안심은 되지만… 그래도 칠성 놈들은 과거 일월교의 사 할을 차지하는 전력을 가졌던 놈들입니다. 우리 일신궁도 사 할… 나머지 이 할을 마선신가를 비롯한 여러 가문들이 가지고 있었지요."

유선풍은 고개를 끄덕였다. 맞는 말이기 때문이다.

"무림맹에도 정보를 슬쩍 흘리는 것이 어떤가? 좋은 책략이 될 것도 같은데?"

순간 일정신의 표정이 굳어졌다. 그의 눈이 유선풍의 얼굴로 향하고 있었다. 유선풍은 수염을 쓰다듬으며 잔잔한 미소를 그리고 있었다.

탁!

일정신이 자신의 무릎을 손바닥으로 쳤다.

"역시! 유 장로님! 하하하! 이거 우문상 녀석을 갈아버리고 유 장로님을 다시 현역으로 모셔야 하겠습니다."

"음… 한번 그래 볼까? 곧 강호가 혼란에 빠질 것 같은 예감 때문인지 요즘 어깨가 근질거려서 견디기가 힘들어."

차를 마시며 유선풍이 미소를 그렸다. 일정신은 곧 밖을 향해 소리쳤다.

"우문상과 좌무상을 불러라! 맨발로 달려오라고 해!"

"예!"

우렁찬 목소리가 밖에서 울렸다.

"아! 술하고 안주 좀 내오거라!"

"예."

시비들이 밖으로 나갔다. 그러자 유선풍이 눈웃음을 보이며 말했다.

"아직 죽지 않은 게 얼마나 다행인지 모르겠네."

그것은 패기였으며 젊은이들만이 추구하는 혈기였다.

*   *   *

잔잔한 강물의 흐름을 타고 배는 흘러가고 있었다. 꽤나 큰 상선이었다. 그곳의 선상에 긴 머리카락을 휘날리며 서 있는 심아영의 모습은 소초산의 눈에 크게 들어오고 있었다. 천천히 걸음을 옮겨 난간을 잡고 강물을 바라보는 그녀의 옆에 섰다. 심아영이 귓불에 흘러내린 머리카락을 뒤로 넘기며 시선을 돌렸다. 그녀는 맑은 미소를 그렸다.

"기다렸어요."

소초산은 그 시선에 못 이겨 몸을 돌리며 난간에 등을 기댔다.

"별일은 없었지?"

"그래요. 그런데… 능력이 좋아 보이네요. 그러한 능력은 어디에서 배운 건가요?"

소초산이 눈을 동그랗게 뜨자 심아영이 그 얼굴이 귀여운지 손으로 입을 가리며 웃었다.

"일신궁의 소궁주를 곁에 두다니… 예상하지 못한 일이라 그래요."

"아… 나도 몰랐던 일인걸."

소초산이 왜 그런 말을 했는지 알겠다는 듯 고개를 끄덕였다. 심아영이 그 말에 가볍게 미소를 그렸다.

"정말 몰랐나요? 그녀가 아름다워서 곁에 둔 것이 아니라?"

"무슨 그런… 설마 하니 내가……."

심아영은 손을 저으며 부정하는 소초산의 모습에 눈을 빛냈다. 소초산은 잠시 고개를 돌려 강물을 바라보았다. 그런 그의 표정은 약간은 상기되어 있었다.

"설마… 내가 청성과의 악연으로 얼룩진 일신궁의 사람을 곁에 둘까……."

그의 표정은 약간 쓸쓸해 보였다. 그 모습에 심아영은 미안한지 강물로 시선을 던졌다.

"미안해요. 쓸데없는 말을 해서."

"아니… 잠시 동안 착각을 하고 있었던 것 같기도 해. 그 여자… 내게 원한을 묻더군."

그 말에 관심있는 듯 심아영이 바라보았다. 소초산은 가늘게 웃으며 말했다.

"원한은 없지만… 내가 없다고 해서 과거가 사라지는 것은 아니지 않아?"

소초산의 말에 심아영은 흘러내린 머리카락을 뒤로 넘겼다.

"사라지는 것은 없어요. 하지만 중요한 것은 지금의 자신이 아닐까요? 당신이 늘 하던 말이잖아요. 자기 자신이 중요하다고."

"당신……?"

순간 심아영이 얼굴을 붉혔다. 소초산은 저도 모르게 손을 움직여 난간을 잡고 있던 심아영의 손을 위에서 잡았다. 따스한 체온이 피부로 다가오자 소초산은 강물을 바라보며 눈을 빛냈다.

"도사는 포기했어."

"그런가요?"

소초산은 고개를 끄덕였다.

"장가를 못 가잖아."

"저도 단주라는 자리를 곧 포기할 것 같아요."

그 말에 소초산이 고개를 돌렸다. 심아영과 눈이 마주치자 소초산은 잠시 놀란 표정으로 그녀를 바라보다 이내 웃으며 시선을 멀리 던졌다. 시원한 바람이 선상으로 불어왔다. 잠시 동안 그렇게 시간을 보내고 있었다. 조용하고 선선한 바람만이 무슨 말을 하고 있는 것 같았다. 행복하다고.

밤은 어둡게 세상을 밝히고 있었다. 밤을 밝히는 것은 달이었다. 보름달이 크게 모습을 보이며 하늘의 중앙에 서서 아래를 내려다보고 있었다. 그 밑으로 선착장에 닿은 배가 보였으며 사람들이 내렸다. 그리고 마차가 누군가를 기다리듯 서 있었으며 양향숙이 나와 있었다.

심아영은 마차에 올라타며 마부석을 바라보았다. 수룡과 백룡이 앉아 있었다. 양향숙은 소초산을 바라보며 눈짓으로 마부석을 가리켰다.

"또?"

양향숙이 고개를 끄덕였다. 수룡과 백룡이 인상을 찌푸렸다. 그녀들 사이로 소초산은 비집고 들어가 앉았다.

"소문은 들었어?"

수룡이 차갑게 입을 열자 고삐를 잡던 소초산이 고개를 돌렸다. 수룡이 눈이 마주치자 빠르게 말했다.

"사파끼리 싸움이 붙었다고 하는데 몰라?"

"사파끼리? 내가 아는 사파가 어디 있던가?"

"일신궁."

소초산의 표정이 순간 굳어졌다. 문득 일신궁의 아저씨가 떠올랐기 때문이다. 더욱이 얼마 전까지 일소소와 함께 있었다. 잠시였지만 기억에 남는 여자였다. 선명하게 떠오르는 예쁜 여자였기 때문이다.

덜컹! 덜컹!

마차가 길을 따라가고 있었다. 얼마 지나지 않아 마을의 중심가에 도착한 듯 주변은 문을 닫은 상가들로 가득 차 있었다. 낮이 되면 이곳은 다시 활기있게 움직일 것이다.

한동안 그런 거리를 지나가고 있을 때였다. 큰 마을은 아니지만 옆에 강을 끼고 있는 곳이라 어느 정도 규모는 있었다. 저 멀리 밝게 불을 밝히고 있는 건물들도 보였다. 주루를 겸한 기루들이었다.

터벅! 터벅!

길을 따라 한 명의 청년이 비틀거리며 걸어오고 있었다. 길이 교차

되는 사거리였다. 우측에서 걸어오는 취객을 발견한 것은 마차가 막 교차되는 곳에 들어서려 했을 때였다.

"천하의 모든 행복은 이 술에서 시작하니… 술이 슬픔을 없애고 술이 기쁨을 주니… 이 또한 천하제일이구나……."

낮은 목소리가 마차의 주변으로 맴돌았다. 그런 취객이 비틀거리며 걷고 있었다. 마차를 못 본 듯 취객은 한 손에 든 술병을 입에 물며 고개를 하늘로 향했다. 그의 발이 비틀거리며 흔들렸다.

수룡과 백룡이 인상을 찌푸렸다. 소초산은 말을 멈춰 세웠다.

"술만이 나의 시름을 없애주니… 오늘의 슬픔 또한 이 술로써 없애 버리자……."

비틀거리던 취객이 멈춰 선 말의 앞까지 다가오며 중얼거렸다.

슥!

뭔가가 일어난 것 같았다. 아니, 취객의 오른손이 가볍게 움직인 것처럼 보였다. 소초산의 표정이 굳어졌다. 수룡과 백룡은 그저 인상을 찌푸리고 있을 뿐이었다. 하나 그러한 찌푸림은 놀람으로 바뀌었다.

스륵!

말의 목이 소리없이 바닥에 떨어졌기 때문이다.

쿵!

피가 앞으로 분수처럼 쏟아져 나갔다. 순간 수룡과 백룡이 놀라 몸을 움직였다.

수룡과 백룡의 위치는 마차문의 좌우였다. 소초산은 자리에서 일어났다. 취객의 흐리한 눈동자가 한순간 밝게 빛났다고 생각했다. 그런 취객은 술병을 입에 물며 다시 고개를 젖히고 마셨다.

"중원에는 하나의 머리가 있으니 그것이 여자더라. 오호 통재라…

여자의 머리는 아름다워 자를 수가 없으니 그 붉은 피를 마실 수도 없구나. 하지만 향기는 달콤해 내 코를 자극하니 그 하나의 즐거움만이 내 마음을 달래구나. 쿵! 쿵!"

콧구멍을 넓히며 냄새를 맡는 취객이 언뜻 소초산과 눈이 마주치자 흰 이를 보이며 미소 지었다. 소초산은 굳은 표정으로 취객을 응시했다.

쿵!

말이 엎어지자 마차가 서서히 기울기 시작했다. 그 모습을 바라보는 취객의 눈동자가 빛났다. 순간 갑작스럽게 마차가 앞으로 기울었다.

쿵!

그 울림에 취객의 손이 허리를 잡았다. 소초산의 신형이 무게의 중심을 이동하며 마부석에 처음과 변화없이 섰다. 그러자 취객이 술병을 입에 물며 곁눈으로 소초산을 응시했다.

마차가 기울면 비틀거리기 마련이다. 물론 고수일수록 그 변화를 일찍 예감해 체중을 뒤로 이동시켜 안정된 자세를 유지하게 된다. 취객은 그러한 안정된 자세 때문에 공격을 못한 것이 아니라 소초산의 주변에서 흘러나오는 알 수 없는 위압감 때문에 공격을 못한 것이었다.

"쓸데없이 생명을 없애는 놈들이 요즘은 너무 많아."

소초산이 가볍게 중얼거렸다. 취객은 그 말에 미소 지으며 술병을 옆으로 던졌다.

팍!

병이 깨지며 파편이 튀었다. 취객은 소매로 입술을 문지르며 허리띠를 풀어 손에 쥐었다. 분명 그것은 천이었다. 하나 그가 손에 들어 한 번 위로 올리자 흐물거리던 천이 마치 막대기처럼 섰다. 말을 벤 것은 그 천이었다.

"특이한 놈이군. 무인이 살인을 하는 이유는 무인이기 때문이다. 당연한 것이 아닌가?"

취객이 미소 지으며 천으로 만든 검을 늘어뜨렸다.

"어디의 누구인지? 누구의 사주인지 아니면 어디 소속인지 밝혀야 하는 것이 예의가 아닌가요? 소속이 어딘가요?"

심아영이 마차에서 내리며 말하자 취객의 시선이 심아영을 향했다. 순간 취객의 표정이 약간 떨렸다. 하나 그 떨림은 곧 사라졌다.

'닮았군.'

문득 취객의 머리에 하나의 얼굴이 스쳤다.

"소속이라… 단지 나는 내 할 일을 하기 위해 왔을 뿐이오."

"그 할 일이 저를 죽이는 일인가요?"

"소저가 비영단주라면."

순순히 인정하는 취객이었다. 심아영이 굳은 표정으로 취객을 바라보았다. 무언의 확답을 준 것이다. 취객은 스산한 미소를 입가에 그리며 심아영을 향해 살기를 뿌렸다.

"소속이 어디냐고 묻잖아? 그것만 말해봐."

소초산이 어느새 심아영의 앞을 막으며 섰다. 그러자 취객이 소초산을 향해 눈을 돌리며 짧게 한숨을 내쉬었다.

"굳이 알고 싶다면 칠성 중 다섯 번째 별이라고 말해주지."

"칠성?"

심아영이 그 말에 고개를 갸웃거렸다. 그러자 양향숙이 마차에서 내렸다. 심아영의 시선이 닿자 양향숙은 고개를 저었다. 처음 들었기 때문이다.

"그럼 오성이네."

소초산의 말에 취객이 비웃음을 보였다.

"천하를 못 보고 중원의 한 지역만 바라보는 너희들이 알 리가 있겠나?"

그 말에 심아영이 기분이 상한 듯 인상을 찌푸렸다. 소초산은 더 강해진 살기에 앞으로 한 발 나섰다.

"일단 하고 싶은 일이 뭔지는 알겠는데… 나를 상대하고 해야겠지?"

팟!

먼저 움직인 것은 취객이었다. 취객의 발이 땅을 차며 천으로 만든 천검을 앞으로 찔렀다. 단순한 찌르기였지만 소초산은 피할 수가 없었다. 피하는 순간 뒤에 서 있는 심아영에게 향하기 때문이다.

소초산은 재빠르게 검기를 만들며 운중검을 뽑아 위로 쳐갔다. 날카로운 검기가 하늘로 솟구치는 순간 취객의 신형이 소초산의 눈에서 잔상처럼 흐려졌다.

"……!"

소초산이 두 눈을 부릅떴다. 순간 뒤에서 기척이 느껴졌다. 놀란 소초산이 뒤로 몸을 돌리는 순간 소초산의 두 눈 속에 피가 허공으로 튀는 모습이 잡혀들었다.

"아영……!"

심아영은 두 눈을 크게 떴다. 소초산의 등이 흐릿하게 변하며 취객의 모습이 나타났기 때문이다. 자신의 눈이 취객을 감지하는 순간 뭔가가 위에서 떨어져 내렸다. 천으로 만든 검이었다.

쉭!

날카로운 경기가 머리를 때렸다.

퍽!

핏방울이 하늘로 솟구치는 모습이 심아영의 눈동자에 들어왔다. 그것은 자신의 피였다. 그리고 말할 수 없을 만큼 강렬한 고통이 온몸으로 전해졌다.

"단주님!"

양향숙이 놀라 심아영을 부축했다. 심아영은 흐릿한 시선으로 양향숙을 바라보았다. 양향숙도 눈을 부릅뜨고 있었다. 아니, 다른 사람들도 마찬가지였다. 순식간에 벌어진 일이었다. 소초산의 머리를 넘어 심아영을 내려친 취객의 움직임은 귀신같았다. 심아영이 고수라고 하지만 방비하지 못한 상태에서 당한 일격이었기에 상처는 대단히 컸다.

본능적으로 움직여 피했지만 오른 어깨에서 오른 가슴까지 길게 이어진 핏선은 깊어 보였다. 수룡과 백룡이 취객을 향해 검날을 찔렀다.

퍼퍽!

수룡과 백룡의 검이 양 옆구리에 박혔다. 취객은 두 눈을 부릅뜬 채 신형을 떨고 있었다. 그 정도의 고수가 수룡과 백룡의 검을 못 피할 리가 없었다. 하지만 취객은 피하지도 못한 채 그대로 맞아야 했다.

"크윽……!"

취객이 이를 악물며 고개를 돌리려 했다. 소초산을 보기 위함이다. 소초산은 팔을 앞으로 내민 채 취객을 바라보고 있었다. 아니, 심아영을 살피고 있는지도 몰랐다. 그의 손에 들린 검은 취객의 왼등을 뚫고 들어가 있었다.

"네놈……."

취객이 몸을 떨며 살기를 뿌렸다.

"네놈 때문에……."

취객은 몇 마디의 말을 중얼거렸다. 하나 입에서 나오는 목소리는 밖으로 흘러나가지 못했다. 소초산의 검이 자신이 심아영을 내려치는 순간 가슴을 뚫고 들어왔기 때문에 마지막에 힘을 주지 못했다. 그것이 억울했던 것이다. 조금만 늦었어도, 아니, 조금만 늦게 소초산이 반응했어도 심아영을 요절낼 수가 있었다. 그것을 방해받은 것이다. 억울했다. 이미 목숨은 각오하고 있었다. 하나 뜻을 이루지 못했다.

"사형……."

멍하니 바닥을 바라보며 취객은 중얼거렸다. 그것이 마지막 말이었다.

쿵!

취객의 신형이 바닥에 떨어지자 소초산은 그 모습을 잠시 바라보았다. 썩 좋은 느낌이 아니었다. 검이 살을 뚫고 들어가는 느낌은 기분이 나빴다. 하나 급했다. 너무 급해 살인이라는 사실조차 잊어버렸다.

소초산은 고개를 들어 심아영을 보다 검을 던지며 달려갔다.

"아영! 정신 차려, 아영!"

심아영은 깊은 상처에 입술에서도 피가 흘러나오고 있었다. 자신의 실수였다. 소초산은 그렇게 생각했다. 그렇게 움직일 거란 생각을 전혀 하지 못한 자신의 불찰이라는 생각이 들었다.

"괜찮은가요?"

"물론… 그것보다."

"일단 안정이 우선입니다."

양향숙이 손을 잡으려는 소초산에게 말하며 심아영의 수혈을 짚었다. 심아영이 눈을 감자 양향숙은 재빠르게 수룡과 백룡에게 말했다.

"어서 신의를 불러와라!"

"예!"

수룡과 백룡이 취객의 몸에서 각자의 검을 뽑으며 몸을 날렸다. 일의 중요함 때문일까? 양향숙도 심각한 표정이었다. 곧 양향숙은 심아영을 품에 안고 일어섰다.

"어서 갑시다."

소초산이 고개를 끄덕였다. 하나 움직일 수가 없었다. 양향숙도 일어나다 주변을 둘러보고 놀란 표정으로 눈을 부릅떴다. 사거리를 메우는 백여 명의 무인들과 수많은 집들의 지붕을 가득 메운 검은 복면의 무인들 때문이다. 그들은 이미 오래전부터 기다린 듯 보였다.

"이럴 수가……."

양향숙이 몸을 미미하게 떨며 중얼거렸다. 지금 움직일 수 있는 상태가 아니었던 것이다. 그들은 수룡과 백룡마저 사라질 때까지 기다린 것이다. 조금이라도 무력을 떨어뜨리기 위함이었다. 그들의 생각처럼 수룡과 백룡은 이미 이곳에 없었다.

"소 소협……."

양향숙이 놀란 표정으로 소초산을 바라보자 소초산은 입술을 깨물었다. 이들의 살기는 심상치 않았기 때문이다. 더욱이 지금 상태에서 움직일 수 있는 사람은 자신뿐이었다.

"양 장로… 살인은 분명 나쁜 것이지요?"

소초산이 앞으로 나서며 무심히 말하자 양향숙이 고개를 끄덕였다.

"분명 살인은 나쁜 짓이 분명하나 지금은 살인을 따질 때가 아니라 살아야 한다는 것이 중요하다고 여겨지네. 더욱이 단주님의 상태는… 출혈이 다 멈춘 것도 아니기 때문에 조금이라도 늦는다면… 생명을 장담하기가 어려울 수도⋯⋯."

양향숙의 무거운 목소리에 소초산은 인상을 찌푸리며 운중검을 굳게 잡았다.

"망할!"

저절로 입속에서 욕이 튀어나왔다.

쉬쉭!

순간 수십 인들이 소초산과 양향숙을 향해 달려들기 시작했다. 소초산의 운중검이 그 순간 밝게 빛을 내기 시작했다.

*   *   *

찰랑!

왼 손목에 차고 있던 두 개의 은환이 부딪치며 소리를 내었다. 심아민은 자리에서 일어나 속옷을 걸쳤다. 심아민은 팔을 들어 두 개의 은환을 바라보았다. 어릴 때부터 차고 있던 팔찌였다.

"동생⋯⋯."

심아민은 중얼거리며 창문을 열었다. 밝은 햇살이 휘장 사이로 들어오고 있었다.

"아영!"

팔 세 정도의 어린 소녀가 고개를 돌리자 십대 초반의 소녀가 미소 지었다.

"언니!"

방 안에서 붓을 움직이던 어린 소녀가 일어섰다. 반가운 눈동자를 맑게 굴리고 있던 소녀에게 십대 초반의 소녀가 다가왔다.

"산책 나갈까? 집 밖으로."

소녀가 그 말에 두 눈을 크게 뜨며 기대에 찬 웃음을 입가에 물었다.

"정말? 정말이야?"

십대 초반의 소녀가 고개를 끄덕이며 소녀의 손을 잡았다.

심아민은 곧 창가에서 물러서며 옷을 걸쳤다. 백색의 궁장의를 걸친 심아민은 곧 내실로 향했다. 그곳에는 이미 몇 명의 시비들이 먼저 일어나 기다리고 있었다.

"객청에서 맹주님이 기다리십니다."

"맹주님이?"

심아민은 이른 아침부터 맹주가 왔다는 사실에 조금은 놀란 표정이었다. 아침잠이 많아 늘 늦게 일어나던 사형이었기 때문이다.

스륵!

문을 열고 들어서자 홍수월이 짙은 적의를 입고 앉아 있었다. 그런 홍수월의 표정은 차갑게 가라앉아 있었다.

"무슨 일인가요?"

"일단 앉아라."

홍수월의 말에 심아민이 자리에 앉았다. 그러자 홍수월이 약간 뜸을 들이다 곧 깊은 숨을 내쉬며 말했다.

"다섯째가 죽었다."

"예? 고전이요? 고 사제가 죽었다고요? 그의 비호외섭(飛虎外閃)은 천하일절이에요. 일정신과 진천자를 제외하면 상대가 없다고 해도 과언이 아닌 무공인 것을… 누가……?"

차분하고 빠르게 말했지만 말이 빨라지는 것이 심아민의 마음에 변화가 일어났다는 증거였다. 놀라고 있는 것이다. 홍수월도 심아민이 적지 않게 놀라고 있다는 사실을 알았다.

"어젯밤 그 녀석의 마천대(魔天隊)에서 연락이 왔었다……."

"무슨 말인가요? 마천대라니요? 사형… 저 모르게 뭔가를 하셨군요?"

홍수월이 침묵하다 곧 고개를 끄덕였다.

"그 일 때문에 이렇게 아침 일찍 네게 온 것이다. 네 의견을 듣고 싶어서……."

홍수월이 굳은 표정으로 중얼거렸다. 심아민은 고전을 떠올리며 고개를 저었다. 오랜 시간 동안 함께 하지는 않았지만 그래도 자신의 사제였다. 그의 죽음이 슬프지 않다면 슬픈 일이 도대체 무엇이 있을까?

"사실… 폐관에서 나오기 전 고전에게 한 가지 부탁을 했다. 마천대를 이끌고 비영단주를 죽이라고 말이다."

순간 심아민이 놀란 표정을 지었다. 폐관에 들어가서도 홍수월은 강호의 일에 대해 보고를 받고 지시를 내렸다. 그 사실을 대충은 짐작했지만 비영단에 대한 일은 일의 중차대함을 고려할 때 상의를 했어야 했다.

"비영단주를 죽일 수 있는 기회는 그리 많지가 않아. 그녀의 무공 또한 그리 녹록한 편도 아니지. 그런 비영단주를 죽일 수 있는 기회를 마련하게 되었다. 그런데 가만히 손을 놓고 볼 수는 없지 않느냐? 만약을 위해 고전을 보낸 것이다. 고전의 무공은 일수필살(一手必殺)! 천하제일이라 불리는 진천자를 상대하기 위해 가르친 우리의 병기와도 같은……."

홍수월이 고개를 저으며 말하고 있었다. 심아민은 그 말에 동조하고 있었다.

"고전과 마천대를 함께 보냈다. 하나… 나의 불찰이다."

심아민은 입을 다물고 있었다. 홍수월은 한숨을 크게 내쉬며 말했다.

"상대는 소초산이라고 하더구나. 혹시 아느냐?"

심아민은 그 이름에 눈을 크게 떴다. 홍수월이 계속 말했다.

"처음 듣는 생소한 이름이기에 처음에는 놀랐다. 하나 기인이사가 동정호의 모래알처럼 널린 것이 강호다."

"아는 자예요."

"역시……."

홍수월은 심아민의 말에 고개를 끄덕였다. 심아민은 모든 것을 알고 있는 사람이라고 여겼다. 아니, 그렇게 믿고 있었다. 그리고 한 가지 사실을 말 안 했다. 그것은 소초산의 무공 수위였다.

"청성산에서 얼마 전 강호에 나타난 젊은 기재예요. 하나 그의 무공이 그 정도까지일 줄이야… 예상 밖이에요."

"어떻게 해야 할 것 같나?"

홍수월의 물음에 심아민이 맑은 눈동자를 옆으로 굴리며 말했다.

"전가장의 일이 먼저예요. 사제의 복수는 따로 해야지요. 장홍에게 이 일을 맡기는 편이 좋다고 여겨지네요."

"장홍이 실패한다면?"

"장홍이 실패할 확률은 극히 낮아요. 하나 장홍이 실패한다면 한독에게 일을 맡겨야지요. 그때가 되면 한독도 자신이 만든 실혼인에 대한 실험을 하고 싶어할 거예요. 일정신을 대비하기 위한 비책을 미리 실험한다고 해서 손해 볼 일은 없지요."

그녀의 말에 잠시 고민을 하던 홍수월은 곧 미소를 그렸다.

"쓸데없는 걱정을 한 것 같군. 참! 비영단주도 목숨이 위태롭다고 하니까 일이 실패한 것도 아니지."

"그래도 살겠지요?"

"물론… 단지 몇 달 동안 움직이기 어려울 뿐이야. 그 몇 달이라는 시간이 우리에게는 중요한 시간일 테고. 더욱이 살수도 보냈으니……."

심아민이 그 말에 고개를 끄덕였다. 홍수월은 일어서며 다시 말했다.

"비영단의 발을 반 정도 묶었으니 소득은 소득이겠지."

홍수월은 가볍게 미소 지으며 한쪽 눈을 찡긋거렸다.

"오후의 회의에 참석하고, 저녁은 란아와 함께 먹자."

심아민이 고개를 끄덕이자 홍수월이 곧 밖으로 사라졌다. 심아민은 홀로 앉아 잠시 창밖을 바라보았다. 햇살이 들어오고 있었다. 옆에서 시비가 다가와 찻잔에 차를 따랐다.

쪼르륵!

찻물이 찻잔 속에 들어가는 맑은 소리가 조용하게 실내에 퍼졌다. 가만히 시선을 내려 찻잔을 바라보던 심아민은 곧 잔을 들어 양손으로 이리저리 돌리면서 만졌다. 그런 그녀의 작은 입이 조용하게 열렸다.

"소초산……."

❖第四章❖

생각지도 못했는데…

생각지도 못했는데…

"모두 멈춰라!"

거대한 사자후가 하늘 높이 울려 퍼졌다. 달려들던 마천대의 무사들이 일순간 그 사자후에 멈춰 섰다. 사자후를 터뜨린 사람은 다름 아닌 소초산이었기 때문이다.

소초산은 거대한 외침을 터뜨리며 주변을 둘러싼 마천대를 바라보고 있었다.

"아영을 내 등에."

소초산은 일순간 멈춰 선 마천대의 모습에 재빠르게 말을 하며 상의를 벗었다. 그의 상체가 드러났다. 양향숙은 얼떨결에 심아영을 소초산의 등에 업혔다. 소초산은 상의로 그런 심아영의 허리와 엉덩이를 잡아 올리며 자신의 몸에 묶었다.

곧 소초산은 검을 앞으로 내밀며 소리쳤다.

"죽고 싶지 않으면 모두 길에서 비켜라!"

쉭!

순간 검이 강렬하게 빛나며 검기가 앞으로 뻗었다. 그 모습에 일순간 마천대의 무사들이 주춤거렸다. 순간 검이 더욱 강렬하게 빛나기 시작했다.

"으압!"

슈아앙!

강력한 섬광이 거대하게 빛을 발하며 앞을 향해 거대하게 뻗어나갔다. 그 모습에 일순 마천대의 무사들이 두 눈을 부릅뜨며 좌우로 몸을 피했다. 그 틈을 놓칠 소초산이 아니었다.

"놓치지 말고 따라와요!"

자세를 낮춘 소초산이 재빠르게 앞을 향해 튕겨 나갔다. 마치 활시위가 튕겨지며 나가는 화살 같았다.

슈아아악!

소초산의 신형이 번개처럼 좌우로 벌어진 길을 따라 달렸다. 사거리를 지나는 순간 수십 개의 검과 도날이 소초산의 앞을 향해 날아들었다. 쉽게 보낼 생각이 없었던 것이다. 하나 소초산은 그런 검날을 검을 들어 보이다 재빠르게 땅을 차며 가장 앞에서 날아오던 검날을 밟고 튕겼다.

쉭!

허공으로 몸이 튕겨 올라가는 순간 위에서 위를 향해 십여 명의 도수들이 몸을 날리자 오른발을 공중에 가볍게 차는 것 같았다. 아니, 계단을 차듯 공중에서 가볍게 발을 튕겼다.

퉁!

가벼운 공기의 충격파가 공중에서 사방으로 퍼졌다.

"능공허도(凌空虛渡)!"

순간 누군가가 놀라 소리쳤다. 소초산의 신형이 공중을 차며 하늘 높이 솟아올랐기 때문이다. 그 모습에 모두들 두 눈을 부릅뜨며 허공을 쳐다보았다. 모두의 입도 벌어져 있었다. 말도 안 되는 상황이 나왔기 때문이다.

"……"

양향숙도 입을 쩌억 벌리며 사거리에 멍하니 서 있었다. 허공을 튕기듯 차며 솟아오르다 앞으로 차며 다시 나가는 그 모습은 절륜했다. 입에서 침이 조금 흘러내렸다. 그런 사실조차 양향숙은 모르고 있었다. 그 순간 살기들이 일제히 양향숙을 향해 날아들었다.

"제기랄! 저년이라도 잡아 죽이자!"

누군가가 소리쳤다. 그러자 수많은 살기들이 양향숙을 향했다. 양향숙 혼자만이 사거리의 중앙에 서 있었기 때문이다. 순간 등줄기로 식은땀이 흘러내렸다. 목숨이 위태롭다는 생각이 들었기 때문이다. 그러자 자신의 모든 내공을 끌어올리게 되었다. 죽음이 눈앞에서 왔다가 가는 상황이었기 때문이다.

일순 모았던 모든 내공을 목구멍으로 보내며 입을 크게 벌려 소리쳤다.

"내가 어떻게 따라가라고!"

웅! 웅!

"크윽!"

일순 근처의 무사들이 그 외침에 귀를 막으며 비틀거렸다. 그만큼 큰 목소리였다. 최선을 다한 최후의 외침이었기 때문에 더없이 컸던 것이다.

"응?"

소초산이 허공을 날다 고개를 돌렸다. 순간 그의 눈에 수많은 무인들에게 둘러싸인 양향숙의 모습이 들어왔다.

"아차차! 이런!"

허공을 차고 앞으로 나는 것도 모자라 몸을 비틀어 방향을 바꿔 다시 허공을 찬 소초산이 오른손에 들린 검을 들었다.

"에라이! 죽어도 나는 모른다!"

슉!

검을 밑으로 던지며 광포한 사자후가 사방으로 퍼졌다.

쿠아아아!

거대한 원형의 빛살이 사방을 환하게 비추며 떨어져 내렸다. 마치 그것은 유성과도 같았다. 아니, 태양이 떨어지는 것 같은 형상이었다. 그렇게 보였다. 그러한 빛은 사거리의 중앙을 향하고 있었다. 순간 양향숙의 등줄기로 식은땀이 물처럼 흘러내렸다.

"이런 씨팔! 왜 나를 노려!"

콰콰쾅!

폭음성이 거대하게 울리며 마을에 불빛들이 밝혀지기 시작했다. 요란했기 때문에 잠자다 깬 것이다. 그리고 거대한 구덩이가 파인 원형의 중앙에 소초산이 어느새 모습을 나타냈다. 소초산은 사거리를 폐허로 만든 자신의 검을 들어 검집에 넣었다. 양향숙이 한쪽에 쓰러져 있었다. 아마도 구른 듯했다.

"양 장로!"

"크으… 망할……."

양 장로가 고개를 들어 흙이 묻은 얼굴로 소초산을 노려보았다. 소초산이 어색하게 바라보자 양향숙이 무릎을 잡고 일어섰다.

"어서 제 손을 잡으세요. 달릴 테니까."

"그럴 필요도 없겠는데."

양향숙의 말에 소초산이 고개를 돌리자 어느새 둘러싸던 무사들이 물러서고 있는 모습이 보였다. 그들도 두려웠던 것이다. 더 이상 상대하기 싫었던 것이다. 이미 그의 무공을 견식하고 자신들의 상대가 아니라는 것을 알았던 것이다.

"휴우……."

소초산이 이마에서 흐르는 땀방울을 닦아내었다. 곧 저 멀리서 이십여 명의 인물들이 지붕을 차며 날아오기 시작했다.

"저렇게 느려 터져서야……."

양향숙이 소초산을 보고 그들을 보며 고개를 저었다. 그들은 비영단원들이었기 때문이다. 지수의 모습도 그들 중에 보였다.

*   *   *

날쌘돌이라는 별명을 가지고 있는 장서경은 오늘도 도둑질을 하기 위해 야음을 틈타고 있었다. 오늘 먹이가 될 마을은 장강을 사이에 두고 호남과 호북을 마주 보는 홍호(紅湖)였다. 홍호는 큰 마을로 사람들도 많이 살고 또한 문물이 서로 엇갈리는 대단히 큰 시장이기도 했다. 그런 홍호의 마을 앞에는 장강이 흐르고 뒤로는 큰 호수 중 하나인 홍호가 자리하고 있었다. 홍호는 서편으로 해가 질 때 붉게 물들기 때문에 홍호라 불렸고 마을도 그 붉은 물결에 잠겨 그렇게 불리게 되었다.

자주 있는 홍수의 피해 때문에 마을은 강변에서 꽤나 위에 있었으며 담들도 만들어 물 피해를 적게 하려 했다. 그런 노력 덕분에 홍수의 피해는 적어지게 되었고 사람들도 많이 살게 되었다. 홍호에서 조금만 위로 가면 동정호에서 빠져나오는 강과 마주하게 된다.

무림맹과의 거리도 불과 칠 일 정도인 이곳 홍호에 작은 배들이 들어서기 시작했다. 장서경이 내린 배를 뒤로하고 작은 배들이 십여 척 도착하자 호기심에 고개를 돌렸다. 그들은 모두 평민으로 보이는 복장을 하고 있었으나 기도는 무림인이었다. 거기다 배의 한편에 천으로 둘러싼 큰 보따리에서 검이나 도로 보이는 손잡이가 하나 튀어나와 있었다.

그것을 알았을까? 배에 탄 인물이 그것을 발견하고 재빠르게 안으로 숨기는 모습이 장서경의 눈에 들어왔다. 장서경은 재빠르게 시선을 돌리며 사람들의 틈으로 사라졌다.

'무슨 일이라도 생기려나……?'

장서경은 공기가 흉흉하다는 생각이 들었다. 그것은 그의 직업이 가지고 있는 본능이었다.

'오늘은 틀렸다는 소리인데…….'

장서경은 직감을 믿었다. 그렇다면 다른 일을 해야 한다. 그것은 자신이 소속된 협회에 아주 도움이 되는 일일 것이다. 강호의 일이기 때문이다.

콰콰쾅!

유성이 떨어지자 그 충격파는 거대했다. 먼지가 날아들었기 때문이다. 장서경이 높은 지붕 위에 올라앉아 날아오는 먼지를 털어내며 중얼거렸다.

"뭐 저런 괴물 같은 새끼가 다 있어? 이건 너무 불공평한 거 아니야? 어떻게 인간이 저렇게 황당하게 높은 무공을 익힐 수가 있는 건데? 말도 안 돼."

쉬익!

그런 장서경의 눈에 저 멀리 오십여 장 정도의 거리에서 지붕을 타는 십여 명의 인물들이 들어왔다. 그들의 움직임은 굉장히 빨랐으며 신속했다.

'비영단?'

순간적으로 머리를 스쳤다. 장서경은 일어나 현장으로 향하기 위해 몸을 날렸다. 순간 장서경은 너무도 놀라 멈춰 서며 지붕의 처마 밑에 신형을 숨겼다.

"실패다."

"모든 것은 본래대로 돌아간다."

두 명의 복면인이 바로 밑의 골목에서 대화를 하고 있었다. 하나 더 이상의 대화는 없었다. 한 명의 복면인이 다른 곳으로 사라지자 남은 유연한 몸매의 복면인이 깊은 숨을 내쉬며 복면을 벗었다.

'와우! 미인이다!'

장서경은 그 얼굴이 달빛에 반사되어 빼어나게 빛나는 것을 발견하곤 놀라 눈을 크게 떴다. 곧 그런 여인도 하늘을 날았다.

"비영단 제칠무대 늦었습니다."

"비영단 십팔위도 늦었습니다."

그들이 나타나자 양향숙이 눈에 쌍심지를 세우며 노려보았다. 일순 그 기세에 모두들 허리를 깊게 숙이고 있었다. 양향숙은 옷의 먼지를 털어내며 좀 전에 죽을 뻔한 상황을 다시 한 번 상기했다. 마천대 때문에 죽을 뻔한 것이 아니라 소초산이 날린 검 때문에 죽을 뻔했다. 거기서 조금만 늦게 움직였어도 바로 황천으로 갈 뻔했던 것이다.

"왜 이렇게 늦은 것이냐?"

"죄송합니다."

할 말이 없었다. 지수는 그저 고개만 조아리고 있을 뿐이었다.

"단주님의 상태가 안 좋으니 어서 가자."

"주변을 정리하고 오거라!"

지수가 비영단을 향해 외치며 먼저 달렸다. 그 뒤로 소초산이 재빠르게 달리자 양향숙이 그런 소초산의 뒤통수를 노려보았다.

'망할 녀석 같으니라고. 어디서 저런 황당한 무공을 익혔단 말이냐……'

양향숙은 도저히 믿을 수 없는 좀 전의 모습에 입을 다물지 못했으나 지금은 미소를 입가에 그려야 했다. 그런 소초산이 심아영에게 빠져 있었기 때문이다.

어둠 속에 숨어 있던 장서경은 인상을 찌푸리고 있었다. 삼백에 가까운 인원이 죽었기 때문이다. 굉장히 큰 사건이었다. 그런데 이런 사건을 묻어버리려 하는 사람들이 있었다. 수십 명의 사람들이 나타나 시신들을 치우기 시작한 것이다. 이런 큰 소동에 사람들이 모여야 했지만 어두운 밤이라 보이는 사람은 없었다. 있다면 자신 정도?

"보고보고……"

장서경은 오늘 있었던 일을 잊지 않기 위해 노력하며 자신이 마련한 임시 거처로 움직였다.

내실에는 의원이 서서 양 장로에게 뭔가를 말하고 있었다. 그리고 의원이 밖으로 나가자 양향숙은 소초산에게 말했다. 말을 하는 양 장로의 안색은 그리 편치 않았다.

"요양을 하라고 하는데 이곳에서 보내기엔 안전하지가 못해 총단으로 가야 할 것 같네. 그곳까지 단주님을 보호해 줄 수 있겠나?"

"물론이오."

소초산이 눈을 빛내며 강한 어조로 대답했다. 그의 좌우로 서 있던 수룡과 백룡도 눈을 빛냈다. 총단에는 오랜만에 가기 때문이다.

"지수는 출발 준비를 서두르고."

"예, 장로님."

지수가 허리를 숙이며 재빠르게 밖으로 나가자 양 장로는 수룡과 백룡을 바라보았다. 눈치도 없이 서 있다는 듯 그녀들을 향해 빠르게 말했다.

"너희들도."

"예."

수룡과 백룡마저 나가자 단둘만이 방 안에 남게 되었다. 양 장로는 주변을 살피다 의자에 앉으며 소초산을 향해 천천히 입을 열었다.

"이번 사태에 대해 어떻게 생각하나?"

"예? 어떻게라니요……?"

"단주님이 급습을 당했네. 그것도 비영단의 단주님이……. 지금까지 우리의 움직임을 아는 자는 극히 드물었어. 우리 단 내의 아이들조

차 단주님의 움직임을 잘 모르니까. 아는 것이 많으면 노리는 자도 많은 법, 그렇기 때문에 단주님은 스스로 무공을 익히고 인원을 최소한으로 한 상태에서 움직였네. 무슨 뜻인지 알겠는가?"

"제 머리를 시험하십니까? 저 머리 나빠요. 무엇보다 지금의 제 머리에는 눈을 감고 있는 아영의 모습만이 가득 차 있습니다."

소초산의 진중한 말에 양향숙은 고개를 끄덕였다. 소초산의 성격을 대충은 알 것 같았기 때문이다. 어떤 사람들은 이런 상황일수록 차가운 이성을 가지고 생각한다. 하지만 소초산에게 그런 모습은 없었다. 그래서 좋았다. 인간미가 보였기 때문이다.

기실 소초산은 정신이 없었다. 무엇보다 많은 살인을 했기 때문이고 또한 자신이 소중하게 생각하는 심아영의 모습을 볼 수가 없었기 때문이다.

"내부에 적이 있어… 분명."

딱 잘라 말하는 양향숙의 말에 소초산은 굳은 표정을 지었다. 어떤 말인지 이제야 이해가 되었기 때문이다.

"내부의 적은 외부의 적보다 무서운 법. 우리 비영단에 첩자를 심어 놓은 듯하네, 오래전부터. 지금까지 활동을 안 하다 요 근래에 활동을 시작한 듯한데… 누구일 것 같나?"

"저에게는 너무나 어려운 숙제이군요."

소초산이 고개를 저었다. 그것보다 더 우선되는 건 심아영이었기 때문에 별생각을 하지 않았다. 하지만 양향숙에게는 심각한 문제였다.

"아영이 눈을 뜨면 상의해 보기로 하지요. 물론 제가 비영단의 일에 관여할 처지는 아니니 빠지겠지만 한동안은 아영의 옆에 있겠습니다."

양향숙이 그 말에 고개를 끄덕이며 일어섰다.

"자네는 이곳에 있겠나?"

"예……."

소초산이 고개를 끄덕이자 양향숙이 곧 밖으로 나갔다. 홀로 남은 소초산은 등불만이 밝혀져 있는 내실을 살폈다. 간소한 내실이었다. 조심스럽게 일어나 방 안으로 걸음을 옮겼다.

끼익!

문을 조심스럽게 연 소초산은 방 안을 바라보았다. 어두운 방 한쪽에 누워 있는 심아영의 모습이 눈에 들어왔다.

"아영……."

소초산은 자신도 모르게 중얼거리며 천천히 안으로 들어갔다. 문득 죄책감이 밀려왔다. 자신이 좀 더 기민하게 움직였다면 이런 일을 막았을 것이고 그런 참극도 없었을 것이다.

"나의 무공이… 겨우 이 정도… 뿐이다……."

소초산은 눈을 감으며 떨리는 입술로 참기 힘든 말을 뱉어내듯 말했다. 그런 소초산의 표정은 경직되어 있었다. 그런데 그 말을 다른 사람이 들었다면? 두 눈을 뒤집고 혓바닥을 내밀어 자살할 말이었다. 아니, 똥물에 코를 박고 죽을 말이라고 해야 할까? 하나 소초산은 그저 그런 무공이라고 여겼다. 양향숙이 그 말이 들었다면 분명 천만 번은 더 자살할 말이었다.

소초산은 심아영의 앞에 서서 그녀를 내려다보고 있었다. 움직이지도 않았다. 소초산은 그곳에 서서 심아영의 얼굴만을 하염없이 바라만 보았다.

*　　　　*　　　　*

방 안에 앉은 장홍은 자신에게 떨어진 명령에 고심하는 표정이었다. 한쪽 손을 이마에 대곤 의자에 기대앉아 있던 장홍은 심기가 불편한 듯 이마에 주름을 잡았다. 상대가 만만하다면 그리 고민되지도 않았다. 하지만 만만한 상대가 아니었다. 아직까지 강호에 크게 위명을 떨치고 있는 이름은 아니지만 자신이 볼 때 이번 상대는 자신이 아는 인물 중 가히 최고라 할 수가 있었다.

작은 대청의 정문이 열리며 두 명의 장년인이 들어섰다. 그들은 패도적인 살기를 은연중에 뿌리고 있는 인물들로 모두 삼십대 초반으로 보였다. 짧은 머리와 이마에서 오른쪽 눈에 긴 흉터가 있는 장년인은 등에 거대한 원형의 륜을 매고 있었다. 그 옆의 장년인은 흑발을 뒤로 넘긴 깨끗한 얼굴로 허리에는 유엽도를 차고 있었다.

"대주님의 명을 받고 도착했습니다."

두 명의 장년인이 한쪽 무릎을 굽히며 부복했다. 그 모습에 장홍은 실낱같은 미소를 입가에 담았다. 오랜만에 보는 인물들이기 때문이다.

"소집하고 싶지는 않았으나 알다시피 이제 곧 맹은 강호에 나가게 된다."

그 말에 두 장년인은 상기된 표정이었다. 기다렸기 때문이다.

"하지만 그전에⋯⋯."

두 장년인은 그 말에 고개를 들었다.

"따로 해야 할 일이 하나 있는데… 한 사람의 목숨을 취하는 일이다."

장홍의 말에 깨끗한 인상의 장년인이 굳은 표정으로 말했다.

"저희의 힘은 대주님도 알다시피 명문정파 하나를 쓸어버릴 전력입

니다. 그런 전력을 모두 모이게 한 이유가 한 사람의 목숨이라면 그자는 진천자!'

장년인의 마지막 진천자라는 외침에 장홍이 이맛살을 찌푸렸다. 꽤나 흥분된 어조였기 때문이다. 진천자라는 말에 더욱 상기된 흉터의 장년인도 강한 기운을 뿌리기 시작했다. 그것은 패기였다. 한번 해보자는 듯 그들은 서로를 바라보며 눈을 빛내기 시작했다. 승부욕이 생긴 것이다. 천하제일인을 상대로 한번은 싸워보고 싶었기 때문이다. 그것은 무인이라면 누구나 꿈을 꾸는 도전이기도 했다. 그런 기회가 왔다고 생각한 것이다. 하지만 장홍의 입은 차가웠다. 그들의 그런 꿈을 무시하는 말을 하기 위함이다.

"진천자가 상대라면 나도 이렇게 고심하지 않는다. 화산을 인질로 삼으면 그만이니까. 하나 그자는 진천자가 아니라… 소초산이다."

"예?"

둘의 눈동자가 커졌다. 처음 들어보는 이름이기 때문이다. 둘이 서로를 바라보며 대답을 구하려 했다. 하나 둘 다 고개만 저을 뿐이었다.

"누굽니까?"

"뭐 하는 자입니까?"

"있어, 그런 놈이… 까다로운 상대가 말이다."

장홍이 의자의 손잡이를 치며 눈썹을 찡그렸다.

"그자는 저희가 상대할 만한 인물입니까?"

흉터의 장년인이 눈을 빛내며 묻자 장홍이 눈을 감으며 이마에 주름을 잡았다.

"물론이다. 얼마 전 칠성의 다섯째를 죽였다고 한다. 무슨 뜻인지 알겠지? 우리는 그 복수를 위해 움직이는 것이다. 상대는 소초산, 청성파의 장문인이라 말하지만 청성파의 진전을 이은 사람은 오직 그놈뿐이다. 한마디로 일인문파의 장문인이란 소리다. 하지만 절대 방심은 금물! 나와 비교하면 동수라고 봐야 한다."

둘의 표정이 그 동수라는 말에 굳어졌다. 장홍의 무공이 얼마나 막강한지 잘 알기 때문이다. 기실 일월맹에서 무공만을 순수하게 따진다면 그는 다섯 손가락에 들 것이다. 맹주와 부맹주, 그리고 진무궁주와 마황궁주의 뒤를 이어 마장천과 동수를 보였기 때문이다. 하지만 마장천이나 장홍은 지금까지 본신의 무공을 보인 적이 없었다. 만약 둘이 최선을 다한다면 과연 어느 정도의 실력일까? 그것이 일월맹의 여러 무사들의 관심사 중 하나였다.

"우리 혈마대(血魔隊)는 소림과 무당을 상대하기 위해서 조직되었다. 하나 이번의 상대는 소초산이다. 일 인을 상대하기 위해 나는 혈마대의 전 인원을 동원할 생각이다. 그 말은 그를 일 인으로 보는 것이 아니라 소림과 동급으로 본다는 뜻이다. 무슨 말인지 아느냐?"

"물론입니다."

두 명의 부대주들이 부복한 자세에서 고개를 숙였다. 장홍은 일어서며 다시 말했다.

"각 대원들에게 알리거라. 출발은 칠 일 뒤. 정보원의 협조를 받으며 출발할 것이다. 물론 이 일도 중대하지만 이 일이 끝나면 염원하던 소림사로 향하게 될 것이다. 그러니 가벼운 몸 풀기 정도라고 여기길 바란다. 이상. 각 대원들에게 알리도록."

"복명!"

두 부대주가 외친 큰 목소리가 대청을 울렸다. 둘이 뒤로 물러나 밖으로 사라지자 장홍은 의자에 앉으며 피식거렸다.

"가벼운 몸 풀기? 후후… 마장천과 동수를 보인 놈이다. 아니, 그 이상일지도 모르지. 나의 음산을 그따위로 만들었는데. 더욱이 음산의 전역에 깔아놓은 독도 통하지 않는 만독불침의 녀석이다. 차라리 한독의 실혼인이 더 좋은 상대일지도 모르는 것을……."

장홍은 의자의 손잡이를 손가락으로 두드리며 중얼거렸다. 그런 그의 입가에는 투기가 가득한 미소가 걸렸다. 말과 상반되는 가슴의 두근거림 때문이다.

"평생의 적수로 상대해 주마… 소초산!"

*   *   *

무림맹은 새롭게 조직되며 거대한 공사를 아직도 하고 있는 중이었다. 이천 명의 인원이 한꺼번에 숙식을 할 수 있게 재편하는 중이었다. 다시는 사마길과 같은 일이 일어나면 안 된다는 생각 때문이었다.

그런 무림맹의 후원에 자리한 공원의 거처에 열 명의 인물들이 앉아 있었다. 현 강호에 큰 영향력을 행사하는 인물들이 모두 앉아 있는 것이었다. 단 한 명 비영단주를 제외하면 모두 있었다. 또한 얼마 전 개방이 무림맹에 다시 들어오면서 개방의 방주도 그 자리에 앉아 있었다. 중앙의 의자에 앉아 있는 공원을 중심으로 원탁에 빙 둘러앉은 여러 인물들이 서로의 얼굴을 바라보며 담소를 나누고 있었다. 하나 공기는 굉장히 무거웠다. 비영단주의 소식을 들었기 때문이다. 물론 외부에는 비밀이지만 이들만은 알고 있었다.

문이 열리며 장도사가 옆구리에 몇 권의 책을 들고 들어섰다.

"제가 조금 늦었습니다. 죄송합니다."

"아니네. 어서 시작하게나."

공원이 손을 저으며 말하자 장도사가 가볍게 읍을 하며 그들의 앞에 섰다. 모두의 시선이 장도사에게 향했다. 장도사는 일일이 그들의 얼굴을 살폈다. 그중 개방의 방주인 구취신개의 모습도 보였다. 반백의 구취신개는 너저분한 옷을 입고 있었으나 정기가 가득한 눈동자를 하고 있었다.

"다들 알다시피 비영단주의 급작스러운 사고는 비영단의 움직임에 차질을 만들었습니다. 오 할의 전력을 단주의 호위에 붙여야 하기 때문입니다. 이는 곧 강호의 눈이 다섯 개가 빈다는 것을 의미합니다. 하지만 다행스럽게도 개방이 힘을 빌려주신다고 하셨기 때문에 앞으로의 일에 대한 것은 크게 문제가 될 것이 없는 듯합니다."

그 말에 구취신개 호정방이 고개를 끄덕였다. 장도사는 예의 딱딱한 어조로 다시 말했다.

"나쁜 일만 일어나는 것 같아 저도 조금은 바쁘게 되었습니다. 강호를 위해서라면 이 한 몸 불태우고 있지만 체력이 요즘 들어 달리는 것 같습니다. 오늘의 늦음을 이해해 주셨으면 합니다."

"일이 두 배로 늘었으니 그럴 만도 하지. 하지만 요 몇 년만 잘 넘긴다면 장 총관도 편해질 것이네."

공원이 미소 지으며 말하자 장도사가 읍을 하며 다시 말하기 시작했다.

"현재 강남에서 미묘한 움직임이 잡혔습니다. 하나는 일월교의 후예라 자칭하는 칠성회입니다. 그들이 강남의 패권을 노리며 전가장에 무인들을 보냈습니다."

"칠성회?"

"처음 듣는 이름인데 어떤 곳인가?"

대부문의 조성정과 남궁세가주인 남궁초영이 동시에 물었다. 장도사가 빠르게 대답했다.

"잘 모릅니다."

일순 장내에 정적이 감돌았다.

"헙! 하나 알 수 있는 방법이 있습니다. 그리고 칠성회에 대해 어느 정도의 정보를 얻을 수가 있었습니다."

장도사가 다시 말하자 모두의 표정이 굳어졌다.

"일신궁에 염치를 불구하고 물었기 때문입니다."

"일신궁에!"

아미파의 남가영을 대신해 자정신니가 자리하고 있었는데 그녀가 주름을 잡으며 목소리를 높였다. 그녀의 목소리에 장도사는 다시 말했다.

"물론 일신궁에 물었기 때문에 거짓일 수도 있으나 칠성회가 일월교의 후예라 자청하기에 일월교의 후예인 일신궁에 물었습니다. 그런데 우연히도 좋은 소식을 알게 되었습니다. 일신궁과 칠성회가 서로 싸운다는 것입니다."

"오!"

모두의 표정이 밝아졌다. 사파와 사파가 싸우기 때문이다. 이는 그들에게 이득이었다.

"둘 다 양패구상했으면 좋겠군."

당가의 당마진이 미소 지으며 말하자 장도사도 미소 지었다. 자신도 그것을 바라기 때문이다.

"이번 비영단주의 살인 미수 사건은 아마도 칠성회의 짓이 아닌가

합니다. 비영단주에게 분명히 칠성의 오성이라는 말을 남겼으니 말입니다. 그러니 우리도 칠성회에 본때를 보여줘야 한다고 여겨집니다. 그들의 목표는 일신궁뿐만이 아니라 전 강호이기 때문입니다."

"강호라… 증거는?"

공원의 물음에 장도사는 옆구리에 낀 책자를 원형의 탁자에 놓으며 한 권씩 돌리게 하였다.

"이것은 제가 밤을 새가며 만든 보고서입니다. 모두 같은 것으로 저 말고도 정수와 조영비가 수고해서 같이 만들었습니다. 조금 글씨가 엉망인 것이 정수 도장이고 조금 좋은 것이 조영비가 쓴 것이며 제가 쓴 글은 명필일 것입니다."

"음……."

조성정이 굳은 표정을 지었으며 무당파에서 내려온 청원 도장도 이맛살을 찌푸렸다. 자신이 받은 책의 글이 영 글씨가 아니었기 때문이다.

'내일부터 천자문을 다시 쓰게 해야겠어…….'

청원 도장은 내심 다짐하며 글을 읽어 내려갔다.

"그동안 칠성회의 행보입니다. 그들은 세 번에 걸쳐 비영단주를 살해하려 했습니다. 또한 사마원의 실종도 그들과 연관이 있는 듯합니다. 무엇보다 그들은 마공을 익히고 있는 집단입니다. 음산의 사건도 그들과 모종의 관련이 있는 것 같습니다."

"하나… 그들의 움직임이 진정 우리를 향한 것인가? 일신궁과 싸운다면 그들은 우리를 신경 쓰지 못할 것이네. 지금은 추세를 지켜보는 것이 좋다고 여겨지는데……?"

화산의 풍호자가 조심스럽게 입을 열었다. 그는 검은 수염을 쓰다듬으며 좌중을 둘러보았다. 공원은 고개를 끄덕였다. 일신궁의 힘을 누구보다 잘 알기 때문이다. 그러자 장도사가 빠르게 다시 말했다.

"일신궁은 분명 강합니다. 하나 일신궁과 칠성회를 비교할 때 칠성회 역시 만만한 곳이 아닙니다. 그들이 싸우다가 만약 손을 잡고 그 창 끝을 우리에게 향하게 한다면 저희는 대처하기도 전에 무너질 수가 있습니다."

"이 정도로는 무림의 공적으로 전력을 쏟아 상대할 만큼의 증거가 되지 못하네."

아미파의 자정신니가 책자를 내려놓으며 말하자 장도사의 표정이 처음으로 굳어졌다. 대부문주인 조성정은 그저 팔짱을 끼고 눈을 감고 있었다. 남궁초영은 가는 눈으로 책자를 읽고 있었으며 당마진은 이맛살을 찌푸리고 있었다.

"확실히 비영단주는 그동안 무림에 행한 공적이 적지 않소. 그러한 공적을 위해서라도 우리가 칠성회에 대항하는 것은 좋다고 보는데?"

당마진이 결국 입을 열었다. 하나 반응을 보인 사람은 조성정과 남궁초영뿐이었다. 자정신니는 고개를 저으며 말했다.

"개방이 대신할 테니 문제가 될 것은 없다고 보는데요? 이미 우리 아미파는 남 사매가 쓰러졌어요. 아직도 병석에 누워 있는데 또다시 인원을 보낸다라… 우리 아미파는 사마길 때문에 다섯 명의 제자를 잃었어요."

"그렇게 따진다면 우리 당가도 세 명의 식구를 잃었소, 자정."

당마진과 자정이 서로를 노려보기 시작하자 공기가 차갑게 식어갔다.

"음… 일단 칠성회가 일월교의 후예라고 자처한다면 그것만으로도 공적이 될 수 있겠지. 하나 칠성회는 일신궁과 싸운다고 했으니… 군이 두 호랑이가 싸우는 것에 끼어들지는 맙시다. 둘이 싸우다 지칠 때 일망타진하는 쪽으로 의견을 모았으면 하는데 어떻게 생각하시오?"

무당의 청원 도장이 그렇게 말을 하며 나오자 분위기가 그쪽으로 흘러가기 시작했다. 장도사는 굳은 얼굴로 그들을 바라보았다. 비영단주가 큰 부상으로 쓰러졌다. 누구를 위해서 그녀가 그렇게 노력했던가?

"조용하시오. 나의 생각은 이렇소. 비영단주의 공을 우리는 절대 잊으면 안 될 것이오. 일신궁과의 싸움에서 비영단이 없었다면 우리는 꼼짝없이 고립되었을 것이오. 그들이 있었기에 각파의 연계가 빨랐으며 신속하게 대응할 수가 있었지 않소? 물론 지금 앉은 분들 중에 그때의 일을 경험한 사람은 소수일 것이오. 하나 나는 기억하고 있소이다."

공원의 말에 모두 입을 다물고 귀를 기울였다. 분위기가 숙연해지기 시작했다. 공원은 부드러운 미소를 보이며 다시 말했다.

"진정한 강호의 의란 바로 이럴 때 보여주는 것이오. 칠성회인지 팔성맹인지 모르나 그들은 한 가지 우를 범했소. 바로 비영단주를 살해하려 했다는 것이오. 또한 그들은 분명 우리에게 칼을 겨눌 텐데 미리 손을 쓴다고 해서 나쁠 것도 없지 않소? 그렇지 않은가?"

공원이 장도사를 바라보며 은근슬쩍 미소를 그리자 장도사가 굳은 표정을 풀며 읍했다.

"물론입니다, 맹주님."

"그렇다면 볼 것도 없지. 지금 우리가 의(義)를 보여준다면 우리의 후손들이 이를 본받아 누군가의 위험에서 다시 의를 보여줄 것이오. 이러한 의야말로 우리 정파가 살아온 과정이며 살아왔던 이유였소. 다들 보여줍시다."

공원의 말에 모두의 표정이 밝아졌다. 그의 말에 담긴 힘이 그들의 마음에 전달되었기 때문이다. 자정 신니도 그 말에 부드럽게 표정을 바꾸며 고개를 끄덕였다.

"전가장은 비섬도(飛閃刀) 전문정이 현 장주로 있는 곳입니다. 그곳으로 인원을 보내 저희 맹의 힘을 보탠다면 그들도 분명 좋아할 것입니다."

장도사가 말하자 모두들 고개를 끄덕였다. 전가장은 오래전부터 강서성의 정파로 자리잡고 있던 곳이었기에 다들 들어본 이름이었다.

"전가장이라… 그런데 의문이군? 왜 칠성회가 그곳을 치려는 것이지? 전가장에 무슨 보물이라도 있나?"

남궁초영이 의문이 든 표정으로 장도사를 바라보았다. 그러자 모두들 장도사를 향해 시선을 돌렸다. 장도사는 문득 그것이 의문이란 표정을 지었다. 전가장은 그리 큰 곳도 아니었으며 강호에 행사하는 것 역시 적었다. 더욱이 그곳에 보물이 숨겨져 있다는 소리도 없었다. 왜 그랬을까? 장도사는 재빠르게 생각하며 말했다.

"아마도 지리적인 이점 때문에 그런 것이 아닐까 합니다. 그곳을 거점으로 해서 일신궁을 압박하려는 것이 아닌가 하는… 더욱이 현재 개방과 저희 비영단의 눈이 칠성회에 대한 정보를 얻기 위해 천하를 떠돌고 있습니다. 칠성회의 본단을 알아내는 것이 가장 최우선이기 때문입니다."

말을 하면서도 장도사는 이맛살을 찌푸렸다. 말을 바꾸어 화제를 돌렸지만 전가장에 대한 의문이 남았기 때문이다. 그것 또한 숙제로 남겨야 할 것 같았다.

전가장을 향해 출발한 인원은 소수였다. 많으면 많고 적으면 적은 오십 인이었다. 오십 인의 정예가 무림맹을 떠나 전가장으로 향한 것이다. 강서성의 남단에 위치한 전가장은 무림맹에 가입은 되어 있어도 활동한 적이 거의 없었다. 단지 돈만 매년 꼬박꼬박 내는 곳이었다.

전가장을 향해 무림맹의 무사들이 도움을 준다는 명목으로 달려온다는 소식이 전가장에 알려지자 전가장은 잠시 혼란에 빠졌다.

"어이가 없어서……."

현 전가장주인 전문정은 고개를 저으며 한숨을 내쉬었다.

"꼬인다면 한없이 꼬인다더니 이게 그 꼴이군. 무림맹 새끼들은 왜 오는 거야? 누가 알려줬어? 이거 미친 거 아니야?"

전문정이 투덜거렸다. 하나 받아주는 사람은 없었다. 내실에는 그 외에 아무도 없었기 때문이다. 전문정은 다시 투덜거렸다. 마치 지금 이렇게 말을 안 하면 다시는 못할 것처럼 빠르게 말했다.

"망할 무림맹 새끼들, 주는 돈이나 처먹고 배부르게 누워 자던가? 왜 쓸데없이 남의 집안 싸움에 끼어들고 난리야, 난리는. 꼴에 정파라고 의리 어쩌고저쩌고하면서 오겠지? 망할 새끼들! 돈은 콧구멍으로 처먹었나, 간섭하지 말라고 줬더니 에이!"

전문정은 다시 말하곤 의자에 깊숙이 몸을 묻으며 한숨을 내쉬었다. 곧 발소리가 들리며 문이 열렸다.

"장주님, 칠성회의 추마단(追魔團)이 확인되었습니다."

삼십대 후반의 장년인이 들어와 말했다. 전문정이 인상을 찌푸렸다. 추마단이라면 칠성회의 정예이기 때문이다.

"아예 뿌리를 뽑자는 것인가… 진정… 같은 집안끼리 이렇게 해야 한단 말인가……."

전문정이 좀 전과는 달리 근엄하게 중얼거렸다. 그 목소리에 장년인이 허리를 숙였다. 그 옆으로 오십대 중반의 중년인이 들어와 허리를 숙이곤 의자에 앉았다. 장년인도 곧 의자에 앉자 전문정은 그 둘을 바라보며 눈을 빛냈다.

"추마단이면 족히 오백은 될 것이오. 어쩌면 좋겠소? 더욱이 무림맹에서 도와준다고 무인들을 파견했으니… 외란과 내란이 한꺼번에 겹친 듯하오."

"일단 일신궁에서 아가씨가 오신다고 하시니 조금은 안심이 됩니다만… 솔직히 추마단은 일신궁의 도움으로 어찌할 수 있을 듯합니다. 문제는 무림맹인데……."

"그렇지? 자네도 그렇게 생각하지?"

전문정의 말에 둘은 군은 표정으로 고개를 끄덕였다.

"원래 무림맹은 쓸데없는 참견을 좋아하는 곳입니다. 강호의 의리 어쩌고저쩌고하면서 말입니다. 일단 그들을 받아들이고 최대한 무림맹에 헌신한다는 자세로 그들을 대한다면 잘 넘어갈 것 같습니다. 문제는 아가씨인데……."

"내 동생에 대해서는 걱정하지 말게나. 내가 알아서 잘 조치할 테니까."

전문정이 손을 저으며 자신있게 말했다.

"일신궁에서 손님들이 오셨습니다."

밖에서 시비가 문을 열며 말하자 전문정이 자리를 박차고 일어섰다.

"벌써?"

전문정은 재빠르게 신형을 날리며 달려나갔다. 반가운 얼굴이 왔기 때문이다.

"그러니까 잠시 동안만 후원에서 머물라고요? 싸우지도 말고?"

전영림이 눈살을 찌푸리며 묻자 전문정이 고개를 끄덕였다.

"무림맹에서 파견 나온 무사들에게 일신궁이란 사실을 숨겨야 하지 않겠느냐?"

"물론 그렇지만 장에 위험이 닥쳐오는데 저만 숨을 수는 없어요."

낮은 목소리로 전영림이 말했으나 고집이 묻어나는 목소리였다. 전문정은 손을 저으며 다시 말했다.

"네가 나선다면 분명 그들은 일신궁이란 사실을 알 것이다. 그러니 후원에서 조용히 지내고 있도록 해라. 두 장로 분들이야 알려진 분들이 아니니 함께 해도 상관은 없다만, 네 얼굴을 알고 있는 자들이 혹시나 섞여 있을지도 모른다."

전영림은 그 말에 입을 다물었다. 일정신의 생일날에는 늘 정파에서 사람들이 왔기 때문이다. 그들을 맞이한 것이 자신이었다. 정파에서 온다고 해서 막은 적도 없었다. 좋은 날 온 손님이기 때문이다.

"알았어요. 그렇게 할게요. 하지만 두 딸은 저도 못 막으니 알아서 하세요."

"아… 조카들……."

순간 전문정의 머리에 일소소와 일양의 모습이 그려졌다. 그 둘을 본 지도 오 년은 된 듯싶었다. 하나 그녀들이 이곳에 놀러 와 사고 친 것을 생각하면 머리가 아파왔다. 재산 피해만 금으로 오백 냥은 되기 때문이다. 인적 피해까지 따진다면 생각하기도 싫었다.

"내가 직접 언질을 주마……."

전문정은 어두운 안색으로 중얼거리며 밖으로 나갔다. 밖에 일양이 있었기 때문이다. 전영림은 전문정이 나가자 콧방귀를 흘리며 방 안을 살폈다. 과거 자신의 방이었던 곳이다. 현재는 늘 깨끗하게 청소만 하고 있었다. 변함없는 방 안의 모습에 만족스러움이 들었다.

일어나 방 안을 살피던 전영림은 화장대 앞에 앉았다. 거울에 자신의 얼굴이 비춰지자 가만히 그 얼굴을 바라보았다.

"벌써 이십 년하고도 오 년이 흘렀구나……."

전영림은 처음 일정신과 만났던 기억을 떠올리며 미소를 그렸다.

❖第五章❖
정(正)과 마(魔)는 한통속?

정(正)과 마(魔)는 한통속?

의자에 앉아 올라오는 전서들을 읽던 장도사가 한 장의 서찰을 들고 들어오는 무사의 모습에 시선을 들었다.

"뭐냐?"

"단에서 날아왔습니다."

장도사는 고개를 끄덕이며 서찰을 손에 쥐었다. 짧은 몇 글자가 눈에 들어왔다. 다 읽은 장도사는 편지를 몇 갈래로 찢더니 옆의 쓰레기통에 넣었다. 거기에는 그렇게 찢어진 종이들이 수북이 쌓여 있었다. 그런 장도사의 시선이 다른 전서로 향했다. 그리고 붓을 들어 탁자에 놓인 빈 종이에 뭔가를 쓰기 시작했다.

"확실하게 하거라. 여심의 마음은 한번에 꺾이는 법……."

장도사가 가만히 미소 지었다.

　　　　　*　　　　　　*　　　　　　*

　별채에 오르는 돌계단에 앉은 소초산은 따갑게 내려오는 햇살을 받
으며 졸고 있었다. 삼 일 동안 잠을 못 잔 것이다.

　"좀 주무셔야 하지 않나요?"

　소초산은 들려오는 말소리에 고개를 들었다. 그곳에 지수가 서 있었
다.

　"아… 지 소저."

　"많이 피곤해 보여요."

　"겨우 삼 일인데… 나보다는 다친 심 소저가 더 피곤하지 않을까?"

　가볍게 미소 지으며 말하자 지수가 걱정스러운 표정을 지었다.

　"그래도 일단은 주무세요. 한두 시진이라도 잠을 자두는 게 좋아요.
그래야 단주님이 깨어났을 때 반갑게 웃을 수 있잖아요? 피곤한 얼굴
을 보인다면 단주님도 걱정하실 거예요."

　"그… 그런가?"

　소초산이 콧잔등을 긁적거리며 고개를 들자 지수가 미소 지었다.

　"물론이에요."

　"그럼 잠이라도 좀 자둘까……."

　소초산이 일어나자 지수가 방에 안내했다. 옆에 작은 집이 있었는데
그곳으로 안내한 것이다. 소초산이 들어가 눈을 감는 모습까지 확인한
지수는 빠른 걸음으로 심아영의 방으로 들어갔다. 내실을 지나 방문을
열고 안으로 들어선 지수는 방 안에 누워 있는 심아영의 얼굴을 볼 수
가 있었다.

　지수는 조용한 걸음으로 다가갔다. 그런 그녀의 표정은 굉장히 상기

되어 있었다. 심아영을 바라보는 그녀의 눈동자는 많이 흔들리고 있었다.

'몇 번이고 다짐했지만……'

지수는 상기된 얼굴로 마음을 다스리기 위해 노력했다. 하지만 그러한 노력이 잘 이루어지지 않는 것 같았다. 누워 있는 심아영은 저항할 힘이 없었다. 눈을 감고 있었으며 그녀의 무공이 아무리 고강하다 하더라도 이렇게 곤히 자고 있는데 어떤 저항을 하겠는가? 지수는 침을 삼키며 소매에서 작은 비수를 꺼내 들었다.

'미안……'

지수는 속으로 몇 번이고 같은 말을 되뇌었다. 자신도 이러기는 싫었다. 하지만 모든 일이 실패로 돌아갔다. 그렇다면 최후의 수단으로 자신이 나서야 했다. 마지막의 마지막일 때 자신이 나선다는 약속이 있었기 때문이다.

비수를 손에 쥔 지수의 손은 미미한 떨림을 간직하고 있었다. 그동안의 추억이 주마등처럼 머리를 스쳤기 때문이다. 지수는 눈을 감으며 고개를 돌렸다. 그리곤 오른손을 들어올렸다.

'미안… 정말 미안해!'

휙!

"저기, 지 소저."

"……!"

비수를 내려치던 지수의 손이 순간적으로 멈춰졌다. 멈추는 순간 재빠르게 소매에 비수를 갈무리한 지수가 고개를 돌렸다. 그녀의 표정은 자신도 모르게 경직되어 있었다.

"잠시 잊은 게 있었는데, 아영이 일어나면 깨워주시오."

소초산이 문을 열고 말을 하자 지수가 어색하게 미소 지었다.

"그렇게 할게요."

"으음……."

순간 심아영의 입에서 침음성이 흘러나왔다. 소초산이 눈을 부릅뜨며 달려들어 왔다. 지수도 놀라 눈을 크게 떴다.

"아영."

소초산이 심아영의 손을 잡았다. 그러자 미미하게 흔들리던 눈꺼풀이 서서히 떠지더니 심아영의 눈이 소초산을 향했다. 눈을 뜨고 처음으로 본 얼굴이 소초산이자 그녀는 매우 놀라는 듯 잠시 멍하니 소초산의 얼굴을 바라보았다.

"정신이 들었어?"

심아영이 고개를 끄덕였다. 심아영은 미소 지으며 소초산의 얼굴을 바라보다 옆에 서 있는 지수를 발견했다. 심아영은 밝은 미소를 보여주었다.

"걱정시켜서 미안해… 많이 걱정했어?"

"아니… 아닙니다."

지수가 부복하며 고개를 저었다. 그런 그녀가 당황해하자 심아영은 그녀가 자신을 많이 걱정했다고 여겼다.

"저는 일단 다른 사람들에게 알리고 오겠습니다."

지수가 재빠르게 말하며 밖으로 나갔다. 밖으로 나간 지수는 붉어진 눈으로 인상을 찌푸렸다. 자신도 모르게 눈가에 물기가 고인 것이다.

'왜 그렇게 웃는 거야, 재수없게.'

눈가의 물기를 훔치며 지수는 달리고 있었다.

"어떻게 되었어요? 그때……."

소초산은 그 말에 주먹을 불끈 쥐며 미소 지었다.

"내가 가장 잘하는 거 있잖아."

"예?"

심아영이 그 말에 의문을 표시하자 소초산은 거만한 표정으로 말했다.

"도망쳤지. 후후."

소초산의 말에 심아영은 저도 모르게 웃었다. 그 모습에 소초산은 기분이 좋아지는 것 같았다. 생각보다 상태가 호전된 것 같았기 때문이다. 그래도 안정이 필요했다.

"의원이 그러는데 몇 달은 요양을 해야 한대."

"예… 그래야 할 것 같아요."

심아영도 자신의 상태를 잘 아는지 고개를 끄덕였다.

"예전처럼 될 때까지 옆에 있을게."

심아영은 그 말에 미소를 보였다. 잠시 소초산을 보던 그녀는 이내 고개를 저었다.

"그럴 필요 없어요. 당신도 할 일이 있잖아요? 그렇지 않나요? 제 걱정은 너무 하지 마세요. 잘할 테니까."

"하지만……."

소초산이 실망한 듯 말하자 심아영이 고개를 저었다.

"이제 곧 무림은 혼란에 빠질 거예요. 그런 무림을 구해야지요? 그런 일을 할 사람은 당신뿐이에요. 당신처럼 자유분방하고 강호의 흐름을 바람처럼 타고 다니는 그런… 당신이 해야만 해요."

"아영……."

소초산이 그 말에 인상을 찌푸리자 심아영은 미소 지으며 그의 손을 잡았다.

"제 모습을 보세요. 이게 강호예요. 저는 언제나 이런 모습이 될 거란 걸 알고 있었어요. 그리고 각오했던 일이에요. 뭔가… 느껴지는 게 없나요?"

심아영의 말에 소초산은 고개를 저었다. 무슨 말을 하려는지 알 것도 같았기 때문이다. 심아영은 부드럽게 미소 지었다.

"무림맹에 가세요. 그리고 하세요. 자유롭고 활기차고… 또 누구나 웃을 수 있는 강호를 만드세요. 제가… 그 옆에서 도울 수 있도록……. 당신이라면 할 수 있어요. 그렇지요?"

그녀의 목소리에 소초산의 심장이 크게 요동치기 시작했다. 그녀의 목소리에 담긴 염원이 닿았기 때문이다.

"제가 좋아하는 사람은 영웅이에요."

심아영이 확신하듯 고운 목소리로 속삭이자 소초산은 가만히 손을 들어 그녀의 이마에 흘러내린 머리카락을 뒤로 넘겨주었다. 자신도 모르게 미소를 입가에 걸었다.

"뭐… 한번쯤 영웅이 되는 것도 좋겠지?"

그런 미소에 화답하듯 심아영이 눈을 감았다. 소초산은 그런 심아영의 고운 입술을 바라보며 고개를 숙였다.

＊　　　＊　　　＊

전가장의 규모는 상당히 큰 편이었다. 수십여 채의 전각들이 산 하나를 가득 메우고 있었다. 전가장이 있기에 그 산도 전가산이었다.

"아… 전가장이 이렇게 큰 곳이었나?"

멀리서 대로를 달리던 말들 위에서 말들이 나왔다. 전가장의 모습이 저 멀리 산중턱부터 보였기 때문이다. 산밑으로는 얕은 강물이 흘러가고 있었다. 어느 지류 중 하나 같았다. 산강(山江)이라는 작은 강이었다.

무림맹에서 파견 나온 오십 인을 통솔하는 인물은 의외로 젊었다. 무당의 대표라 할 수 있는 정수 도장이었다. 그 옆에는 조영비가 말을 몰고 있었다.

"상당하군요……."

조영비가 눈을 빛내며 앞에 보이는 전가장을 둘러보고 있었다. 그 뒤로 조영영과 남궁휘가 따라가고 있었다. 그 옆에는 가정려가 아미파를 대신해서 두 사매와 왔다. 그런 아미파의 옆에 당수가 붙어서 오고 있었다. 뒤로는 대부문과 남궁세가의 무사들이 따라왔다. 눈에 띄는 인물이 한 명 섞여 있었는데 화산파의 황유화였다. 그녀도 모습을 보인 것이다. 이번 원정에 따라가겠다고 해서 가게 된 것이다.

황유화가 간다고 하자 중견 고수를 보내려 했던 계획을 바꿔야 했다. 그녀와 정수, 조영비가 있다면 굳이 중견까지 안 가도 충분하다고 본 것이다. 하지만 그녀 때문에 골머리를 잡게 된 것은 정수였다. 실질적으로 자신이 통솔하게 되었는데 말을 안 듣는 유일한 인물이 황유화였기 때문이다. 그녀는 자기 마음 대로였다. 그렇다고 힘으로 하자니 그녀의 무공이 마음에 걸렸다.

'왜 따라와 가지고.'

정수가 고개를 돌려 여기저기 둘러보는 황유화의 얼굴을 쳐다보며 인상을 찌푸렸다. 그런 그의 고민을 조영비도 알기에 그 역시 같은 심정이었다.

"어서 오시오. 이곳 전가장까지 오시느라 수고가 많았소. 총관인 장삼이라 하오."

엷은 미소를 보이는 인상 좋게 생긴 중년인이 문 앞에서 인사했다. 그는 멋들어진 수염을 목젖까지 기르고 있었는데 범상치 않은 기도를 은연중 뿌리고 있었다.

"무당의 정수라 하오."

"오! 무극지검!"

문을 지키던 무사들이 놀라 소리쳤다. 그의 명성 때문이다.

"일단 안으로 안내하지요."

총관인 장삼이 신형을 돌리며 눈을 빛냈다. 그의 뒤로 무림맹의 무사들이 따라가기 시작했다.

'조용하군……'

정수는 주변을 둘러보며 규모에 비해서 사람들이 안 보인다는 생각을 했다.

객청에 도착하자 전가장주인 전문정이 일어나 반겼다.

"어서 오시오. 장주인 전문정이라 하오."

"저는 정수입니다."

"정말 반갑네. 그 옆에는 대부문의 소문주인 조 소협일 테고… 그 옆은 남궁세가의 남궁 소협이 분명해 보이는군."

전문정이 시선을 돌리며 말하자 조영비와 남궁휘가 포권했다. 그 밖의 다른 사람들도 수인사가 끝나자 모두 자리에 앉았다. 아미파의 가정려는 사매들을 숙소에서 쉬게 하고 혼자 왔다. 그 옆에는 화산파의 황유화가 앉았다. 조영영은 조영비의 옆에 앉았다.

그 중간에 당수가 앉았는데 당수는 붉어진 얼굴로 앉아 있었다. 황유화와 가정려는 꽤나 친분이 좋은지 언니 동생하며 잘 지내고 있었다. 하나 조영영은 그녀들과 조금 불편한 관계였다.

"생각보다 규모는 큰데 사람이 안 보입니다."

정수가 먼저 입을 열자 전문정이 미소를 그렸다.

"그런가? 지금 모두 칠성회 때문에 신경이 곤두서 있어서 대기하고 있는 중이었네. 언제 그들이 올지 모르니 만반의 준비를 갖추고 기다려야 하지 않겠나?"

"그렇지요."

정수가 그 말에 이해가 간다는 듯 고개를 끄덕였다. 그러자 조영비가 말했다.

"칠성회가 과거 일월교의 후예라고 하던데… 그들의 힘은 어느 정도입니까?"

"매우 난감한 질문이군."

조영비는 지금까지 그게 궁금했기 때문에 전문정을 만나자 바로 물은 것이다. 전문정은 잠시 고민하던 표정을 짓더니 곧 입을 열었다.

"그들의 무공 실력은 아마도… 일신궁과 비슷하지 않을까? 직접적으로 부딪친 적이 한번 있었는데… 한 달 전이네."

"한 달 전?"

정수가 의문의 표정을 짓자 전문정이 고개를 끄덕였다.

"한 달 전… 칠성회의 무사들과 백운산(白云山) 근처에서 싸운 적이 있네."

"백운산이면 이곳에서 그리 먼 곳이 아니군요."

조영비가 말하자 전문정이 고개를 끄덕였다.

"우리 장의 무사들은 서른 명이었는데… 모두 죽었더군. 그것도 한 명에게 당한 흔적이었어……."

"한 명? 대단하군요. 그런데 왜 그 사건이 알려지지 않은 것입니까?"

"창피해서 숨겼네."

정수가 빠르게 말하자 전문정이 빠르게 대답했다. 마치 기다렸다는 듯이.

"그렇군요."

조영비가 고개를 끄덕였다. 정수는 잠시 뭔가를 생각하고 있었다. 전문정이 슬쩍 그런 정수를 바라보았다.

"자자! 일단 요기부터 하게나. 식사를 가지고 들어오너라!"

전문정의 외침에 시비들이 기다렸다는 듯이 음식들을 들고 들어오기 시작했다. 전문정은 안면 가득 미소를 그리며 크게 말했다.

"강호의 동도들이 이렇게 어려울 때 와주었으니 크게 대접해야 그게 도리가 아니겠는가? 무림맹의 호의에 정말 고마울 뿐이네. 그러니 사양하지 말고 맛있게 먹기 바라오."

전문정이 웃음을 머금으며 말하자 모두들 거대한 상에 가득 차려지는 음식에 눈을 돌리며 미소 지었다.

정수의 거처는 다른 사람들과 떨어져 있었다. 대부문과 남궁세가도 따로 후원에 거처를 마련해 주었다. 상당한 규모의 전가장이기에 방은 남아도는 것 같았다. 그것도 정원이 따로 마련된 별채였다.

오른쪽 담을 넘으면 대부문의 숙소였고 그 옆은 남궁세가, 그 옆이 아미파였다. 당수는 남궁세가와 함께 썼다. 황유화 역시 따로 숙소를 마련해 주었으나 아미파와 함께 있겠다며 네 명이 하나의 별채를 쓰게 되었다.

쿵!

정수는 몸을 눕히다 벌떡 일어섰다. 오른편이 아니라 왼편의 담장 너머에서 소리가 들려왔기 때문이다. 뭔가 무거운 물체가 하늘에서 떨어지는 충격음이었다. 하지만 거리가 상당한 듯 느껴졌다. 희미한 울림이었기 때문이다. 정수 정도의 능력이 있기 때문에 그것이 상당한 충격이라는 사실을 알 수 있었다.

'무슨 일이 있는 건가?'

정수는 밖으로 나와 왼 담장으로 걸어갔다. 그곳 너머에서 들렸기 때문이다. 재빠르게 이동해 담장에 매달려 고개를 내민 정수는 저 멀리 두 명의 여자가 서 있는 것을 보았다. 둘 다 검을 들고 있었는데 그 기세가 사뭇 대단했다.

일소소는 일신궁으로 향하다 일양의 편지를 받고 이곳 전가장으로 온 것이다. 전가장에 온 그녀는 기분이 좋지 않았다. 소초산의 일 때문이다. 태어나서 처음으로 남자에게 바람맞은 사건이었다. 그 충격은 대단했다.

그녀에게 있어 가장 큰 일은 소초산에 대한 복수였다. 그런 생각 때문인지 전가장에 와서도 기분 좋게 행동하지 않았다.

"까불지 말고 그냥 항복하시지?"

일소소가 검을 늘어뜨리며 싸늘하게 말하자 일양이 인상을 찌푸렸다. 그녀의 옆으로 일 장 정도 되는 큰 구덩이가 파여 있었다. 일소소의 검력이 그렇게 만든 것이다.

"언니나 인상 풀고 다니지 그래?"

"호오… 자신있나 본데?"

"홍!"

일양이 손에 쥔 검을 옆으로 던졌다. 그 모습에 일소소는 굳은 표정을 지었다. 일양의 절기가 무영도라는 것을 알기 때문이다. 무영도까지 펼치려 한다는 것은 그녀도 이번만큼은 절대 그냥 넘어가지 않겠다는 굳은 의지였다.

"정말 하자는 거야?"

일소소의 말에 일양이 차가운 표정으로 말했다.

"그동안 쌓인 분풀이를 이 기회에 확실하게 되돌려줄게."

일소소가 그 말에 가볍게 입가에 미소를 그렸다. 일소소의 왼손이 검의 손잡이 밑 부분을 잡았다. 양손으로 검을 잡는 형세였던 것이다.

"정 그렇게 나온다면 나도 최선을 다해 상대해야겠지?"

강렬한 살기를 뿌리며 일소소가 차갑게 미소 짓자 일양도 서늘한 미소를 입가에 담았다. 주변의 공기가 팽팽하게 변하였다. 둘의 몸에서 흘러나오는 날카로운 기도 때문이다.

"그렇게 할 일이 없어?"

둘의 기운이 팽팽하게 맞서는 그 중앙에 하나의 그림자가 나타났다. 하늘거리는 푸른 궁장의를 입고 있는 전영림이었다. 그녀가 나타나자 놀란 일소소와 일양이 재빠르게 기를 거두며 물러섰다.

"도대체 밥만 먹었다 하면 싸우니? 내가 못살겠다. 따라 들어오너라."

전영림이 한숨을 내쉬며 신형을 돌리자 일양과 일소소가 서로를 노려보며 인상을 썼다. 그 순간 전영림이 고개를 돌리며 빠르게 말했다.

"절대 소란 피우는 일이 없도록 하거라. 알았지?"

전영림의 당부에 둘은 고개를 끄덕였다. 지금은 무림맹의 사람들이 와 있었기 때문이다. 전영림의 시선이 한쪽 담을 향해 갔다. 가만히 그곳을 보던 전영림은 슬쩍 미소 지으며 고개를 돌렸다.

"휴우……"

정수는 담장에 기대앉아 한숨을 크게 내쉬었다. 하마터면 들킬 뻔했기 때문이다. 자신이 무슨 잘못을 한 것은 아니지만 몰래 본다는 것 자체가 잘못이었다.

'그런데 그 세 명은 누구지? 장주의 안사람인가? 딸들이라 보기에도 어렵고… 다들 젊어 보이니. 더욱이 고강한 무공을 소유한 듯하다. 적어도 전 장주보다 아래는 아닌데……'

정수가 보기에는 그랬다. 가장 나이가 어려 보이는 여자마저도 전문정보다 아래가 아닌 것 같았다. 그런 생각이 들자 여러 가지 생각들이 머리를 복잡하게 만들었다.

"내가 언제부터 이런 고민 하면서 살았나? 이런 고민들은 모두 장도사의 몫이지 내 몫은 아니야……"

고개를 저으며 자신의 거처로 걸음을 옮기는 정수였다. 그러다 잠시 걸음을 멈추며 고개를 돌려 담장을 바라보았다. 그의 시선에는 뭔가 아쉬움이 남아 있었다.

"예쁜데… 쩝."

아쉬운 입맛을 다셨다.

일소소와 일양이 싸운 이유는 다른 게 없었다. 화산파의 황유화가 와 있다는 말에 일소소가 찾아가려 했기 때문이다. 일양이 그것을 막으려다 일이 커진 것이다. 물론 더 커지기 전에 전영림이 나서서 말렸지만 일소소는 아직도 흥분감을 감추지 못하고 있었다.

"누가 당금의 천하제일인지 겨루고 싶다구요."

일소소의 말에 전영림이 싸늘한 표정을 지었다.

"당금 천하제일은 바로 나인데 나와 겨루고 싶다고?"

전영림의 말에 일소소의 표정이 순간 경직되었다. 실내의 공기도 순간적으로 무겁게 가라앉았다. 전영림은 이내 고개를 숙이며 수를 놓기 시작했다. 학의 모양이 그녀의 손에서 바늘과 실로 그려지고 있었다.

일소소가 울상을 지으며 입술을 내밀자 옆에 앉아 있던 일양이 혀를 내밀었다. 일소소는 인상을 찌푸리며 일어섰다.

"알았어요. 저는 제 방에 가서 쉴게요."

"그래라."

전영림의 말에 일소소가 횅하니 몸을 돌리며 자신의 방으로 들어갔다. 곧 일양도 뒤를 이어 일어섰다.

"쓸데없는 짓 하지 말고 방에 있어."

"걱정하지 마세요. 전 언니가 아니니까."

"니가 더 걱정이다."

전영림의 일침에 일양이 입술을 내밀며 밖으로 걸음을 옮겼다. 문을 나서자 일소소가 입술에 검지손가락을 놓으며 눈짓으로 밖을 가리켰다. 그러자 일양이 고개를 연신 끄덕였다. 곧 둘의 신형이 소리없이 밖으로 빠져나가자 전영림이 수를 놓던 손을 멈추었다.

"아직도 애들인가······?"

전영림은 고개를 저으며 한숨 쉬었다. 하나 이번에는 말릴 생각이 없는 듯 다시 손을 움직이기 시작했다.

*　　　　*　　　　*

모닥불을 밝히고 있는 산중에 앉아 있던 영소정은 주변에 앉은 십여 명의 무인들을 바라보고 있었다. 모두 칼날 같은 기도를 뿌리고 있는 무인들이었다. 이들은 극히 일부였으며 모종의 장소에서 모두 만나기로 되어 있었다. 그리고 그들을 이끄는 것은 영소정 자신이었다.

삐이익!

하늘에서 매의 울음소리가 들리자 무사 한 명이 일어나 하늘로 솟구쳤다. 아니, 높은 나무의 정상으로 올라간 것이다. 정상에 선 검은 무복의 무인은 어깨에 앉은 매의 발에서 전서를 꺼내 들었다. 곧 땅으로 번개처럼 내려간 무사가 영소정의 앞에 부복했다.

"암회에서 온 것입니다."

"그래?"

영소정은 옆으로 누우며 전서를 손에 쥐었다.

"칫!"

영소정이 쓴 침을 바닥에 뱉었다. 전서에는 실패라는 단 두 글자만이 적혀 있었기 때문이다. 임파영에 대한 일이 분명했다. 하나 걱정하지는 않았다. 암회를 믿기 때문이다. 그래도 심기가 불편한 것은 어쩔 수가 없었다.

"요즘 들어 마음대로 되는 일이 없는 것 같단 말이야······."

가만히 중얼거리자 무사가 한 명 다가와 한편에서 굽던 멧돼지 다리를 한쪽 건넸다. 영소정은 그것을 받아 입에 물고는 우물거렸다.

"거기다 무림맹의 정파 놈들이 전가장에 가담? 이제는 아예 손을 잡고 사는구만. 언제부터 정파하고 손을 잡았다고 말이야. 우리의 길을 잃어버렸다는 건가?"

투덜거리는 영소정이었다. 이번 전가장의 원정을 책임지고 있는 그로서는 조금 부담되는 부분이었다.

"이봐."

"예!"

영소정은 옆에 부복한 수하를 향해 멧돼지 다리를 들어 보였다.

"약간 설익었잖아. 가서 다른 것으로 바꿔와라."

"복명."

수하가 재빠르게 행동하자 영소정은 손에 묻은 기름을 혀로 낼름거리며 고개를 돌렸다.

"맹에 고수를 좀 더 보충해 달라는 전서는 날렸느냐?"

"그렇습니다."

"좋아……."

영소정은 고개를 끄덕이며 미소 지었다. 곧 수하가 멧돼지 고기를 가지고 오자 손에 쥔 영소정은 열심히 고기를 뜯기 시작했다.

"이놈의 고기는 꽤나 질기군, 그 새끼처럼……."

고기를 씹으며 영소정이 투덜거렸다.

*　　　　*　　　　*

남창으로 들어온 임파영은 일단 하오문을 찾아 나섰다. 하오문이 관여하는 도박장과 기루를 찾아야 하는 것이다. 하나 쉽지는 않았다. 수많은 도박장과 기루 중 한곳이기 때문이다. 그래서 생각을 달리했다.

가까운 곳에 있는 객잔에 여장을 푼 임파영은 일단 객잔을 나와 어둠을 밝히는 환한 대낮 같은 곳으로 향했다. 어둠이 오면 더욱 밝아지는 거리로 들어온 것이다.

사람들로 분비는 곳이었으며 많은 마차들이 움직이고 있었다. 손님을 집 앞까지 데려가기 위한 마차들이었다. 기루의 정문에는 여러 기녀들이 나와 손님들에게 추파를 던지고 있었다. 임파영은 그런 그녀들의 눈짓과 손짓을 거부하며 앞으로 가고 있었다.

임파영의 모습은 귀공자 같았다. 머리를 단정히 뒤로 넘겨 묶었으며 옷도 비단 청의였다. 허리에는 백색과 금색을 무늬로 넣은 고급스러운 도집을 차고 있었다. 일단 겉모습이 중요하다는 생각 때문에 그렇게 한 것이다. 누가 지금의 임파영을 바라보며 마도라 할 것인가? 더욱이 하오문에는 마도에 대한 소문이 퍼진 상태였다.

임파영은 한참 동안 밝은 거리를 지나 자신이 목적으로 한 곳에 도착하자 고개를 들었다. 높은 계단 위로 정문이 보였기 때문이다. 밝은 불빛의 정문을 지나 안으로 들어서자 긴 회랑이 눈에 들어왔다.

"어서 오세요. 예약은 하셨습니까?"

옆에서 곱게 생긴 중년 여인이 다가오며 말하자 임파영은 잠시 당황한 표정을 지었다. 예약이라는 말 때문이다. 그런 표정을 읽은 중년 여인이 미소 지었다.

"예약을 안 하셨다면 오늘은 안 될 것 같습니다. 아이들도 그 수는 제한되어 있으니까요."

여인의 말에 임파영은 인상을 찌푸렸다. 중년 여인은 임파영의 얼굴부터 발끝까지 찬찬히 살폈다. 단번에 그가 무림인이라는 것을 알자 중년 여인은 좀 더 친절하게 말했다.

"오늘 예약하시면 삼 일 정도 후에 오실 수 있습니다."

"예약이라… 기루도 예약을 해야 하는 건가?"

임파영의 목소리에 약간은 가벼움이 들어 있었다. 화를 낼 말이기도 했지만 중년 여인은 그저 미소만 보였다.

"조금 특별한 가게이다 보니 그렇게 되었네요. 하지만 예약을 하시고 오신다면 특별한 하룻밤이 될 것을 약속하지요."

임파영은 인상을 찌푸리다 곧 신형을 돌렸다.

"삼 일 후에 오도록 하지."

"그럼 삼 일 후로 예약을 할 테니 성함을 말해주시겠나요?"

중년 여인이 묻자 임파영은 곧 짧게 숨을 내쉬며 빠르게 말했다.

"유가라고 하지. 이런 곳에 들어온 것을 아버님이 알면 혼날 터이니."

말을 하며 임파영이 미소 짓자 중년 여인은 고개를 끄덕였다. 그런 사람들이 더러는 존재했기 때문이다. 자주 있는 손님들 중에 하나였다. 중년 여인은 고개를 숙이며 다시 말했다.

"그럼 안녕히 가십시오."

임파영은 손을 들어 보이며 밖으로 나갔다.

밖으로 나온 임파영은 별로 기분이 좋지 않았다. 마음 같아서는 기루를 뒤집고 싶었지만 문지홍의 손에는 란이 있었다. 그렇기에 이곳을 뒤집는다면 문지홍은 란에게 뭔가를 할 것이다. 그럴 것만 같았다.

더욱이 이곳은 철저하게 신분을 조사하며 손님을 받는 곳 같았다. 그만큼 고급이란 뜻도 있겠지만 철저한 비밀 또한 보장된다는 뜻도 되었다. 왜 이곳의 문 앞에만 사람들이 없는지 알 것 같았다.

'삼 일 후라… 그전에 찾아야겠지, 망할 계집을.'

임파영은 짙은 살기를 눈가에 담았다.

환희루(歡喜樓)의 총관인 여빈청은 임파영이 나가는 모습을 뒤에서 지켜보고 있었다. 그의 모습이 계단에서 사라지자 신형을 돌린 여빈청은 입가에 미소를 담았다. 그녀의 뒤로 젊은 청년이 다가왔다.

"누굽니까?"

여빈청은 짧게 말했다.

"적이다."

단순한 말이었지만 청년은 무엇을 뜻하는지 알 수 있었다.

"문은 네가 지키고 있거라."

여빈청은 가볍게 말하며 회랑을 지나쳐 갔다. 그녀가 가는 곳은 후원이었다.

어두운 후원의 한쪽에 장작이 쌓여 있었으며 도끼가 하나 나무에 박혀 있었다. 그 옆에 통나무에 앉은 청년이 하늘을 보고 있었다.

슥!

발걸음 소리에 청년이 고개를 돌렸다. 여빈청이 그 앞에 모습을 보인 것이다. 그녀는 천천히 청년에게 다가갔다.

"아침부터 잠을 잘 때까지 장작만 패시더니 이제는 지친 것입니까?"

"왜 왔나?"

여빈청의 말을 무시하며 청년이 물었다. 여빈청은 그런 청년의 성격을 잘 아는지라 가볍게 미소 지었다.

"손님이 왔습니다."

"손님?"

"아마도… 기다리던 사람이 아닐까 하는데……?"

청년의 눈동자가 흔들렸다. 그 모습에 여빈청이 다시 말했다.

"어떻게 할 건가요?"

"알아서 해야겠지."

여빈청은 그 대답에 만족한 듯 허리를 숙이며 몸을 돌렸다. 자신이 해야 할 일은 다 했기 때문이다. 나머지는 청년에게 맡기면 그만이다. 알아서 잘해줄 것이라 믿고 있었다.

강호에는 많은 직업이 있었다. 그중에서도 가장 강호의 사람들이 상대하기 꺼리는 직업은 살수였다. 언제 어떻게 자신의 목에 칼이 들어올지 모르기 때문이다. 그들의 움직임은 은밀했으며 보이지 않는 곳에서 허를 찔렀다. 잠깐의 방심을 노리고 달려들었다.

강호뿐만이 아니라 관의 사람들도 그들을 걱정했다. 그렇기 때문에 과거 거대한 살수 조직인 척살방을 군이 나서서 불태웠다. 그 일 이후 살수 조직들이 사라져 갔다. 모두 관과 무림인들의 공격 때문이다. 하지만 아직까지도 명맥을 유지하는 곳이 있었으니 그곳이 암회다. 하나 암회도 예전처럼 대단함을 보이지 못하고 있었다. 무공의 절전도 있었지만 과거처럼 힘든 살수 일을 하려고 하는 사람이 없었다.

일인으로 전해지던 무공들도 하나둘 사라졌으며 모두 회를 떠났다. 하지만 아직까지도 전해지는 무공이 있었으니 그것이 천지단(天地斷)

이다. 천지단을 이어받은 사내가 곧 암회의 최고 살수였다. 그리고 현재에도 그런 사람은 있었다.

청년은 하늘을 보았다. 어둠이 짙게 깔린 하늘이었다. 문득 지금까지 죽인 사람들의 얼굴이 떠올랐다. 모두 평온한 얼굴들이었다. 더러는 고통스러운 표정을 그리는 사람도 있었다. 하지만 대다수가 평온한 표정이었다.

"회주도 없는데……."

고개를 저으며 일어선 청년은 다시 입술을 움직였다.

"안사, 장옥."

쉭!

그의 옆으로 이십대 중반의 청년과 십대 후반의 소녀가 나타났다. 그들은 과거 임파영을 죽이기 위해 주루에서 밥을 먹던 인물들이었다. 하나 둘 다 실패했었다.

"너희들이 실패했던 녀석이 나타났다. 총관에게 물어서 위치를 파악하고 동태를 살펴라. 연락은 두 시진에 한번씩 둘 다 보고하도록."

"예."

쉬쉭!

둘의 그림자가 빠르게 사라지자 청년은 한쪽에 벗어둔 상의를 입으며 천천히 걸어갔다. 자신의 숙소로 향하는 중이었다.

"살인이 아니라 복수인가……?"

청년의 입가에 비릿한 살기가 맴돌았다.

임파영은 숙소로 돌아가는 중이었다. 하나 발걸음은 그렇게 하기 싫은 듯 멈춰 서게 만들었다. 거리를 지나가는 사람들의 수도 꽤 줄어 있었다.

'하오문 같은 거대 문파가 나 하나를 못 알아볼 리가 없다.'

문득 그런 생각이 들었다. 그리고 여빈청의 얼굴을 떠올리자 여러 가지 의심이 들었다. 여빈청의 미소가 마음에 걸린 것이다. 물론 그것이 손님을 위한 미소라는 것을 알고 있지만 손님으로 간 것이 아니기에 더욱 마음에 걸린 것이다.

임파영은 신형을 돌리며 앞으로 걸어나갔다. 그런 임파영의 눈에 한쪽 구석에서 술에 취해 토를 하고 있는 사람이 들어왔다. 잠시 눈을 빛내며 그 사람을 살폈다. 헛구역질을 하는 것일까? 임파영은 쓰게 웃으며 그 사람을 스치듯 지나쳤다.

임파영이 지나치자 토를 하던 장한이 입을 손으로 막으며 시선을 슬쩍 돌렸다. 임파영의 걸음이 순간 멈추자 장한이 다시 시선을 내리며 벽에 기댔다. 순간 임파영의 신형이 바람처럼 사라졌다.

장한이 다시 고개를 돌렸다. 하나 임파영의 모습이 눈에 들어오지 않자 순간적으로 주변을 살폈다.

"젠장!"

장한이 땅을 발로 차며 인상을 썼다. 순간 장한의 턱 밑으로 묵빛 유엽도가 나타났다.

"나를 찾았나?"

"헉!"

장한이 놀라 두 눈을 부릅떴다. 순간적으로 목젖에 닿은 차가운 느낌에 식은땀이 이마에 맺혔다. 그런 장한의 겁에 질린 얼굴 뒤로 임파영의 얼굴이 나타났다.

"왜, 왜 그러시오?"

겁에 질린 장한이 눈을 굴리며 떨리는 목소리로 말하자 임파영은 차갑게 미소 지었다.

"하오문인가?"

"그… 그게 무슨 말이오?"

"재미있는 놈이군."

가볍게 말한 임파영은 장한을 잡아 골목길로 끌고 들어갔다. 어느새 마혈을 제압했기에 저항도 못한 장한이 끌려 들어갔다.

얼마 지나지 않아 임파영이 골목에서 나왔다. 그런 임파영의 모습은 별반 다를 게 없었다. 단지 둘이 들어가 혼자 나온 것뿐이었다. 그 외에는 달라진 것이 없었다.

임파영은 주변을 둘러보다 가벼운 걸음으로 거리를 걸어나갔다. 그가 가는 곳은 좀 전에 간 환회루였다. 자신을 미행하는 자가 붙었다면 분명했다. 그곳에 문지홍이 있을 것이다. 문제는 문지홍을 어떻게 만나느냐인데 기다리면 된다고 여겼다. 여빈청의 얼굴을 기억하기 때문이다. 분명히 문지홍은 나타날 것이다. 그런 확신이 있었다.

포양호에 큰 배가 떠 있었다. 배는 어디론가 가는 듯 호수를 가로지르고 있었다. 배의 갑판에는 두 명의 소녀가 서 있었다.

"어디로 가는 거예요?"

한 명은 귀여운 소녀였다. 이제 십여 세로 보이는 소녀는 손을 잡고 있는 문지홍에게 고개를 들어 물었다. 문지홍은 웃으며 말했다.

"장강을 넘어 강북으로……."

"오빠는요?"

문지홍이 그 말에 눈높이를 란의 눈과 맞추며 허리를 숙였다. 문지홍이 란의 머리를 쓰다듬었다.

"오빠는 곧 올 거란다. 란아가 공부를 열심히 하고 또 어여쁘게 잘 자란다면 말이야."

그 미소에 란은 고개를 끄덕였다.

"그렇게 할 거예요. 꼭……."

"보고 싶니?"

문지홍의 물음에 란은 고개를 끄덕였다. 그런 란에게 문지홍은 미소를 보였다.

"걱정하지 말고 란은 앞으로 해야 할 일만 열심히 하면 돼. 그럼 오빠가 나타날 거야. 거기다 오빠는 아주 강한 사람이지 않니?"

"맞아요. 우리 오빠는 천하제일이에요. 분명히."

란이 확신한다는 표정으로 말하자 문지홍은 고개를 끄덕였다.

"바람이 차다. 들어가자."

란이 그 말에 고개를 끄덕이자 문지홍은 란의 손을 잡고 안으로 향했다.

약간씩 흔들리는 배 안, 작은 불빛만이 내부를 비추고 있었다. 그런 방 안에 홀로 앉아 있는 문지홍은 가만히 잠든 란을 바라보고 있었다.

"정이 들어버렸나……?"

자신도 모르게 중얼거린 문지홍이었다. 그럴지도 모른다는 생각이 든 것이다. 벌써 함께 생활한 지 반년이 넘어가고 있었다.

"미안… 하지만 십 년 후를 위해서……."

문지홍은 마음을 잡기 위해 노력하며 말했다. 그런 그녀의 눈동자는 밝게 빛나고 있었다. 문지홍은 란에게 다가가 란의 이마에 흘러내린 머리카락을 뒤로 넘겨주었다.

"내 미래의 꿈이 달렸다. 나만의 강호를 위해서 무공을 수련하거라. 십 년 후… 네 손에 강호는 평정될 것이야, 분명……. 내가 그 손이 되어줄게, 란아야……."

미세하게 중얼거리는 문지홍의 눈동자는 흔들리고 있었다. 지금 가는 곳은 이제 두 번 다시 돌아오기 힘든 곳이다. 또한 자신의 스승이 사는 곳이기도 했다. 란은 그곳으로 가는 중이었다. 자신의 스승 밑에서 이제부터 살게 될 것이다.

'임파영과 만나게 하지 않겠어, 절대……. 그리고 그 일로 네 원망을 듣는다 하여도 후회하지 않아. 임파영을 죽인 우리에게 복수를 해도 좋아……. 미안.'

문지홍은 깊은 숨을 내쉬며 일어나 한쪽에 놓인 의자에 앉았다. 지금까지 계속해서 옆에 있어주었기 때문에 이 임무도 자신이 맡았다. 은거에서 나온 스승에게 란을 보내기 위해.

'란… 십 년 후… 천하는 내 손에 들어온다.'

문지홍은 입가에 미소를 그렸다.

❖第六章❖
과거는 숨길 필요가 없어

과거는 숨길 필요가 없어

태양이 하늘 위에서 뜨거운 열을 발산하고 있었다. 한 그루의 커다란 은행나무가 햇살을 가리고 있었다. 그 밑에는 거대한 마루가 놓여 있었고 배꼽이 하나 보였다.

"코… 코……."

산적 같은 얼굴에 텁수룩한 수염을 하고 있는 큰 덩치의 장한이 누워서 잠을 자고 있었다. 꽤나 좋은지 입가에는 미소를 그리고 있었다. 그 옆으로 하나의 그림자가 다가와 누웠다.

"이런 날은 낮잠이 최고지."

소초산은 중얼거리며 양일의 옆에 누웠다. 어느새 무림맹에 온 것이다.

눈을 감은 소초산은 꿈속을 헤매고 있었다. 뭔가 즐거운 일이라도 있는 듯 입가에는 미소까지 그리고 있었다. 한낮의 햇살이 천천히 서

산으로 향하고 있었다.

"으음……."

양일이 눈을 비비며 일어섰다. 그러다 옆에 누운 소초산을 발견하곤 입을 열었다.

"언제 왔어?"

소초산이 그 목소리에 눈을 비비며 떴다. 양일의 얼굴이 눈에 보이자 상체를 일으켰다.

"낮에 왔어요. 왔는데 여기서 주무시길래 마침 피곤해서 저도 누웠더니 잠이 들었네요."

"그래? 다들 어디에 간다고 나가더니 아직도 소식이 없네. 그런데 요즘 어떻게 지냈어? 얼굴을 보아하니 좋은 일이 있는 것 같은데?"

"사랑이 옵니다. 하하하."

가볍게 웃어 보이는 소초산이었다. 양일의 표정이 기괴하게 변하였다. 그것은 자신의 기억 때문인 듯 양일은 미묘한 표정을 한 채 소초산을 바라보았다.

"어디에 누구냐?"

은근히 물어보는 양일이었다. 소초산은 고개를 저으며 미소만 보였다.

"원래 이런 감정은 은밀히 즐겨야 제 맛이 납니다."

"하긴… 그렇지."

양일은 고개를 끄덕였다.

"사랑은 많으면 많을수록 좋은 법이지. 사내라면 능히 두세 명의 사랑을 얻어야 하지 않겠나? 그것이 진정한 사내라 할 수 있지."

양일이 당연하다는 듯 말하자 소초산이 눈을 크게 떴다. 지금까지 생각해 본 일이 없었던 말들이기 때문이다.

"선배님은 두세 명의 여인네들을… 아내로 맞이할 생각이십니까? 당연히 그럴 일은 없겠지만……."

"도사가 무슨… 이미 다 지난 일들인 것을……."

양일이 턱수염을 손으로 문지르며 중얼거렸다. 뭔가 일이 있었던 것 같았다. 알고는 싶었지만 이런 문제는 조심스럽기 때문에 묻지 않았다.

"두 명이나 세 명 정도 마누라로 둔다고 해서 욕하지는 않겠지요?"

"누가? 오히려 능력 좋다고 부러워하지 않을까? 나라면 일 년 삼백육십오 일을 계산해서 육 일에 한번씩 쉰다고 쳤을 때 이백오십 명 정도 되는 여자를 마누라로 삼았을 것이네. 하루에 한 명씩 다른 얼굴을 바라보며 행복하게 살지 않겠나?"

"꿈이군요."

소초산이 고개를 끄덕이자 양일이 의미심장한 표정을 지었다.

"꿈이지."

양일이 하늘을 바라보며 감상에 젖은 표정을 지었다. 소초산도 같이 하늘을 바라보았다.

'일 년에 이백오십여 명이라… 분명 돈도 많이 들겠고… 방도 삼백 개가량 있어야 할 테니… 마을을 하나 새로 만드는 일이 되겠군.'

그런 생각이 들었다. 그러자 소초산은 팔짱을 끼며 심각한 고민에 빠지게 되었다. 이야기를 듣고 보니 자신도 한번 그렇게 살아보고 싶다는 생각이 든 것이다. 하나 꿈은 꿈일 뿐 자신의 능력으로는 무리였다. 거기다 과연 그녀가 용서할까?

'내가 미쳤지.'

소초산은 가만히 중얼거리며 고개를 저었다.

"그런데 말이야, 이미 부인이 있지 않아?"

"예?"

양일의 갑작스러운 말에 소초산의 눈이 동그랗게 변했다. 양일이 그 표정을 바라보며 빠르게 말했다.

"이미 무림맹에 소문이 크게 퍼졌는데? 몰랐냐? 염 소저하고 하룻밤 보냈다면서?"

"헉!"

소초산이 놀라 벌떡 일어섰다.

"누가 그런 헛소문을!"

"개방의 소방주가 그러더구나. 자기 누님을 소초산이 뺏어갔다고 말이야. 크크크……."

양일은 은근히 실눈을 뜨며 웃음을 보였다. 순간적으로 소초산의 등줄기에 식은땀이 흘러내렸다. 그 표정을 읽은 양일이 다시 말했다.

"남녀가 하룻밤을 보내는데 아무런 일이 없었다면 그것만큼 멍청한 남녀도 없을 것이다."

"사실 저는 멍청합니다."

"……."

양일이 입을 닫았다. 소초산도 입을 닫았다. 잠시 침묵이 흘렀다.

"염 소저군."

"……!"

양일의 말에 소초산이 놀라 고개를 돌렸다. 순간 바람처럼 지붕 위에서 떨어져 내리는 염옥림의 모습이 눈에 들어왔다. 놀란 소초산이 뒤로 물러섰다. 염옥림은 팔짱을 한 채 다가오고 있었다.

"어떻게… 무림맹에? 무림맹이라면 질색을 하더니……."

"동생이 개방 소방주잖아. 뒤가 든든한데 어딘들 못 가겠어?"

"하하……."

소초산이 마루에 앉았다. 양일은 그런 남녀의 모습을 바라보며 잔잔한 미소를 보였다.

"소식을 들어보니 심 소저하고 같이 있었다면서?"

"뭐? 어떻게 그걸……."

소초산이 염옥림의 말에 놀라 눈을 크게 떴다. 그러자 염옥림이 의미있는 미소를 그렸다. 아니, 그것은 살기였다.

"어떻게 그럴 수가 있어? 설마 하니 내 발에서 벗어날 수 있을 거라 생각한 거야? 나를 물로 보는 것은 아니겠지? 내가 밑으로 부리는 애들만 해도 족히 이백은 되거든?"

"설마… 그럴 리가 있겠어?"

"그럼 왜 나에게는 비밀로 하는 건데? 전에도 그래, 개방주를 만나러 가는데 나만 쏙 빼고 둘이 짝짜꿍하고 앉아서 소꿉놀이하고."

"아 맞다! 양 형님, 그리고 보니 전부터 궁금한 게 있었는데요."

"응?"

소초산이 애써 무시하며 말을 돌렸다. 염옥림이 순간 살기를 뿌렸다. 소초산은 재빠르게 양일의 옆으로 다가와 앉았다. 염옥림이 인상을 찌푸렸다.

"왜 피해?"

"어허! 어른이 말씀하시려는데 끼어들면 쓰나?"

소초산의 말에 염옥림이 일순 입을 닫았다. 양일은 소초산이 불리하다는 것을 느끼곤 이럴 때 도와야 형님이라는 생각에 고개를 끄덕였다.

"뭐가 궁금한데? 그런데 누구랑 소꿉놀이했냐? 그 나이에 아직도 소꿉놀이하냐?"

"아하하하… 다름이 아니라 궁금했던 건데요? 양 형님의 사부가 그 천하제일인이라 불리는 진천자잖아요?"

양일은 소초산이 말을 바꾸자 무슨 말을 할까 고민했으나 스승님의 이름이 나오자 귀를 기울였다.

"그렇지. 뭐… 내가 볼 때는 그저 그런 사부지만."

"그런데 선배님은 왜 천하제일이 못 되는 것입니까?"

"……."

양일이 양 눈썹을 모으며 소초산을 바라보았다. 소초산이 진정 궁금한 표정을 만들고 있자 양일은 한숨을 크게 내쉬었다.

"술 없냐?"

"아… 술 좀 가져와."

소초산이 고개를 돌려 염옥림에게 말하자 염옥림이 팔짱을 끼며 인상을 찌푸렸다. 소초산이 그 모습에 가만히 말했다.

"말을 잘 들어야 예뻐하지? 그렇지?"

"쳇!"

쉬릭!

염옥림이 혀를 차며 신형을 날렸다. 그녀의 모습이 순식간에 사라지자 양일이 가만히 소초산을 바라보았다.

"능력이 좋아 보인다? 염 소저도 사실 정말 빼어난 여자지, 암……."

"단지 좀 성격이 괴팍하다는 것 빼고는……."

"동생만큼 괴팍할까?"

"하하하하!"

소초산이 웃어 보이자 양일이 다시 말했다.

"스승님의 무공이 궁금하냐?"

"단지 형님께서 계속 앉아 계시는 게 궁금할 뿐입니다."

"저마다 사연은 있는 법이지."

"그렇지요."

양일의 말에 소초산은 동의했다.

"천하제일이라… 스승님이 천하제일이기에 나 역시 천하제일을 원했었다."

"저라도 그럴 것입니다."

양일은 곧 책상다리를 하며 앉아 먼 산을 바라보았다. 마치 과거를 회상하듯 소초산은 그 모습을 지켜보기만 했다. 다음 말을 기다린 것이다.

"태어나서 처음 스승님을 얻고… 무공을 수련하면서 젊은 날을 보냈지. 그때는 모든 게 무공뿐이었다. 무공만이 내 삶의 전부였다고 할까……? 그러던 어느 날 사형을 만났다."

"화산파의 현 장문인을 말하는 것이군요?"

양일은 소초산의 물음에 고개를 끄덕이며 말했다.

"물론. 사부는 달라도 내 사형이었지……. 그런데 이 사형이 어느 날 장가를 가더구나. 나는 이해할 수가 없었다. 남자와 여자가 함께 산다는 것 자체를 이해 못한 것이다. 거기다 화산파는 도가의 문파로 도사가 되려는 자가 모인 곳이다. 그런데 장가라니? 무당의 도사가 장가를 가던가? 말도 안 되는 일이라고 여겼지……."

"하지만 화산은 도가와 속가가 합쳐진 곳이 아닙니까?"

양일이 소초산의 말에 고개를 끄덕였다.

"그 문제가 화산이 무당을 넘지 못하는 가장 근본적이 원인이 된다. 나는 그렇게 생각했다. 아니, 나의 스승님 역시 그렇게 생각을 하셨다. 세상을 등지고 속세를 벗어나 하늘을 벗 삼고 땅을 옷으로 삼아 세상을 사는 것이 화산이다."

소초산은 그 말에 고개를 끄덕였다. 양일은 짧게 숨을 내쉬며 다시 말했다.

"그렇게 생각했었지… 정도의 길을 걷고 세상을 바르게 살아가는 것… 그것을 위해 무공을 수련하고 세상의 이치를 알기 위한 도를 수행한다고 말이다."

"바뀌었군요."

양일은 고개를 끄덕였다. 소초산의 말이 정답이기 때문이다. 바뀐 것이다.

"사형이 자식을 낳았더구나. 그것도 귀여운 딸아이를……."

"아……."

머릿속에 황유화가 스쳤다. 그녀가 화산파의 여식이기 때문이다.

"나는 사형의 딸이 아니라 화산의 딸이라 여겼다. 그런 생각이 들더구나. 내가 처음 안아 들었을 때 웃음소리가 어찌나 맑던지……."

양일은 입가에 잔잔한 미소를 머금었다.

"그 웃음소리가 나의 마음에 남아 있던 수많은 앙금과 심마를 사라지게 만들더구나."

양일은 행복한 표정이었다. 아직도 그때를 생각하면 가슴이 맑게 변하는 두근거림이 있었기 때문이다.

"정말 행복했다. 비록 내 딸이 아니지만 내 품에서 해맑게 웃고 있는 어린 소녀를 보았을 때… 그때의 행복을 어떻게 말로 표현할 수가 있겠느냐?"

상상이 되었다. 소초산은 자신의 사매가 자식을 품에 안고 있는 모습에서 자신도 모르게 그런 기분이 들었기 때문이다. 어른이 되었다는 생각도 들었지만 무엇보다 행복한 표정에 마음이 안심되고 포근해졌다. 그것은 따뜻함이었다.

"도라는 것도… 정의라는 것도 그 순간 아무것도 아니었다. 가장 중요한 것이 무엇인지 깨닫게 된 것이다. 그때부터 바뀐 듯하구나."

양일은 그렇게 말하며 미소 지었다. 소초산도 고개를 끄덕였다.

"제 사매도 애를 낳았는데 참으로 보기 좋았습니다."

"그렇지? 그런데 일이 생겼다."

갑작스럽게 바뀐 말에 소초산은 귀를 기울였다. 양일은 해가 지는 서산의 노을을 향해 시선을 돌렸다. 그의 눈동자에 아련한 추억이 맴돌았다.

"그 딸아이가 아프게 된 것이다."

"아……."

"화산에는 과거부터 지금까지 꽤 많은 영물들이 살았는데 두 마리의 토룡이 만년산삼을 두고 싸우다가 죽는 사건이 생겼다. 그것을 발견한 장문인이 두 개의 내단과 만년산삼을 가지고 돌아왔을 때 화산의 장로들은 큰 복으로 여겼다. 하나… 곁에 두었던 사형의 딸이 그 내단을 먹어버린 것이다."

"허……."

"모두 놀랐다. 그 자리에 나는 없었지만 모두 기겁을 했다고 한다.

잠시 한눈을 판 사이에 불과 한 살 정도 된 딸이 내단을 입에 넣었으니 어떻게 될 것 같으냐? 온몸에서 열이 나고 피부가 빨갛게 타 들어갔다. 그 모습에 다급한 사형이 옆에 두었던 만년산삼을 먹이게 된 것이다. 모두 정신이 없었다. 내단을 먹은 상태에서 만년산삼까지 먹었으니……."

"만년산삼이 천고의 영약이니 그 화기를 다스릴 것이라 여겼겠지요."

"물론… 나라도 그런 상태라면 그렇게 했을 것이다. 하나 그것이 또 화근이었다. 딸아이는 더욱 크게 울었지. 피부가 벗겨지고 손톱이 떨어져 나갔다. 그때 화산에는 나만이 옥녀봉에 앉아 있었다. 두 분의 사숙께서는 천하를 돌기 위해 떠난 상태였다. 내 스승님은 언제 올지 기약할 수 없는 분이니……."

소초산은 흥미진진한 말에 고개를 끄덕였다. 양일은 계속해서 말을 이어갔다.

"내가 내려가서 살펴보니 죽는 것은 시간문제인 것 같았다. 처음엔 나도 어찌해야 할지 몰라 망설였었다. 하나 개정대법(開頂大法)을 펼친다면 그 두 마리의 토룡이 남긴 내단의 기운과 만년산삼의 기운을 다스린다면……? 세 가지의 기운이 온몸에서 싸우고 있었으니 내 나름대로 해석해서 다스려야 했다. 나의 모든 것을 걸고 살려주겠다는 말을 계속해서 되뇌이며 나는 개정대법을 하게 된 것이다."

"오오……."

"예상과는 달리 십 일 동안 행하였다. 십 일 동안 잠도 안 자고 뜬눈으로 허공에 띄운 그 아이의 몸에 나의 진기를 주입시켜 다스린 것이다."

"정말 대단하십니다."

소초산이 그 말에 놀라 말했다. 아무리 자신이라도 십 일 동안 개정 대법을 뜬눈으로 할 수 없기 때문이다. 한번 하게 되면 끝날 때까지 손을 뗄 수가 없는 방법이었다. 그런데 양일은 허공을 향해 양손을 들어 올리고 십 일을 버틴 것이다. 자신이라면 불가능했다.

"화산에서 그 정도의 심득을 얻은 사람은 나뿐이었다. 결국… 그 아이는 새로운 몸을 얻었다. 천하의 모든 기운을 몸에 담고서……."

"그래서 황 소저의 무공이 대단한 것이었군요?"

"물론이다. 나의 내공까지 전부 가져갔으니… 어찌 천하에 상대할 자가 있었겠느냐? 물론… 내 눈앞에 있는 놈이… 음……."

양일이 말을 하다 소초산을 지그시 바라보았다. 소초산은 웃음을 보였다. 양일이 다시 말했다.

"유화는 아직 자신의 몸에 잠재되어 있는 기운의 절반도 자기 것으로 하지 못하고 있다. 그런 상태이기 때문에 지금의 네 상대가 되지는 못하겠지. 하나 그 모든 것을 자신의 것으로 한다면……?"

"천하에 적수를 찾기 힘들겠지요."

소초산이 대답하자 양일은 고개를 끄덕였다.

"그 때문에 내가 이 모양 이 꼴이 되었다. 아직도 과거의 몸을 다 찾지 못해 움직이는 것도 불편하게 된 것이다."

소초산은 그 말에 입을 다물었다. 달리 할 말이 없었기 때문이다.

"인생이 뭐가 있겠느냐? 그저 즐기고 웃으며 살면 그만인 것을……."

"언제쯤이면 과거처럼 될 것 같습니까?"

"십 년."

양일의 말에 소초산은 한숨을 크게 내쉬었다.

"다행입니다. 그래도 다시 젊어지실 수가 있잖습니까?"

양일은 순간 눈을 가늘게 뜨다 그 말뜻을 이해하곤 큰 소리로 웃었다.

"하하하하! 오랜만에 이렇게 크게 웃어보는구나! 하하하!"

양일의 웃음소리가 주변에 울릴 때 하나의 그림자가 소초산의 옆에 나타났다. 염옥림이었다. 염옥림의 손에는 술병이 들려 있었으며 다른 한 손에는 안줏거리를 담은 보자기를 들고 있었다.

"여기 술하고 안주요."

염옥림이 마루에 올려놓자 양일이 술병을 들어 마개를 열고는 입에 물었다.

"무슨 이야기를 했어?"

"아무것도."

소초산이 고개를 저으며 미소만 보였다. 염옥림은 옆구리에 손을 얹고는 둘을 번갈아 바라보며 인상을 찌푸렸다. 자신만 빼놓고 이야기를 마쳤기 때문이다.

해가 지고 날씨가 서늘해지자 방 안으로 들어온 소초산은 같이 들어오는 염옥림을 향해 말했다.

"무림맹에 우리 소문이 파다하던데……?"

"아… 그… 그거?"

당황해하는 염옥림을 향해 소초산이 약간 굳은 어조로 말했다.

"소문은 왜 낸 건데?"

염옥림은 잠시 당황하다 곧 의자에 앉으며 입술을 내밀었다.

"내가 낸 거 아니다 뭐. 그냥 동생이 하도 어떤 관계냐고 물어보는 거야. 그래서 농담 삼아 말한 건데… 그놈이 소문을 낸 거야. 내가 아니라니까."

소초산이 그 말에 이마를 짚으며 고개를 저었다. 감당 못할 남매라는 생각이 문득 들었다. 그러자 염옥림이 인상을 쓰며 다시 말했다.

"그래도 사실은 사실이잖아? 아니야? 이제 도망갈 곳도 없어. 소문은 파다하고 거기에 부정하면 내가 어떻게 고개를 들고 다니겠어? 아마도 자살하겠지……."

염옥림이 고개를 숙이며 작게 말하자 소초산이 다시 한 번 한숨을 내쉬었다.

"아… 어쩌자고……."

"걱정돼? 아영이가 이 사실을 알면 어떻게 나올지?"

"무슨 소리야?"

소초산이 얼굴을 살짝 붉히려 하자 염옥림이 눈을 빛내며 다시 말했다.

"나보다 아영이 좋다는 말이지?"

말 속에 뼈가 갈리는 듯한 차가움이 들어 있었다. 순간 소초산이 양손을 저었다.

"아니, 무슨 소리야. 둘 다 좋아한다니까, 둘 다."

그 말에 염옥림이 팔짱을 끼며 눈을 크게 떴다.

"아무튼 넌 내 거야."

"……."

소초산의 표정이 미묘하게 꿈틀거렸다.

장도사가 온 건 저녁때였다. 여전히 사각진 얼굴과 작은 눈에서는 광채가 흐르고 있었다. 딱딱하게 굳은 표정은 변화가 없었다.

무심한 눈동자가 소초산을 향했다.

"언제 왔나?"

"낮에요."

장도사의 시선이 그 옆에 앉은 염옥림을 향하자 장도사의 얼굴에 미소가 걸렸다. 역시 여자에게는 미소를 보인다.

"염 소저는 웬일이시오?"

"놀러 왔어요."

장도사가 고개를 끄덕였다. 소문을 익히 들었기 때문이다. 장도사는 은근한 표정으로 소초산을 바라보았다.

"이제 인생 끝났군."

"무슨 소리입니까? 인생이 끝나다니요? 제 인생은 아직 창창합니다."

"그런 뜻이 아니네. 뭐… 알게 되겠지."

장도사가 인생의 선배처럼 말하자 소초산은 그 말을 이해하려고 노력했다. 하나 이해할 수가 있을까?

"이왕 왔으니 맹주님하고 내일 저녁이라도 해야 하지 않겠나? 요즘 맹주님이 걱정하는 게 있네. 자네가 들어주면 좋을 것 같은데……?"

"맹주님이요?"

염불 소리가 작게 방 안에 울렸다.

"오랜만에 보는구나."

"그렇습니다."

공원이 앞에 앉은 소초산에게 말하자 소초산은 읍하며 대답했다. 작은 방 안에 다탁이 놓여 있었고 뒤로는 향불이 피어나고 있었다. 실내는 밝았으며 조용했다.

"그래, 요즘 살 만하고? 소문을 듣자 하니 어떤 여자와 그렇고 그런… 흠흠……."

소초산이 굳은 표정을 지었다. 공원의 귀에도 들어갔기 때문이다. 하긴 가만히 앉아 있는 양일도 알고 있는데 공원이 모를까?

"요즘 뜨고 있는 젊은 고수의 이야기라 여자들의 비상한 관심이 오가고 있네. 그래서 알게 되었지, 달리 관심이 있어서 알고 있는 것은 아니네."

지그시 소초산을 응시한 공원이 잠시 목소리를 죽이며 낮게 말했다.

"그래, 어디까지 간 겐가?"

"예?"

"아무것도 아니네. 험."

공원이 헛기침을 하자 소초산은 은근한 눈동자로 공원을 바라보았다. 공원이 차를 마시며 그런 소초산을 향해 다시 말했다.

"오늘 오라고 한 이유는 다른 게 아니라 한 가지 말할 게 있어서이네."

"한 가지 부탁이 아니고요?"

소초산이 그 말에 대꾸하자 공원이 수염을 쓰다듬으며 고개를 끄덕였다. 얼굴에 미소를 가득 담은 공원은 다시 말했다.

"원래 이런 자리에 앉아 있다 보면 듣기 싫어도 들어야 하고 듣고 싶어도 들어야 하고 이런저런 이야기들을 모두 듣게 되지."

"높은 자리니까 멀리 있는 말들까지 들어야 하겠지요."

소초산이 이해한다는 듯 고개를 끄덕였다. 공원은 웃음을 보이며 수염을 쓰다듬었다.

"허허… 맞네. 귀를 막고 있어도 들리니 이것 또한 문제가 되는 것 같네. 그래서 말인데 요즘 듣기 싫은 소리가 많아서… 하는 말인데……?"

은근한 목소리로 공원이 말을 하자 소초산이 눈을 굴렸다. 본론이 나오기 때문이다. 거기다 듣기 싫은 일이라면 분명 문제가 되는 일이 확실했다. 사실 소초산은 뭔가 일을 시킨다면 거절할 생각이었다. 귀찮았고 심아영의 일 때문에 마음이 아직도 심란했던 것이다.

공원은 품에서 두 권의 책을 꺼내 소초산의 앞으로 밀었다. 소초산은 그 책의 표지를 보며 눈을 크게 떴다.

"얼마전 비영단과 개방에서 들어온 것이네."

"일월신록(日月神錄)……"

"이 책은 과거 일월교의 역사를 기록한 책인 것 같기도 하고 경전 같기도 한 것인데 나도 처음 보는 것이었네. 천천히 읽어보았지만 이어지는 것이 아니기 때문에 얻은 것도 별로 없어. 하나 이 책이 모두 이어진다면 한 가지 사실만은 확실히 알 수 있을 것 같았네."

"어떤……?"

"천하를 경동시킬 무공서라는 것을 말이야……"

"제목을 볼 때는 그냥 역사서 같은데요?"

소초산의 질문에 공원은 고개를 끄덕였다.

"사실 그렇게 생각했네. 그렇기 때문에 비영단과 개방이 이 책을 줬을 때 흥미로 읽어버렸네. 그게 문제였어. 읽고 나니 심마가 있다는 사실을 알았네."

"심마(心魔)? 맹주님이요? 에이… 설마……."

소초산은 눈을 크게 뜨며 말하다 부정하기 시작했다. 공원의 무공이 어느 정도인지 대충 때려 맞춰도 높다는 것을 알기 때문이다. 공원의 수준으로 심마는 이미 모두 지난 과거의 일이 되었을 것이다. 언제 성불할지 알 수 없는 사람이 공원이었다. 소초산이 보기에는 적어도 그랬다. 그런 공원이 심마라니… 있을 수 없는 일이었다.

"양 선배도 이 책을 읽었습니까?"

"물론이네. 무공의 묘리가 숨어 있다는 말에 흥미를 가지고 읽더니 재미없다면서 던지더군. 녀석은 이런 책에 무공의 묘리가 숨겨져 있다면 세상의 모든 책과 글에 무공의 묘리가 담겨 있다고 했네. 관심이 없어 보였지. 읽어보고 싶은가?"

"흐음……."

소초산은 턱을 손으로 만지며 책의 표지를 뜨거운 시선으로 바라보았다. 소초산이 흥미를 보이자 공원이 다시 말했다.

"총 몇 권인지 모르나… 한 권은 안휘성 대도관(大道館)에 있다고 하네. 한번 가보겠나? 물론 다 모아줬으면 하지만……?"

"다요? 몇 권인지도 모르는데……?"

소초산이 난색을 표하자 공원이 빠르게 말했다.

"다른 사람들에게 부탁하고 싶지만 자네밖에 딱히 떠오르는 사람이 없었네. 무슨 뜻인지 아는가? 자네를 믿고 있다는 뜻이지."

"아… 물론 그렇지만……."

소초산의 별반 다르지 않은 반응에 공원이 다시 빠르게 말했다.

"다 모아주면 내가 무공서를 하나 줌세. 아니, 내가 지금까지 꼬불쳤던 사라진 무공서들을 주지. 허허… 어떤가?"

"무공서야 저희 청성산에도 쌓였습니다. 단지 안 볼 뿐이지만."

공원이 그 말에 눈을 크게 떴다가 곧 은근한 목소리로 다시 말했다.

"책을 다 모아주면 다 자네에게 주지. 어떤가?"

그 말에 소초산이 입가에 미소를 담았다.

"잘 아시면서… 하하."

"허허허! 그럼, 그렇구말구. 살다 보면 이런 일 저런 일 다 있는 게 아니겠는가?"

"물론이지요. 하하. 이왕이면 돈도 좀……."

"걱정하지 말게나. 내가 비자금을 줄 터이니."

"감사합니다."

소초산이 자리에서 일어났다. 공원이 미소를 지으며 수염을 쓰다듬었다.

"장도사에게 따로 말한 일이니 한번 물어보고 도움을 받게나."

"예. 그럼 다녀오겠습니다."

소초산이 인사하자 공원이 손을 흔들었다.

"잘 다녀오게나."

소초산이 문에서 사라지자 공원은 차를 마시며 가만히 찻잔을 바라보았다.

"혼자가 좋을 게야."

공원은 잔잔한 미소를 입가에 담았다. 하나 그것은 걱정 역시 담겨 있는 것이었다. 그러던 어느 순간 공원이 눈을 크게 뜨며 일어섰다.

"그런데 책은? 가져간 건가?"

아무리 둘러보아도 일월신록이 안 보였던 것이다.

자신의 방으로 들어온 소초산은 전에 놓았던 자신의 봇짐을 챙겼다. 봇짐 속에 넣었던 물건들을 꺼내기 위해서이다. 사실 짐 정리도 안 하고 사는 소초산이었다.

"크으……."

짐에서 옷가지를 꺼내다 냄새에 절어 구린내가 풍기는 자신의 옷을 보곤 코를 잡았다.

"누구 거야, 도대체……. 개방도들보다 더한 냄새군."

소초산은 그렇게 투덜거리며 옷가지를 꺼내다 책을 한 권 발견하곤 재빠르게 들었다.

"크하… 냄새에 절었군, 절었어……."

책에서 풍기는 땀 냄새와 책 냄새의 기기묘묘한 냄새에 잠시 고개를 뒤로 돌리며 코를 막았다. 하지만 시선은 책의 표지를 향하고 있었다.

"일월신록 제오권이라……."

탁자 위에 내려놓은 소초산은 소매에서 공원에게 받은 두 권을 꺼내 놓았다.

"일월신록 이권과 사권, 오권… 오권 뒤에는 내용이 이어지지 않고 끝나니 총 다섯 권이란 소리인데……. 일권과 삼권인데… 안휘성의 대도관이라면 분명 냄새나는 서생들이 사는 곳일 것이고, 흐음… 그런데 왜 갑자기 이 책을 나에게 맡겼을까? 일월신록이라면 제목만 가지고도 이것이 일월교와 관련된 물건이라는 사실을 알 터인데……."

소초산은 인상을 찌푸리며 중얼거렸다. 오권을 대충 훑어보았을 때 일월교에 대한 이야기들이 간간이 중간에 나와 그것이 일월교의 중요한 책이라는 것을 알았다. 하나 흥미를 가지고 자세하게 읽지는 않았다. 그럴 필요성을 느끼지 못했기 때문이다. 하나 공원 대사를 심마에 잠시 빠지게 만들었다는 사실에 홍미를 가지기 시작했다.

"처음부터 끝까지 모으지 않는 이상… 읽는 것은 삼가하는 것이 좋겠다. 아무리 생각해도 중간에 끊어진 이야기였기 때문에 심마에 빠지지 않았나 싶은데……."

그런 추측을 하며 소초산은 세 권의 책을 모아 한쪽에 놓고 주변을 둘러보았다. 행낭을 찾기 위함이었다.

"누가 읽느냐에 따라 다르지 않을까? 내가 맹주님에게 듣기로는 불경 같다는 소리를 들었네. 하나 양 선배는 그것을 읽고 그것이 남녀의 사랑이야기라 하셨지."

장도사가 서서 여러 가지 문서들을 정리하며 말하자 소초산이 물었다.

"양 선배는 화산의 도사인데 속인처럼 사랑이라니요?"

"양 선배는 도사이지만 속인처럼 사랑을 원하지. 몰랐나? 양 선배는 아직 사랑을 해본 적이 없어. 쯧쯧, 불쌍하게도……. 물론 첫눈에 반한 여인이 있었지만… 유부녀였네. 불륜이지. 크크크크. 그 충격 때문에 아마도 사랑에 연연하지 않았을까?"

장도사가 대충 문서 정리를 끝내곤 소초산의 앞으로 다가와 맞은편에 앉았다. 탁자 위에는 일월신록 세 권이 놓여 있었다. 장도사의 눈이 일월신록으로 향했다.

"일월신록은 누가 쓴 것인지, 아니, 누가 만든 것인지도 의문이야. 일월교가 만들었다고 하기에는 마성이 느껴지지 않아. 맹주님의 말에 따르면 무인이 읽으면 무서가 되고 속인이 읽으면 그냥 일반 책이 된다는데… 상인이 읽으면 상인들의 상술서로 보이겠지? 문사가 읽으면 시경이 될지도 모르지. 자네는 읽어봤나?"

"예… 뭐… 대충은요."

"어떤가?"

장도사의 물음에 소초산이 뒷머리를 긁적이며 말했다.

"대충 봐서 그런지 기억도 안 납니다."

장도사가 그 말에 웃어 보였다. 소초산답다는 생각을 한 것이다.

"맹주님이 일월신록을 찾아오라고 시킨 것을 보면 자네를 굉장히 신뢰한다는 증거 같네. 일월신록에 대한 일은 강호에서 알려지지 않았고 절대 비밀 중 하나이니까."

"그래요?"

소초산이 눈을 크게 뜨며 묻자 장도사가 고개를 끄덕였다.

"삼백 년 전 이런 소문이 하나 있었네. 일월교가 그때는 크게 융성하고 있을 때였지. 일월교의 비밀이 담긴 일월신록을 손에 넣는 자는 일월교의 교주가 될 것이며 천하를 가질 것이다."

"그런 소문이 있었다니… 놀랍네요."

소초산이 책을 바라보며 눈을 크게 뜨자 장도사가 고개를 끄덕였다. 장도사는 사각진 턱을 어루만지며 미소 지었다.

"그러한 소문 때문에 혹시라도 일월신록에 대한 것이 무림맹에 퍼진다면 분명 강호에 혈풍이 불 것이네. 그것을 미연에 방지하고 싶은 것이 맹주님의 뜻이지. 그리고 그러한 중책을 자네에게 맡긴 것이고. 나라면 안 하겠지만. 책이 어디 있는지 알고 찾아? 안 그래?"

"물론입니다. 사실 난감하기도 하고요."

"내가 도와줄 수는 있지만 나보다도 염 소저가 더 도움이 될 것이네. 그녀의 눈과 귀도 의외로 밝은 편이니까. 더욱이 이런 보물에 관한 것이라면 솔직히 우리보다 염 소저가 더 빠삭하게 알지 않을까?"

소초산이 그 말에 눈을 빛냈다. 사실이 그러했기 때문이다. 보물이 있는 곳에 그녀는 있을 것이다. 보물을 모으는 재미를 따라올 재미가 없다고 늘 입으로 말했던 그녀였기 때문이다.

"형님의 조언은 정말 시기적절해서 딱 좋습니다."

"더 칭찬해도 좋다네."

장도사가 수염을 쓰다듬으며 미소 지었다. 하나 이미 소초산의 그림자는 없었다.

무림맹을 빠져나오자 어디에서 나타난 것인지 모를 바람 소리와 함께 염옥림이 나타났다. 아무에게도 말 안 하고 나왔지만 어디에서부터 자신을 감시하고 있는 것이 분명했다.

"어디 가?"

소초산은 옆에 나타난 염옥림의 웃는 얼굴을 바라보며 자신도 미소 지었다.

"보물을 찾으러."

순간 염옥림의 두 눈이 초롱초롱하게 빛났다. 지금까지 봤던 그러한 눈동자가 아니었다. 활활 타오르는 화산이었다.

"무슨 보물?"

"일월신록."

말을 하며 소초산이 입을 검지손가락으로 막았다. 그러자 염옥림도 주변을 둘러보며 검지로 입을 막았다. 곧 조용히 말했다.

"처음 듣는데? 그게 뭐야?"

"몰라? 너라면 좀 알 거라 여겼는데… 과거 일월교의 경전 같은 것이라고 들었어."

"그래?"

흥미있는 듯 염옥림이 반짝이는 눈으로 소초산의 등에 걸린 행낭에 시선을 던졌다. 은근한 미소를 입가에 담은 염옥림이었다. 소초산이 그것을 모를 리가 없었다. 솔직히 근접에서 그녀의 손을 피하기란 쉽지 않았다. 자신이 생각할 때 그녀는 분명 천하제일의 손을 가지고 있었다. 거기다 경신법까지.

"한번 알아볼 생각은 없어?"

소초산이 묻자 염옥림이 시선을 소초산에게 돌렸다.

"왜? 도움이 필요해?"

"그럼? 안 도와줄 생각이었어?"

소초산이 시선을 던지며 인상을 찌푸리자 염옥림이 화들짝 놀라 그런 소초산의 어깨를 잡았다. 염옥림의 입에서 콧소리가 흘러나왔다.

"아잉! 설마… 헤헤… 삐쳤어? 내가 한번 알아볼게… 걱정하지 말고. 일단 어디로 가는데?"

"안휘성에 있는 대도관인가?"

"뭐? 그 냄새나는 책벌레들만 사는 곳에?"

난색을 표하는 염옥림의 반응에 소초산도 난색을 표하며 고개를 끄덕였다. 자신과는 극과 극이었기 때문이다. 그것은 염옥림도 마찬가지였다. 둘의 표정이 어둡게 변하였다.

"책… 좀… 읽어……?"

염옥림의 물음에 소초산이 고개를 저었다. 소초산은 정말 난색하는 표정이었다.

"천자문만 겨우겨우… 그 이상은 무리야……."

"사실 나도 그래."

염옥림이 붉어진 얼굴로 말했다. 무식하다는 말을 듣기 싫은 표정이었으나 소초산도 마찬가지기에 서로의 얼굴을 바라보며 어색하게 웃었다. 둘 다 책과는 거리가 멀었던 것이다.

"꼴값을 떤다… 아주……."

저 멀리 걸어가는 연인인 듯한 남녀를 바라보는 장홍은 팔짱을 낀 채 나무 정상에 서 있었다. 바람이 불어 시원함을 전하였지만 마음은 아니었다. 무림맹의 앞에서 소초산이 나오기를 기다린 지 벌써 일주일이다. 무림맹 안에 있으니 쳐들어가지도 못하고 나올 때까지 하염없이 기다려야 했다. 그리고 지금 소초산이 나왔다. 그것도 좋은 먹잇감과 함께…….

'혼자였다면 껄끄러웠겠지만… 포로로 잡는다면……? 정파 놈들은 포로에 약하지. 그래서 정파 놈들이 바보라고 불리는 것이다.'

장홍이 차갑게 눈을 빛냈다.

쉭!

장홍의 신형이 바람처럼 나무 위에서 사라졌다.

❖第七章❖
정은 가슴에 박히고

징은 가슴에 박히고

"공부를 왜 하는 건데? 과거에 응시하려고? 아니면 권력을 위해서?
세상을 사는 데 필요한 가장 기본적인 도덕과 윤리를 이루지 못한 사
람이 공부해서 권력을 잡으면 세상은 어떻게 되겠어? 돌아버리겠지?
정작 중요한 것은 사람이 사람으로서 지켜야 할 도리와 윤리인 것을.
가끔 공부만 한 서생들을 보면 세상이 걱정되기도 한다니까."

소초산이 모닥불을 바라보며 투덜거렸다. 사실 약한 부분이었기 때
문이다. 염옥림도 공감하는 듯 고개를 끄덕였다.

"내가 아는 사람은 태어나서 공부만 한 사람이야. 책만 읽고 과거만
생각했지. 결국 과거에 급제하고 관원이 되어서 돌아왔는데 가장 처음
에 한 일이 뭔지 알아?"

"뭔데?"

"세금 올리는 거였어. 왕창 올려서 그 마을에서 폭동이 일어났지.

더 웃긴 건 폭동이 일어나자 관병들을 동원해서 마을을 토벌한 거야. 마적단이라면서 일반 서민들을 토벌한 거지. 그런 일이 비일비재하다는 것이 문제지만……."

"어이없는 일이군. 그걸 보고만 있었어?"

"내가 어떻게 할 수준을 넘어선 거야. 내가 할 수 있는 일이라곤 그놈의 집에서 돈을 훔치는 일이 전부였지. 그런데 그놈도 오래 못 갔어."

소초산이 건포를 꺼내 씹기 시작했다. 염옥림이 포대를 깔고 누웠다.

"폭동이 일어났던 마을에서 겨우 살아남았던 어떤 남자가 그놈이 길을 지나가는데 칼로 찔러 죽였던 거야. 물론 그 남자도 그 자리에서 목이 잘렸지만……. 인과응보라고 하기에는 그 마을 사람들이 더 불쌍하지 않을까?"

소초산이 침묵하며 고개만 끄덕이고 있었다. 재미있는 이야기였기 때문이다. 염옥림은 곧 눈을 감으며 잠을 청했다. 그래서인지 목소리는 잦아들었다.

"공부를 잘해서 출세를 했다고… 아니면 태어날 때부터 권세를 타고났다고 하지만 결국 세상을 이끌어가는 것은 대다수의 평범한 사람들이야. 그들의 권세가 그러한 사람들을 강하게 탄압하면 세상은 난(亂)이 일어나고 사람들은 그들을 탄압하겠지……."

"무림도 마찬가지가 아닐까?"

"무림은 더 심하지."

염옥림이 실눈을 뜨며 소초산의 말에 대답했다.

"무림인들은 다들 특별한 존재라고 생각하기 때문에 자존심으로 먹고사는 사람들이야. 자존심에 조금이라도 흠집이 생긴다면 그것을 원한으로 평생 동안 잊지 않고 언젠가는 칼을 들이대는 게 무림인이야. 물론 선을 행하고 도를 구하는 도사들이나 스님들은 다를지도 모르지만. 천하를 얻기 위해 어떤 짓이라도 하는 것은 정이나 사나 구별이 없다고 생각해."

"그렇군… 그렇겠어……."

그렇게 대답한 소초산의 머리에 불길한 예감이 지나쳤다.

"일월신록을 얻은 자는 천하를 얻는다."

장도사의 목소리가 머리를 스쳤기 때문이다. 천하를 얻고 싶어하는 야망을 품은 자가 얼마나 많은가? 하나 무공이 약해 못하고 있을 뿐이었다. 그런 자들이 일월신록에 대한 소문을 듣게 된다면 천하에는 폭풍이 몰아칠 것이다. 다행히 일월신록에 관한 것은 세상에 전해지지 않고 있었다. 그것도 의문이었다. 아무리 삼백 년이라는 긴 시간이 흘렀다고 하지만 일월신록의 소문이 그렇게까지 막힐 수가 있을까? 분명히 중간에 누군가가 아니면 어떤 세력이 단절시켰을 것이다. 그런 생각이 문득 들었다.

"……."

하늘을 바라보던 소초산은 밝은 달이 비추자 자리에서 일어났다.

타닥!

모닥불이 타오르는 소리가 어두운 주변으로 퍼져 나갔다. 염옥림도 뭔가 이상함을 느낀 듯 다시 눈을 뜨고 천천히 일어섰다.

소초산이 눈을 빛내며 염옥림을 바라보았다.

"소리가 없어……."

"풀벌레 소리조차 들리지 않잖아?"

정적이었다. 어느 순간부터 벌레 울음소리도 사라졌던 것이다. 소초산이 염옥림을 향해 낮게 말했다.

"일이 생기면 도망쳐라."

염옥림이 인상을 찌푸리다 곧 고개를 끄덕였다. 싸우는 것보다 도망치는 것이 자신에게는 유리했기 때문이다.

"어떻게 하게?"

"포위당했으니 일단 내가 길을 뚫어야지. 그곳으로 달려."

소초산의 간단한 계획이 담긴 말에 염옥림은 선선히 수긍했다. 자신보다 몇 배나 뛰어난 인물이 소초산이다. 분명 무공만큼은 자신이 아는 한 타의 추종을 불허할 것이다. 그런 확실한 믿음이 있었다. 결국 자신만 도망치면 된다. 짐이 될 수는 없는 것이었다.

"어디의 누군데 잠도 못 자게 하는데?"

소초산이 목에 힘을 주며 말하자 주변으로 그 목소리가 울려 퍼졌다. 내공을 실은 목소리였다. 그러자 수풀이 조금 흔들리더니 한 명의 장년인이 모습을 보였다. 얼굴에는 흉터가 있었으며 서슬 같은 살기를 풍기고 있는 사내의 시선은 차가웠다.

"원한을 갚기 위해서 왔네."

"원한?"

소초산이 나타난 장년인을 바라보다 원한이라는 말에 인상을 찌푸렸다. 자신은 원한을 산 기억이 없기 때문이다.

"내가 원한을 살 만한 일이 있었나? 당신에게는 없는 것 같은데?"

소초산의 말에 장년인이 미소 지었다.

"원한을 그럼 원해서 맺는가? 타의든 자의든 원한은 생기기 마련이다."

당연하다는 듯 장년인이 말하자 소초산은 주변을 둘러싼 강한 기운에 굳은 표정을 지었다.

"이미 나에 대해 알 터인데… 나는 당신을 모르니 문제구려. 어디의 누구인지 말을 해주는 것은 어떻소?"

유도하듯 묻는 소초산이었으나 장년인은 그저 차가운 미소만 보였다. 소초산은 인상을 찌푸렸다. 살기가 더욱 강해졌기 때문이다.

슥!

장년인의 옆으로 또 한 명의 장년인이 모습을 보였다. 그 얼굴을 확인한 순간 소초산의 눈동자가 굳어졌다.

"네놈은……!"

"오랜만이군."

장홍의 얼굴이었다.

휘이잉!

바람이 불었다. 차가운 바람은 아니지만 주변은 차갑게 식어가고 있었다.

"어떻게 살았지?"

소초산의 눈동자가 차갑게 변하였다. 평소처럼 밝은 눈동자는 아니었다. 다른 이유가 아니라 자신이 분명하게 한번 죽였던 인물이 다시 눈앞에 나타났기 때문이다. 다른 곳에서 다른 사람을 만났다면 이렇게 놀라지 않았을 것이다. 하나 눈앞에서 자신이 죽인 인물이다. 장홍의 죽음을 분명히 두 눈으로 확인했었다. 하나 장홍은 지금 눈앞에 살아서 나타났다. 무엇보다 말도 했다. 그것이 놀라게 한 것이다.

"잘 살았지."

장홍이 툴툴거리며 웃어 보이자 기괴한 미소로 보였다. 소초산의 눈에는 그렇게 보였다. 소초산은 그 대답에 인상을 찌푸렸다. 하나 살아 있다는 사실에 안도감이 들었을까? 소초산은 가볍게 한번 몸을 털며 한숨을 깊게 내쉬었다.

"아무튼 살았다니 다행이야. 혹시라도 죽었다면 구천에서 떠돌 내 영혼에 염불을 외울 뻔하지 않았나? 잘 살아줬어. 그러니 또 죽어줘야지?"

소초산의 미소 띤 말에 장홍이 인상을 굳히며 살기를 드러냈다.

"말로 네놈과 싸울 생각은 없다. 단지 하나만 물어보자."

"뭔데?"

장홍은 눈을 빛내며 강렬한 기도를 뿜어내었다.

"어린 놈이 무공만 높아가지고… 솔직히 부럽다. 손을 잡아볼 생각은 없느냐? 그분께서 어린 네놈에게 흥미를 가지고 있네. 내가 볼 때는 별로지만 흥미가 있으니 이런 말을 해줘야지. 어때? 한번 같이 손을 잡아보겠나? 아니면 그분을 만나보는 것은 어떤가? 한 가지만 말해주는데 나의 말은 기회다."

소초산은 그 말에 잠시 생각하는 표정을 지으며 팔짱을 끼었다. 그리곤 염옥림을 향해 시선을 던지며 한마디 던졌다.

"튀어."

슈악!

염옥림의 발이 땅을 차며 뒤로 몸을 날렸다. 그녀의 신형이 허공 위로 높게 솟아오르며 하늘 속으로 사라지는 것 같았다. 기회를 보아 힘을 발에 집중해 튕긴 것이다. 이제 천하에서 그녀를 잡을 사람은 없었다.

"호오……?"

장홍이 그녀의 모습에 눈을 빛내며 소초산을 응시했다.

"왜 안 튀나?"

"죽은 놈이 눈앞에 있는데 확인은 해야 할 거 아니야? 죽었는지 살았는지……."

소초산이 가벼운 기운을 눈가에 담으며 여유있는 표정으로 장홍을 바라보았다. 장홍은 그 모습에 고개를 끄덕였다. 깊고 깊은 심연의 눈동자였기 때문이다. 그때 그 모습과는 다르지만 깊이는 비슷했다.

"변신하기 전에 죽인다."

장홍이 손을 들어올리며 말하자 주변에 살기들이 넘쳐나기 시작했다.

"견디면 칭찬해 주지……."

다시 한 번 말한 장홍이 손을 내리며 외쳤다.

"저승으로 떠나거라!"

쉬아악!

슈악!

수십 인의 무인들이 숲 속에서 뛰쳐나와 소초산을 향해 날아들었다. 그 모습에 소초산의 시선이 모닥불로 향했다. 그 옆에는 몇 개의 나뭇조각들이 놓여 있었기 때문이다. 소초산이 허리를 숙여 나뭇가지를 손에 쥐었다. 순간 등을 향해 도날이 내려쳐 갔다. 소초산의 신형이 위로 반동적으로 올라갔다.

슉!

소초산의 눈앞으로 도날이 땅으로 떨어졌다. 등을 치려 했지만 어느새 허리를 편 소초산의 눈앞에서 내려치는 꼴이 된 것이다. 소초산은 가볍게 나뭇가지로 도를 든 청년의 목을 쳤다.

빡!

"켁!"

혀를 내밀며 눈알이 튀어나올 듯 나온 청년이 바닥에 쓰러졌다. 기절한 것이다.

슈슈슉!

십여 개의 도날이 그 와중에도 허공중에 날아들었다.

염옥림은 숲을 달리며 인상을 찌푸리고 있었다. 아까부터 뒤에 따라붙은 십여 개의 그림자 때문이다. 소리로 알 수 있었다.

'감히… 나를 따라와?'

염옥림은 자존심이 조금 상처나는 듯 아프자 마음을 고쳐먹었다. 이 정도의 속도를 따라올 정도라면 적어도 일류급 이상은 된다는 소리이기 때문이다. 조금은 격이 다른 상대들이란 생각이 들었다. 그러자 소초산이 걱정되었다.

'차륜전을 펼친다면 아무리 소초산이 절세의 고수라 해도 어려울 게 분명해. 걱정인데 어쩌지…….'

염옥림은 불안한 생각이 머리를 때리자 다른 방법을 생각해야겠다고 여겼다.

피이잉!

공기가 찢어지는 듯한 날카로운 소리가 등 쪽으로 들려왔다. 뭔가가 날아오는 것이었다. 염옥림은 놀라 몸을 꺾으며 나무를 차고 다시 날왔다.

쾅!

염옥림이 밟은 나무를 비수가 뚫고 지나쳤다. 그 강력한 소리가 염옥림의 등줄기에 식은땀을 맺히게 만들었다. 더욱 속도를 올렸다. 이럴 때를 위해 익힌 것이 바로 가문의 비기인 경신이다.

'도망치는 자를 잡는 것은 하늘뿐이다.'

가문의 가훈을 다시 한 번 되뇌이며 내달렸다. 염옥림의 눈이 가늘게 줄어들며 주변의 사물이 긴 선으로 변하기 시작했다.

쉬아앙!

공기가 찢어지는 듯한 소리가 사방으로 거대하게 울리며 사라지는 염옥림이었다.

"신호를 올려라!"

앞서 달리던 인물이 소리치자 뒤에서 거대한 휘파람 소리가 하늘 위로 솟아올랐다.

삐이익!

푸른 섬광과 함께 높게 솟은 소리였다.

퍼퍽!

쿵! 쿵!

좌우에서 달려드는 두 명의 허리를 재빠르게 친 소초산이 나뭇가지를 들고 서 있었다. 장홍은 가늘게 뜬 눈으로 소초산을 응시하고 있었다. 아니, 소초산의 움직임을 감시하고 있었다. 하나 빈틈이 잘 보이지 않았다.

머리를 쳐오는 험악한 인상의 청년을 바라보며 소초산은 몸을 슬쩍

옆으로 피했다. '슁' 거리는 바람 소리가 울리며 도날이 옆으로 내려가
자 재빠르게 오른손을 올려 머리를 내려쳤다.

빡!

"악!"

짧은 소성이 울리며 청년이 바닥에 쓰러졌다. 소초산은 고개를 들어
장홍을 바라보았다. 언제 등장할지 눈여겨보는 중이었다. 다른 사람들
역시 어느 정도 수준은 되었으나 솔직히 상대가 아니었다. 오직 상대
는 장홍뿐이었다. 하나 장홍은 쉽사리 움직일 생각을 하지 않았다. 경
계하는 중이었다. 그 순간 소초산의 귓가로 휘파람 소리가 길게 들려
왔다.

"응?"

신호탄이었다. 그것이 하늘로 솟아오르는 모습이 멀리서 잡혔다.

슈욱!

그 순간 옆구리로 도날이 경쾌하게 날아들었다. 소초산이 놀라 허리
를 뒤로 뺐다.

"이크!"

그리곤 재빠르게 나뭇가지를 내려쳤다. 상대의 이마를 향해.

빡!

"어쿠!"

철퍼덕!

쓰러진 상대의 모습에 소초산은 인상을 찌푸리며 몸을 뒤로 움직였
다. 염옥림이 걱정되었던 것이다.

그 모습을 확인한 장홍이 한 걸음 앞으로 나섰다. 입가에 실낱같은
미소를 담고서.

"어디를 가려는 것이냐?"

소초산은 날아드는 도날을 옆으로 흘리며 나뭇가지로 상대의 옆얼굴을 갈겼다. 타격음과 함께 한 명이 쓰러졌으나 소초산은 시선조차 던지지 않았다. 오직 앞에 서 있는 장홍만 바라볼 뿐이었다. 그런 소초산의 입가에 미소가 번졌다.

"따라올 생각이면 오던가?"

쉬악!

소초산의 신형이 번개처럼 뒤로 날았다. 그 모습에 장홍이 놀라 소리쳤다.

"이런! 쫓아라!"

장홍의 외침이 터져 나오며 수십 인의 그림자들이 소초산의 뒤로 날아가기 시작했다. 그들의 모습이 시야에서 사라지자 장홍은 입가에 미소를 걸었다.

"어차피 빠져나갈 곳이 없어. 싸워야지? 안 그런가?"

가만히 중얼거린 장홍이 천천히 걸음을 옮겨가기 시작했다.

슈슈슉!

염옥림은 앞으로 치달리다 순간적으로 앞에서 날아드는 십여 개의 비도에 놀라 눈을 크게 떴다. 몸을 꺾고 싶어도 비천뢰(飛天雷)를 펼치는 동안은 어려웠다. 천하제일의 경신술인 비천뢰는 달리는 것에 관해서 타의 추종을 불허했다. 하나 유일한 약점이 바로 옆으로 꺾지 못한다는 문제가 있었다. 가볍게 몸을 틀어 좌우로 움직일 수는 있지만 깊게 꺾지 못한다.

'이런!'

염옥림은 입술을 깨물며 몸을 좌우로 흔들었다. 속도를 줄이면서 흔들었지만 십여 개의 비도가 날아오는 방향에서 벗어나기 어려웠다.

팟!

휘날리던 머리카락이 비도에 잘려 날아갔다. 염옥림의 신형이 더욱 빠르게 좌우로 움직이며 앞으로 날아갔다.

쉬쉬쉭!

염옥림의 몸을 스치듯 비도가 빠져나가자 염옥림은 비천뢰를 거두기 위해 천천히 힘을 내렸다. 갑작스럽게 하면 내상이 생기기 때문이다. 하나 그 순간에 또다시 바람 소리가 일어났다.

쉬아앙!

십여 개의 죽창들이 날아온 것이다. 이 장 정도의 공간을 메우며 날아오는 죽창의 모습에 염옥림은 놀라 몸을 회전하며 허공으로 도약했다.

휘리릭!

옷자락이 휘날리며 강하게 회전하는 그녀의 모습이 달빛 아래서 아름답게 너풀거렸다. 하나 그것은 보는 것일 뿐 위험은 더욱 가중되었다.

슈슉!

허공을 향해 이십여 개의 비수가 날아든 것이다. 사 장의 공간을 가득 메우며 날아드는 비수의 모습에 놀란 염옥림이 회전하던 몸을 멈추며 천근추를 행하였다.

슉!

땅으로 번개처럼 떨어진 염옥림은 바닥에 착지하며 나뭇가지를 밟았다.

뚝!

"큭!"

운이 없었을까? 발목이 비틀거리며 고통이 다리에서 올라왔다. 평소라면 이런 실수를 하지 않을 것이다. 하나 강렬한 살기와 긴장감이 이런 실수를 만들었으며 낮보다 밤이기 때문에 사물에 대한 분간이 쉽지 않았다는 게 문제였다. 또한 앞에서 날아드는 비수 때문에 앞을 살폈지 땅을 볼 여유가 없었다.

염옥림은 굳은 표정으로 앞을 바라보았다. 순간 사방에서 느껴지는 살기가 온몸으로 엄습했다. 어느새 둘러싸인 것이다. 아직 밤은 길었다. 날이 밝으려면 적어도 세 시진은 걸릴 것이다. 발목이 아팠지만 참아야 한다는 생각이 들었다. 그제야 목숨을 걸어야 한다는 느낌이 들었다. 이들은 살기로 뭉친 자들이기 때문이다.

"합!"

염옥림이 소리치며 앞으로 뛰어올랐다. 그녀의 모습이 허공중에 오장 가까이 뛰어오르자 허공으로 차오른 십여 명의 검수들이 염옥림의 앞을 막으며 솟아올랐다. 순간 염옥림이 품에서 동전을 꺼내 앞으로 뿌렸다.

피핑!

이십여 개의 동전이 날아들자 검수들이 놀라 검날을 흔들었다. 금속음이 요란하게 울리는 순간 염옥림의 신형이 그들의 머리를 넘으며 앞으로 치달리기 시작했다.

"쫓아라!"

큰 외침 소리가 울리며 다시 한 번 추격전이 시작되었다.

혈마대의 부대주인 손무수는 깨끗한 얼굴을 하고 있었다. 하나 지금은 땀에 젖어 있었다. 염옥림을 쫓아가는 것뿐인데도 힘들어서 땀에 젖은 것이다. 그만큼 그녀의 경신술은 대단했다.

"제길… 다 잡았는데."

좀 전에 잡을 뻔하다가 놓친 것이 화가 났다. 더욱이 염옥림의 경공이 이렇게 빠를 줄은 몰랐던 것이다.

"일단 신호를 올려라."

옆에 서 있던 무사 한 명이 신호탄을 허공중에 쏴 올렸다. 곧 손무수가 앞으로 치달리기 시작했다. 아무리 빨라도 한곳을 목적으로 유도하기 위해 무인들을 배치시킨 상태였다. 그곳에 도착하면 일은 끝난다.

'구석에 몰린 쥐가 고양이를 문다고 했다. 하나 구석에 몰린 사람은 죽음만을 기다리지. 그게 사람과 동물의 차이다.'

손무수는 미소를 그리며 달려나갔다.

염옥림은 비천뢰를 시전하지 못하자 힘들다는 것을 알았다. 그래도 평소에 자주 쓰는 비천신법은 다른 경공술보다 빨랐기에 거리를 둘 수가 있었다. 하지만 그뿐이었다.

핑!

'또?'

이번에도 앞에서 날아들었다. 비수가 십여 개가 앞에서 날아들었던 것이다. 이미 기다리고 있었다는 뜻이었다. 비천뢰라면 힘들었겠지만 지금은 피하는 것에 문제가 없었다.

휘리릭!

몸을 빠르게 좌우로 회전시키며 앞으로 뻗어나가는 순간 발목에서 고통이 엄습했다.

"큭!"

슈악!

그 순간 하나의 비수가 가슴으로 날아들었다. 찰나의 순간이었다. 비수가 눈에 들어오는 순간 염옥림은 이를 강하게 물며 옆으로 몸을 틀었다.

퍽!

"악!"

왼 어깨를 뚫고 비수가 박혀 들어가자 염옥림의 입에서 비명성이 터져 나왔다. 하나 발을 멈출 수가 없었다. 차갑게 가라앉은 이성이 달려야 한다고 말한 것이다.

슈악!

염옥림의 신형이 우측으로 틀어지며 내달리기 시작했다. 그 뒤로 무사들이 달려나오기 시작했다. 염옥림은 더욱 강하게 앞으로 치달렸으나 발목의 고통이 점점 가중되고 있었다. 어려웠다. 힘들어진 것이다.

'초산······.'

쉬쉬쉭!

숲을 빠져나가는 염옥림의 발은 힘겨워 보였으나 여전히 빨랐다. 땀으로 온몸이 젖은 상태에서도 달린 것이다. 멈출 수가 없었다. 뒤에서 달려오는 무사들 때문이다. 그들이 누구인지 잘은 몰랐다. 하나 장홍은 알고 있었다. 그의 수하들이 분명했다. 음산에서의 기억이 머리에 박혀 있었기 때문에 그들의 기괴함은 알고 있었다.

쉬악!

뒤에서 날아오는 비수를 본능적으로 피하며 숲을 나왔다. 뒤쪽에서 비수가 나무에 박히는 둔탁한 소리가 울렸다. 염옥림은 숲을 빠져나오는 순간 발을 멈췄다. 그녀의 두 눈이 크게 떠졌다.

"이럴 수가……."

염옥림은 눈앞에 거대하게 솟은 절벽과 함께 그 틈으로 좁은 길이 있다는 것을 알았다. 그 모습에 놀라 걸음을 멈추게 된 것이다. 퇴로가 없었다. 그리고 절벽과 절벽 사이에 나 있는 좁은 곡만이 눈앞에 있었다. 그리고 그 곡도 얼마 안 가 암벽에 막혀 있었다. 숨을 곳은 그곳뿐 더 이상 아무것도 없었다.

사사삭!

발소리가 낮게 들리자 염옥림이 신형을 돌리며 양손을 앞으로 내밀었다. 그런 그녀의 자세가 낮게 가라앉아 있었다. 상대하기 위한 준비였다.

사삭!

숲 속에서 사십여 명의 무인들이 뛰쳐나오며 염옥림을 둘러쌌다. 그 모습에 염옥림의 표정이 더없이 굳어졌다. 너무 많았기 때문이다. 예상보다 더 많았다.

"잘도 도망치더군. 마치 날쌘 다람쥐처럼 말이야. 여자치고는 대단했어."

가장 앞으로 나선 손무수가 여유있는 표정으로 입을 열었다. 염옥림은 주변을 둘러보며 이들의 기도가 심상치 않다는 것을 느꼈다. 그들의 강렬한 살기에 염옥림은 침을 삼키며 손무수를 바라보았다.

"누구지? 소속은?"

"말하고 싶지 않으니까 묻지 말고 그냥 잡혀라. 그게 서로서로 좋은 일이 아닐까? 힘쓰는 것도 귀찮으니까 그냥 포로가 되기만 하면 건드리지도 않고 아무 짓도 안 할 것을 약속하지."

염옥림이 그 말에 콧방귀를 흘리며 차갑게 대답했다.

"어디에 누군지도 모르는데 뭘 믿고?"

손무수가 인상을 찌푸리며 차가운 미소를 입가에 담았다.

"그럼 어쩔 수 없이 힘으로라도 잡아야지. 옷이 벗겨져도 책임지지 않는다?"

염옥림이 그 말에 인상을 찌푸리며 내공을 모으기 시작했다.

"미친놈."

손무수가 고개를 끄덕이며 도를 들었다.

"원래 미친놈이야. 우리들은."

쉬악!

손무수가 먼저 날아들었다. 그의 도날이 어둠 속에서 빛을 발하며 십여 개의 호선을 만들며 잘라왔다. 염옥림이 놀라 몸을 뒤로 빼며 빠르게 회전하기 시작했다. 피하기 위함이다.

쉬쉭!

옷깃이 잘리며 옆구리의 살이 달빛에 드러났다. 염옥림이 얼굴을 붉혔다.

스륵!

양 허벅지의 옷자락도 잘리며 백색의 속살이 보이자 염옥림은 놀라 뒤로 물러섰다. 십여 번의 베기를 다 피하지 못한 것이다. 염옥림은 가만히 손무수를 응시하다 천천히 뒤로 몸을 움직였다. 좁은 협곡 안으로 몸을 숨기기 위해서다. 그 안이면 무기를 든 자보다 자신의 손이 더

적합하다고 생각했다.

"어디를 가려고?"

손무수가 그 의중을 알고는 미소 지었다. 순간 손무수가 한 발 나서며 강렬한 도기를 뿌렸다. 협곡으로 들어가려는 것을 막기 위함이다. 염옥림이 그 모습에 번개처럼 신형을 뒤로 날렸다.

쾅!

협곡의 위에 도기가 부딪치며 암벽이 터져 나갔다. 손무수는 천천히 걸음을 옮기며 협곡으로 향했다. 그 안으로 어느새 피한 것이다. 손무수는 무릎 정도까지 돌들이 쌓인 것을 밟으며 반 장 정도의 넓이인 협곡에 신형을 넣었다. 순간 눈앞에 두 개의 손 그림자가 찔러왔다. 손무수의 표정이 굳어지며 도날이 위로 쳐 올라갔다.

까가강!

벽면에 도날이 닿으며 불꽃이 피어났다. 순간 또 하나의 손 그림자가 이마를 찍어왔다. 손무수가 인상을 찌푸리며 뒤로 물러섰다.

획!

바람 소리가 강렬하게 일어나며 손무수의 앞머리가 잘리며 허공에 나풀거렸다. 그 모습에 손무수가 인상을 찌푸렸다. 그런 손무수의 입가에는 미소가 걸렸다.

"독 안에 든 쥐가 발악을 하는군. 그래도 쥐는 쥐일 뿐이지. 적당히 하고 나오는 것이 어떤가? 안 그런다면 내게도 생각이 있다."

"흥! 웃기는 소리 하지 마라."

"쯧! 어쩔 수가 없지. 암기를 던질 수밖에. 아니면 독을 뿌리던가⋯⋯."

손무수가 말을 하며 뒤로 물러섰다. 그런 손무수가 눈짓으로 신호를 보내자 세 명의 무인들이 앞으로 나서며 품에서 비수를 꺼내 들었다.

"위로는 삼 장 정도까지다. 다 던져 버려. 꼬치가 되어도 상관없으니까."

"예."

무인들이 읍을 하며 비수를 들어올렸다. 손무수는 팔짱을 끼며 그 모습을 느긋이 바라보았다. 갇혀 있는 사람에게 비수는 치명적이었다. 암기 종류는 지금 상태에서 염옥림에게 힘든 시련이었다. 염옥림은 입술을 깨물며 어둠 속에서 밖을 바라보았다. 그리곤 양손에 진기를 모아 대비했다. 어떻게 해서라도 몸을 피하며 받을 것은 받아내야 했기 때문이다.

'조금만… 조금만 더 참자……'

마음속으로 되뇌며 앞을 바라보는 염옥림이었다.

그것은 하늘에서 떨어졌다. 아니, 하늘에서 내려왔다고 해야 옳았다. 절벽 앞으로 희끄무레한 그림자가 떨어진 것이다.

쿵!

땅이 꺼지듯 무거운 충격이 사방으로 퍼져 나갔으며 회오리치듯 떨어진 물체의 주변으로 공기가 휘몰아쳐 올라갔다.

휘리릭!

떠오른 낙엽이 사방으로 퍼져 나갔다.

어두운 하늘이 서서히 푸른색으로 변하기 시작했다. 어두운 푸른 하늘이 세상을 밝히고 있었으며 얼굴부터 다리 끝까지 푸른색으로 변하는 시간이었다. 어느새 새벽으로 변해 버렸다.

손무수는 하늘을 바라보았다. 눈앞에 보이는 절벽이 거대한 봉우리처럼 하늘로 솟아올라 있었다. 그곳에서 떨어진 것이다. 족히 백 장은 넘어 보였다. 백 장을 뛰어내린 것일까? 말도 안 되는 일이었다. 상상하기도 힘든 일인데 눈앞에 청년은 서 있었다. 소초산이었다.

"누구냐……?"

손무수가 놀란 토끼처럼 눈을 동그랗게 뜨고 물었다. 자신도 모르게 목소리는 떨리고 있었다. 말도 안 되게 나타났기 때문이다. 손무수는 소초산의 얼굴을 몰랐다. 달아나는 여자를 맡으라는 명령 때문에 뒤에서 포진하고 있었던 것이다.

휙!

소초산이 나뭇가지를 한번 크게 휘두르며 손무수를 바라보았다.

"소초산인데?"

손무수가 그 말에 침음을 삼키며 입을 다물었다. 황당했기 때문이다. 소초산을 잡기 위해 나왔지만 소초산의 얼굴은 몰랐다. 더욱이 하늘에서 떨어진 놈이 소초산이었다. 그렇다면 남은 동료들은 무엇을 하고 있단 말일까?

"다… 당했나?"

손무수가 굳은 표정으로 중얼거리며 소초산을 바라보았다. 특이하게 보이는 용모도 아니었다. 그저 밝은 눈동자를 보이는 청년이었다. 썩 잘생긴 것 같지 않았는데 묘한 기운이 주변에 흘렀다. 뭐라고 딱히 꼬집을 수 없는 뭔가가 있었다. 그런 기분이었다.

소초산은 기분이 그리 좋은 편이 아니었다. 장홍을 다시 봤기 때문이다. 그 괴리감이 정신을 산만하게 해주고 있었다. 알아봐야 할 것 같았다.

"몸은?"

소초산이 고개를 돌리며 계곡의 입구에 물었다.

"좀……."

염옥림의 목소리에 실린 여린 힘이 소초산의 귀로 전달되었다. 염옥림은 마음이 놓이자 긴장했던 모든 것이 풀린 듯 자리에 주저앉아 있었다. 이제야 모든 게 풀린 것 같았기 때문이다. 그런 것이다. 기댈 수 있는 사람이 있는 것과 없는 것의 차이는 이런 차이였다.

기댈 수 있는 사람이 지금 앞에 나타난 것이다. 그 마음을 알아버린 염옥림은 벗어날 수 없다는 것도 알았다. 하지만 기분이 좋았다.

"많이 아파……. 저놈들 좀 때려줘."

간신히 나온 말이었다. 하나 그 말은 소초산의 마음에 분노를 일으키게 만들어주었다. 물론 자신만의 분노였다.

"옥림, 옆으로 나와."

소초산의 말에 염옥림이 천천히 절곡에서 걸어나왔다. 소초산은 곁눈으로 염옥림을 바라보다 그녀의 어깨에 박혀 있는 비수가 눈에 들어왔다.

"헉! 어깨 왜 그래?"

"지금… 이름 불렀지?"

소초산은 순간적으로 움찔거렸다. 하나 문제는 그게 아니었다. 염옥림의 어깨가 먼저였다.

"어떻게 된 거야? 저 자식들이 이렇게 만든 거야?"

"이름 불렀지?"

염옥림이 다시 한 번 물었다. 그녀에게 중요한 것은 자신의 아픔이 아니었다. 자신의 이름을 다정하게 부른 소초산이었다. 소초산은 애써 그 물음을 피하려는 듯 분노하며 눈을 부라렸다. 핏줄이 튀어나올 것 같은 충혈된 눈동자가 손무수를 비롯한 무사들에게 향하였다. 무사들이 그 모습에 놀라 주춤거렸다.

"이런 나쁜 놈들을 봤나! 어디서 감히!"

슈아악!

순간 나뭇가지가 앞으로 뻗어나가며 수십 개의 그림자와 함께 광포한 바람이 몰아쳤다.

"허억!"

놀란 손무수가 재빠르게 도를 들었다. 주변의 무사들도 놀라 물러서며 도를 들어올리며 몸을 뒤로 날렸다.

콰콰쾅!

폭음 소리가 요란하게 울리며 먼지가 하늘 높이 솟아올랐다. 손무수가 얼굴을 가린 도날 사이로 실눈을 뜨며 앞을 바라보았다. 먼지구름이 솟아올랐기 때문이다. 시야가 가리는 순간이 가장 위험하다는 것을 잘 알기 때문이다.

"이럴 수가……."

손무수는 놀란 표정으로 앞을 바라보았다. 자신의 앞으로 깊게 골이 파여져 있었으며 주변으로 그런 골이 십여 개나 있었다. 십여 그루의 나무들이 쓰러져 있었으며 신음 소리가 여기저기서 들리기 시작했다. 제대로 서 있는 사람은 자신을 제외하고 몇 없었다. 모두 경풍에 휘말린 것이다. 손무수는 인상을 찌푸렸다.

"개자식……."

저절로 입에서 욕이 튀어나왔다. 순간 수십 개의 그림자가 주변에서 나타나기 시작했다. 좀 전까지 소초산이 있던 자리였다. 어느새 소초산은 사라지고 없었던 것이다. 재빠르게 도망간 것이다. 마치 귀신처럼.

"어떻게 된 일이냐?"

장홍이 그 중앙에 서서 손무수를 향해 서늘한 눈동자를 보냈다. 손무수가 부복했다.

"튀었습니다."

팍!

장홍이 발로 땅을 한번 크게 밟았다. 화가 난 표정이었다. 손무수 역시 굳은 표정을 지었다. 다 잡았던 염옥림을 놓쳤기 때문이다.

"이런 기회가 쉽게 오는 것은 아니다."

"죄송합니다."

손무수가 고개를 숙이자 장홍이 인상을 찌푸리며 말했다.

"하나 기회는 다시 오겠지. 그 새끼의 유일한 단점이 정이 많다는 것이니까……."

장홍은 가만히 중얼거리며 천천히 손무수의 옆을 지나쳤다. 손무수가 곧 일어났다. 장홍의 뒤로 또 한 명의 부대주인 우전방이 흉터 진 얼굴로 미소를 보였다.

"고생했다."

손무수가 고개를 저으며 말했다.

"말도 마라. 하늘에서 떨어지더라, 그놈."

"우리도 당했어."

우전방이 손무수의 어깨를 두드리며 말하자 손무수가 짧게 한숨을 내쉬었다.

"상상을 불허하는 놈이더군."

"우리는 말도 마라… 그 새끼가 몽둥이로 치는데… 다 기절해서 나가떨어졌다."

우전방의 말에 손무수가 쓰게 웃어 보였다.

"다음에는 어떻게 대처해야 할까?"

사실 대책이 없었다. 그리고 대책을 세운다고 해서 잘될 리 없었다. 도망가면 그만이기 때문이다.

열심히 도망친 소초산은 염옥림을 안아 들고 있었다. 하나 속도가 줄지는 않았다. 염옥림의 상처 때문이다. 염옥림은 희미한 눈동자로 더 아픈 듯, 아니, 사실 굉장히 아팠지만 왠지 더 아파야 할 것 같다는 본능이 흐릿한 눈동자를 만들어주었다.

"너무 아파……."

"곧 의원에게 갈 테니까 걱정하지 말고. 뭐 먹고 싶은 거 없어?"

"봉황이 먹고 싶어."

"……."

소초산이 입을 다물며 경직된 표정으로 염옥림을 바라보자 염옥림이 어깨를 잡으며 인상을 찌푸렸다.

"아야… 좀 살살 달려……."

소초산이 놀라 속도를 줄이며 천천히 달리기 시작했다.

"그런데 아까 내 이름 불렀지?"

"응?"

소초산이 시선을 내리자 마주친 염옥림이 인상을 찌푸리며 어깨를 다시 잡았다.

"아파……."

힘없는 목소리… 남자의 가슴을 후벼 파는 목소리였다. 소초산은 자신 때문이란 죄책감이 더욱 강하게 들었다. 잘해줘야 한다는 생각이 든 것이다. 남자의 가슴에 남은 보호 본능을 자극하는 눈동자로 염옥림은 소초산을 바라보고 있었다.

"네 옆에 있고 싶었을 뿐인데……."

순간 소초산의 표정이 굳어졌다.

"그냥 그랬는데… 그게 이렇게 아픈 일이 될 줄은 몰랐어……."

염옥림의 연정이 담긴 목소리에 소초산은 가슴이 아파오는 것을 느꼈다.

"이름 한번만 불러줘."

염옥림의 목소리에 소초산은 결국 입을 열었다.

"옥림."

"빨리 가자."

염옥림이 언제 아팠냐는 듯 미소 지으며 오른팔로 소초산의 목을 감았다. 그리곤 소초산의 목에 살며시 입을 맞추며 웃음을 보였다. 소초산도 그 모습에 조금은 걱정이 풀린 듯 더욱 빠르게 발을 움직이기 시작했다. 애써 태연하게 아픔을 참아가는 그녀의 모습이 보기 좋았던 것이다. 그래서일까? 염옥림이 싫지는 않았다.

"사실… 무서웠어. 그런데 네가 오니까 기분이 좋은 거 있지? 나도 왜 내가 그러는지 모르겠어. 정말이야."

염옥림이 앞을 바라보며 가만히 중얼거렸다. 소초산은 그저 앞을 바라보며 달리고 있었다. 염옥림의 말을 귀에 담으며.

❖第八章❖
호수의 물은 더럽다

호수의 물은 더럽다

임파영은 이틀 동안 환희루의 앞에서 그곳을 살폈다. 환희루의 맞은편에 있는 다루에서 차를 마시며 그 앞을 살핀 것이다. 물론 밤에는 다루의 지붕 위에 올라 살폈다. 어둠 속에 몸을 숨기며 그 입구를 살폈지만 별 소득이 없었다. 내일이 삼 일 후였다. 내일은 안으로 들어갈 수가 있는 것이다. 하지만 안으로 들어가기보다 밖으로 나오기를 기다리는 것이 좋다고 여겼다.

'어둠 속에 들어가는 것보다 어둠 속에 있는 자를 밝은 곳으로 나오게 하는 것이 더 좋은 방법이지…….'

임파영은 누구나 다 생각할 수 있는 문제를 스스로 생각했다는 기쁨에 차를 음미하고 있었다. 기다리면 나온다. 당연한 결론이었다.

'인내심의 싸움이다.'

임파영은 인내심에 자신이 있었다. 자신이 지금까지 지옥 같은 수련

속에서도 견딘 것이 그 인내심이었다.

"손님······."

임파영은 차를 음미하다 고개를 돌렸다. 다루의 주인이 접대용 미소를 그리며 손을 비볐다.

"벌써 차 한 잔으로 열 번은 재탕했는뎁쇼."

임파영은 인상을 찌푸리며 살기 어린 눈동자로 주인을 쳐다보았다. 주인의 이마에 땀방울이 맺혔다. 하나 살기가 유일하게 통하지 않는 사람들이 바로 장사꾼이고 상인들이었다.

"한··· 잔 더 시키는 것이······."

주인의 말에 임파영은 찻잔을 내려놓으며 고개를 끄덕였다. 순간 임파영의 눈에 환희루의 문이 열리는 것이 보였다.

"손님······."

"닥쳐!"

순간 튀어나온 살기였다. 주인의 육체가 움찔거리며 뒤로 물러섰다. 살기에 눌린 것이다. 임파영의 빛나는 눈동자가 환희루를 향하고 있었다. 나온 사람을 보기 위해서이다. 그리고 환희루에서 나온 여빈청의 모습이 눈에 들어왔다. 곧 측문에서 마차가 빠져나오더니 정문 앞으로 다가와 섰다. 임파영은 자리에서 일어났다. 동전 한 닢을 탁자 위에 올려놓으며.

"손님······."

임파영은 고개를 돌리며 눈을 부라렸다. 순간 주인이 땀방울을 비 오듯 쏟아내며 미소를 얼굴에 담았다.

"세··· 닢······."

주인이 손가락을 세 개 들어 보이자 임파영이 쓰게 웃으며 동전 두

개를 더 내려놓았다. 곧 횅하니 밖으로 나가자 주인이 주먹을 치켜들며 인상을 썼다.

"손님이 너 하나니까 봐준다, 짜샤! 어린 놈이 건방지게 어디서 눈을 부라려!"

크게 소리치고 싶었으나 작게 소곤거리는 주인이었다.

'어디로 가는 것일까?

임파영은 마차의 뒤를 소리없이 따라갔다. 마차는 천천히 사람들이 많은 대로를 지나 북문 쪽으로 향하고 있었다. 북문을 나가면 포양호가 나오기 때문에 많은 사람들이 그곳을 지나가고 있었다. 인파 속에 임파영은 섞여 들어갔다.

마차 안에 타고 있는 여빈청은 이미 임파영이 다루에 있다는 것을 알고 있었다. 속이 뻔히 들여다보이는 그의 행동에 여빈청은 귀엽다는 생각을 했다. 그래서 몸을 보인 것이다.

'웃기는 녀석이야. 무공만 익히고 세상을 모르는 골 빈 무인들의 전형적인 모습을 보이다니. 대체로 무공이 높은 놈들은 세상을 모르지……'

여빈청이 부채를 펴며 입가를 가리고 웃었다. 이미 뒤따라오는 것도 알고 있었기 때문이다. 여빈청이 볼 때 임파영은 풋내기였다. 또한 정파의 무인들 역시 풋내기에 지나지 않았다. 의리와 명예를 중시하는 그들의 행동과 말들 때문이다. 물론 임파영은 그런 정파의 사람이 아니었으나 그 역시 크게 다른 것 같지 않았다. 그가 삶을 살아봤자 얼마나 살았겠는가? 아무리 많은 경험을 했다고 해도 인생의 연륜을 따라가지는 못한다. 그것은 경험이다.

여빈청은 수많은 일들을 겪으면서 이곳까지 올라왔다. 음모와 음모 속에서 살아온 것이다. 그랬기 때문에 지금의 자리에 위치할 수가 있었다.

'힘으로 돌아가는 세상이라면 천하제일인이 바로 황제일 것이다. 하나 세상은 그렇지가 못하지. 무공이 고강한 자는 많아도 사람을 부리는 사람은 머리가 좋은 사람이다. 그리고 천하를 잡는 사람은 사람이 따르는 사람이다. 하지만 임파영… 네놈은 이 중에 무엇 하나도 들지 못하는구나.'

여빈청은 가볍게 웃어 보이며 휘장을 열어 지나가는 사람들을 바라보았다.

'내가 왜 하오문의 총관이고, 하오문이 왜 중원에 깊은 뿌리를 박고 사는지 몸서리치게 알려주마……'

여빈청은 가볍게 웃으며 휘장을 닫았다.

남창의 북문을 빠져나간 마차는 여전히 속도를 줄이지도 내지도 않으며 가고 있었다. 느긋한 말발굽 소리만이 울렸으며 마차의 바퀴가 굴러가는 소리만이 정적을 깨고 있었다. 눈앞에 보이는 넓은 들판에는 농부들이 일하고 있었으며 저 멀리 낮은 산들이 보였다. 그리고 고개를 우측으로 돌리자 얼마 떨어지지 않은 곳에 포양호의 거대한 모습이 들어왔다. 마차는 포양호를 향하고 있었다.

"포양호……"

임파영은 나뭇가지 위에 멈춰 서며 포양호로 향하는 마차를 응시했다. 순간 저 멀리서 거대한 배가 나타난 것이 눈에 들어왔다.

"설마……"

임파영은 배를 보자 마음이 다급해졌다. 마차가 호변에 도착한 것도 그때였다.

"제길!"

임파영이 나뭇가지에서 내려오며 호변으로 달리기 시작했다.

그의 생각처럼 마차는 호변에서 멈춰 섰으며 문이 열리고 여빈청이 마차에서 내렸다. 그리고 호변에 닿은 쪽배에 여빈청이 올라서자 사공이 노를 저으며 배가 움직이기 시작했다.

파팟!

순간 저 멀리서 하나의 그림자가 나는 듯이 달려오고 있었다. 여빈청이 고개를 돌리자 임파영의 모습이 눈에 잡혔다. 여빈청은 잠시 눈을 빛내다 곧 배에 앉았다. 어느새 호변에서 이십여 장이나 밀려 나가고 있었다.

임파영은 달려오다 호변에 멈춰 섰다. 배는 그사이에 삼십여 장이나 나가고 있었다. 저 멀리 큰 배까지 거리는 족히 사백여 장이나 되어보였다. 그곳까지 나룻배가 갈 것이다. 물 위를 걸을 수 있다면 좋을 테지만 지금은 그럴 시간이 없었다. 임파영의 시선이 호변을 따라 위로 향하고 있었다. 저 멀리 나루터가 보였다.

쉬릭!

임파영의 신형이 그곳으로 날았다.

뱃전에 닿은 여빈청은 내려오는 사다리를 타고 위로 올라갔다. 고개를 돌리자 저 멀리서 작은 배가 힘차게 나아가고 있는 모습이 잡혔다. 여빈청은 가볍게 미소 지으며 갑판에 올라 사람들을 바라보았다. 모두 안광이 불같은 무사들이 서 있었다.

"잘해야 한다."

여빈청의 시선이 가장 앞에 서 있는 사십대의 장년인에게 향하고 있었다. 장년인이 허리를 숙였다.

"명심하겠습니다."

"화약은?"

"이미 준비해 놓았습니다."

장년인의 대답에 여빈청은 고개를 끄덕이며 갑판을 지나 반대편으로 갔다. 그곳에 또 하나의 작은 배가 있었다. 여빈청은 사다리를 타고 내려가 그 배에 올랐다. 곧 배가 저 멀리 포양호의 깊숙한 곳으로 이동하기 시작했다. 저 멀리 안개가 보였으며 안개 사이로 몇 척의 작은 배들이 멈춰 서 있는 모습도 눈에 들어왔다.

"독 안에 든 쥐라는 말을 이럴 때 쓰는 것이겠지?"

사공을 향해 여빈청이 말하자 육십대의 늙은 사공이 주름진 얼굴에 미소를 담았다.

"물론입쇼."

"가자."

"예."

끼익! 끼익!

배는 호수 위를 미끄러지고 있었다.

거대한 배가 움직이려 하자 임파영은 노를 더욱 힘차게 저었다. 곧 거리가 십여 장 정도로 가까워지자 배를 박차며 도를 꺼내 들었다.

쉬아악!

배 위로 뛰어오른 임파영의 신형이 호선을 그리며 떨어지고 있었다.

그리고 배의 측면에 닿을 듯하자 도를 박았다.

팍!

도날이 깊게 박히자 임파영은 곧 도를 꺼내며 측면을 박차고 뛰어올랐다.

"하압!"

기합성을 내뱉은 임파영의 신형이 갑판으로 떨어졌다. 순간 수십 명의 사람들이 갑판에 서 있는 모습이 눈에 들어왔다.

"……!!"

순간적으로 머릿속이 차갑게 식어갔다. 뭔가 잘못되었다는 본능적인 느낌 때문이다.

탁!

갑판에 내려선 임파영은 도를 늘어뜨리며 앞을 바라보았다. 족히 백여 명은 될 것 같은 사람들이 사방에서 무기를 꼬나 들고 서 있었다. 임파영이 입가에 미소를 담았다. 그것은 살기였다.

"그 여자는 어디 있나?"

임파영의 말에 가장 앞에 선 사십대의 장년인이 히죽거리며 말했다.

"죽여라!"

"우와아아!"

무인들이 임파영을 향해 달려들기 시작했다.

배는 천천히 호수의 중앙으로 움직이고 있었다. 그리고 그 위에는 사람들이 싸우는 소리가 요란하게 울리고 있었으며 비명성이 터지고 있었다.

퍼퍽!

두 명의 거한이 배를 잡으며 뒤로 나가떨어졌다. 피가 흘러내렸으며 이미 절명한 듯 눈동자는 뒤집혀져 있었다. 그 앞으로 임파영이 도를 늘어뜨리며 사나운 눈동자를 보이고 있었다. 하나 멈추는 것은 없었다.

"죽여라, 죽여!"

"이야앗!"

두 명의 청년이 도를 휘두르며 달려들었다. 임파영은 가볍게 미소 지었다. 이들은 삼류무인들보다 못했기 때문이다. 단지 가볍게 도를 휘둘렀다. 그들의 가슴을 베며 지나친 임파영의 발걸음이 사십대의 장년인을 향하고 있었다.

용적채의 채주인 장심은 미미하게 떨리는 육체를 바로잡기 위해 노력하고 있었다. 벌써 오십 명이 넘는 수하들이 피떡이 되어 쓰러졌다. 호수에 떨어진 수하들도 많았다. 하지만 모두 죽은 수하들이다.

"이럴 수가……."

미미하게 떨리는 육체를 바로잡으며 또다시 피를 뿌리며 쓰러지는 수하들을 바라보았다. 그의 눈동자가 분노로 붉게 충혈되기 시작했다. 겁을 먹었지만 그 겁이 점점 분노로 바뀌기 시작한 것이다. 겁을 이기기 위한 분노였으며 광기였다.

"이런 개자식!"

다다닷!

장심이 도를 꼬나 쥐며 달려들었다. 그 뒤로 수하들이 함성을 지르며 달려들기 시작했다.

임파영은 가소롭다는 듯 입가에 미소를 그리며 달려드는 장심을 향

해 도를 들어올렸다. 순간 그의 도가 검은 유형의 안개를 뿌리기 시작
했다. 도기인 것이다.

"죽여주마!"

쉬아악!

도를 횡으로 베자 도기가 춤을 추며 앞으로 뻗어나갔다.

퍼퍼퍽!

장심의 배를 지나친 도기가 그 옆의 수하들까지 베어버렸다. 장심은
멍하니 자신의 배를 바라보았다. 따끔거렸기 때문이다. 순간 배가 벌
어지자 자신도 모르게 손을 내려 배를 잡았다.

"크아아악!"

거대한 비명성과 함께 장심의 신형이 바닥에 피를 뿌리며 쓰러지자
달려들던 수하들이 주춤거렸다. 그들이 믿고 있는 채주가 죽었기 때문
이다. 하나 그들은 잠시 그렇게 물러섰을 뿐이었다.

"이곳에서 같이 죽는 것이다!"

누군가가 외쳤다. 그들의 전의가 더욱 불타오르기 시작했다. 그것은
복수심이었다.

"우와아아!"

더욱더 광포하게 달려들기 시작했다. 임파영은 인상을 찌푸리며 도
를 들었다. 그의 도가 더욱 날카롭게 달려드는 사람들을 베기 시작했
다. 순간 미묘한 흔들림이 배에서 일어났다. 사람들의 표정도 굳어졌
다. 임파영은 그 흔들림에 잠시 멈춰 섰다. 그때서야 코끝을 스치는 냄
새를 느낄 수가 있었다.

"화약?"

순간 임파영의 눈으로 산산이 조각나는 배와 사람들의 모습이 환한

빛으로 다가오다 붉게 변하였다.

콰콰쾅!

검은 연기가 하늘로 숫구치며 배가 산산이 조각나듯 터져 나갔다.

출렁이는 수면은 조용했다. 아니, 잠잠했다고 봐야 했다. 그런 수면에 붉은 그림자가 비추기 시작했다. 해가 서산으로 넘어가기 시작한 것이다. 노을지는 수면은 붉은 바다처럼 그렇게 흔들렸다. 흔들리는 수면에는 여러 가지 잡동사니들이 넘실거리고 있었다. 나뭇조각들부터 시체들까지 가지가지였다.

촤!

그런 수면 위로 손 하나가 튀어 올라왔다. 올라온 손은 사람 하나 누울 정도의 나무판자를 잡았다.

턱!

촤아!

얼굴과 몸이 올라온 인영은 곧 나무판자에 기대었다.

"휴우……."

임파영이었다. 상의는 어느새 찢겨 나가고 없었다. 여기저기 살이 터진 듯 핏방울이 상체를 적시고 있었다. 곧 오른손을 수면에서 올리며 나무판자 위에 도를 올려놓았다.

"허억! 허억!"

임파영은 숨을 몰아쉬며 나무판자에 기대었다. 아무리 무공이 고강하고 호신강기가 육체를 감싸고 돈다 하여도 급작스럽게 일어난 일이었다. 재빠르게 방비한다 해도 부상을 피할 수가 없었다. 거기다 내상까지 입고 말았다. 화약의 강렬한 위력이 온몸을 고통스럽게 만든 것이다. 그런 대폭발 속에서 살아남은 것도 대단했다.

힘겨운 표정으로 주변을 살피던 임파영은 숨을 깊게 몰아쉬며 몸을 점검하기 시작했다.

"함정이라니… 내가 너무 성급했나?"

임파영이 판자에 기대 숨을 몰아쉬며 중얼거렸다. 그의 머리카락은 이미 헝클어진 상태였으며 그을린 곳도 보였다. 최악의 상태였다. 거기다 물 위였다. 뭍까지 거리는 족히 오백 장은 되어 보였다. 저 멀리 아득한 곳에 땅이 보였다. 그곳까지 가야 했다.

"휴우… 휴우……."

숨을 몰아쉬는 임파영의 귀로 미세한 파공음이 들렸다. 임파영이 순간 고개를 돌리며 허공을 바라보았다.

쉬쉬쉭!

순간 바람 소리와 함께 수십 개의 화살들이 허공을 가득 채우며 떨어지는 모습이 눈에 들어왔다. 임파영의 눈동자가 부릅떠졌다. 피할 곳이 없기 때문이다. 임파영은 놀라 판자를 놓으며 물속으로 들어갔다.

파파파팟!

수면 위로 화살들이 꽂히듯 떨어져 내렸다.

물속에서 눈을 뜬 임파영은 화살이 느리게 물속으로 들어오는 모습을 지켜보고 있었다. 손을 움직이며 육체의 중심을 잡던 임파영은 화살들이 모두 들어왔다가 떠오르자 곧 수면 위로 솟아올랐다. 판자를 향해서다.

"푸하!"

수면에 솟구친 임파영은 재빠르게 얼굴의 물기를 닦으며 주변을 둘러보았다. 그리고 좌측으로 삼십여 장 정도에 열 척의 작은 쾌속정이 다가오는 것을 볼 수 있었다. 화살은 그곳에서 날아온 것이었다.

"저기다! 쏴라!"

슈슈슉!

수십 개의 화살들이 다시 하늘 위로 솟아올랐다. 임파영은 순간 판자 위로 솟아올라 섰다. 그렇게라도 하지 않으면 힘들기 때문이다. 머리 위로 화살이 떨어져 내리자 임파영은 도를 움직이며 화살을 쳐 나갔다. 화살이 조각나며 호수 위로 떨어져 내리고 있었다.

"거리를 유지해라!"

가장 선두의 쾌속정이 멈춰 서며 삼십 장의 거리를 유지했다. 가까이 가면 안 된다는 것을 잘 아는 듯 그들은 여유있는 모습이었다. 지금 가장 힘든 사람이 누구인지 그들은 알고 있었다.

임파영은 진퇴양난(進退兩難)의 입장이었다. 갈 곳이라곤 물속밖에 없었기 때문이다. 물속에 들어간다 하여도 저 쾌속정들이 가만히 있을 것 같지 않았다. 그들의 손에는 화살도 있었지만 창도 있었다.

물속에 들어가면 창날이 찔러올 것이다. 물속에서 피한다는 것은 대단히 위험한 일이었다. 더욱이 쾌속정이었다. 그 빠르기는 자신이 수영하는 속도를 능가할 것이다.

타탁!

마지막 화살 두 개를 조각내며 떨어뜨린 임파영은 도를 늘어뜨리고 있었다. 판자가 이리저리 움직이며 임파영의 신형이 흔들리고 있었다.

'어찌해야⋯⋯.'

임파영은 자신의 등줄기로 식은땀이 흘러내린다는 사실을 느낄 수가 있었다. 그 긴장감이 머릿속을 차갑게 만들기 시작했다.

　　　　　*　　　　　*　　　　　*

방 안으로 붉은 노을이 창을 통해 들어오고 있었다.

"으음⋯⋯."

눈을 뜨는 염옥림은 이리저리 몸을 뒤척이다 어깨가 아프자 화들짝 놀라 일어섰다.

"아야… 야⋯⋯."

왼 어깨를 잡으며 일어선 염옥림은 고개를 돌렸다. 의자에 기대앉은 소초산이 그 얼굴을 향해 빙긋 미소 지었다.

"일어났어? 배고프지?"

염옥림이 고개를 끄덕였다.

"속이 쓰려⋯⋯. 닭고기가 먹고 싶어."

"여자애들은 닭고기를 좋아하더라. 난 돼지가 더 좋은데⋯⋯."

소초산이 중얼거렸다. 염옥림은 일어나 소초산에게 다가갔다. 순간 소초산이 얼굴을 붉히며 고개를 돌렸다.

"옷!"

"어마!"

염옥림이 놀라 가슴을 양손으로 가리며 주저앉았다. 속옷 차림이었기 때문이다. 왼 어깨만 흰 천으로 감겨 있었다. 염옥림은 놀라 이불로 몸을 가렸다. 그런 염옥림의 불같은 시선이 소초산을 향하고 있었다.

"다 봤지?"

"뭘?"

소초산이 고개를 들며 눈을 크게 뜨자 염옥림이 인상을 찌푸렸다.

"옷 줘."

"위에 놓았어."

염옥림이 고개를 돌려 머리맡에 놓인 자신의 옷을 집었다. 곧 시선을 돌리며 눈을 빛냈다.

"옷 입는 거 볼려고?"

"으음……? 아… 알았어, 밖에 나갈게."

소초산이 아쉬운 듯 입맛을 다시며 일어섰다. 사실 보고 싶었다. 여자들은 옷을 어떻게 입는지 궁금했던 것이다. 뭔가 남자하고 다를 것 같았다.

밖으로 나온 소초산은 일층의 주루로 향했다. 그런 소초산의 머릿속에 장홍의 영상이 그려졌다.

'그놈이… 어떻게……?'

소초산은 아직도 그것이 의문이었다. 곧 자리에 앉아 닭고기를 시킨 소초산은 팔짱을 끼고 혼자만의 생각에 빠져들었다.

'불사신은 아닐 테고… 설마 하니 말로만 듣던 시혼술(屍魂術)? 하나 시혼술은 이미 몇백 년 전에 사라진 술법이다. 혈교(血敎)라고 불리던 사이한 놈들이 쓰던 수법들인데. 하긴 음산에 사는 놈들은 정상이 없었지… 좀 더 조사를 했어야 했는데.'

소초산은 아쉽다는 듯 입맛을 다셨다. 심아영에게 좀 더 물어보고 확인했어야 했다는 생각이 문득 든 것이다. 하나 그 생각도 잠깐이었다.

'애초에 관심도 없었잖아? 단지 죽었던 놈이 살아서 내 앞에 나타난 것뿐이다. 아니야, 그냥 내가 안 죽었다. 그래, 그렇게 생각하는 거야. 그래… 죽었다 살았으니 산 놈이지? 이렇게 복잡하게 생각할 필요가

없어, 암······.'

사실 소초산은 당황했다. 아닌 게 아니라 귀신이 눈에 덮인 게 아닌가 하는 의문 때문이다. 심마에 걸린 것일지도 몰랐다.

'스승님의 유언처럼 우화등선에 힘쓰지 않고 놀고먹으면서 돌아다니기 때문에 나에게 내린 시련인가? 그놈이 설마 스승님이 보낸 귀···신?

소초산은 다시 한 번 고개를 마구 저었다. 생각하면 할수록 머릿속만 헝클어졌기 때문이다.

"에라이! 그냥 콱 죽여 버리고 깨끗하게 없었던 일로 해야지!"

소초산이 저도 모르게 소리쳤다. 순간 주변에서 식사하던 수많은 사람들의 시선이 소초산을 향했다. 소초산은 순간 머쓱한 듯 웃음을 입가에 담았다. 사람들이 수군거렸기 때문이다. 죽인다는 말 때문이다.

"뭘 죽여?"

염옥림이 어느새 옷을 갈아입고 내려와 맞은편에 앉았다. 소초산이 미소 지으며 물을 마셨다.

"장흥."

"아··· 그 새끼."

"언어 좀 순화시켜서 말해라. 여자애가 새끼가 뭐냐, 새끼가."

염옥림이 그 말에 입술을 내밀며 고개를 돌렸다. 꾸중을 들었기 때문이다. 그래도 싫지는 않았다. 그만큼 생각하기 때문에 한 말이라 여긴 것이다.

"알았어, 조심할게. 그것보다 장흥이 어떻게 살아났지? 분명히 죽었다고 하지 않았어? 그렇게 들었는데."

"일단 그 생각은 접고 일월신록에 대한 것 좀 알아봐. 마침 여기서

네 상처가 나을 때까지 쉬어야 하니까."

"그럴게."

염옥림이 고개를 끄덕였다. 곧 삶은 닭고기와 튀긴 닭고기가 나왔다. 염옥림이 눈을 반짝이며 행복한 표정을 지었다. 음식 앞에서는 행복한 것이다.

다음날 오후가 되었다. 후원의 별채를 빌린 소초산과 염옥림은 다른 방을 쓰고 있었다. 소초산은 발소리에 일어나 창밖을 바라보았다. 처음 보는 두 명의 중년인이 염옥림의 방으로 들어가는 모습이 잡혔다.

일어나 옷을 갈아입자 두 명의 중년인이 밖으로 나가는 모습이 눈에 들어왔다. 아무래도 염옥림이 활동하는 도정문의 사람들 같았다. 도둑질에도 정도가 있다는 사람들의 모임이었다. 부문주가 염옥림이니 염옥림은 당연히 그 도정문을 활용할 것이다. 소초산은 염옥림의 방으로 향했다.

"왔어?"

염옥림이 들어오는 소초산을 발견하고 밝게 미소 지었다. 작은 원탁 앞에 앉아 있는 염옥림의 손에는 책이 들려 있었다.

"누구야?"

소초산이 나간 사람들에 관해 묻자 염옥림이 책을 펴며 말했다.

"밑에 애들."

"저렇게 늙은 사람들이?"

"응."

염옥림은 고개를 끄덕였다. 소초산은 그저 가볍게 웃음만 보였다.

"일월신록에 관한 기록을 찾아왔는데."

"빠르다. 하루 만에……."

"경공의 달인들만 모인 곳이 우리 도정문이니까. 천하에서 가장 빠를 수밖에."

염옥림이 자랑하듯 말했다. 소초산은 그 부분에 대해 인정하기에 고개를 끄덕였다. 곧 염옥림이 일월신록에 대한 것을 찾은 듯 읽기 시작했다.

"일월신록. 일월교의 교주만이 사용하는 대천무유공(大天無遊功)을 풀이한 신공서로 총 다섯 편으로 나뉘어져 있다. 일편은 입문이고, 이편은 연공이며, 삼편은 내성이고, 사편은 기공, 오편이 신공으로 나뉜 이 책은 그 값어치를 따지면 천하와 바꿀 수가 있다. 물론 무림인에 한해서이다. 무림인의 꿈과도 같은 대천무유공은 전설과도 같은 무공으로……."

"전설이라……."

소초산이 가만히 중얼거리자 염옥림이 실눈을 뜨며 소초산을 응시했다. 말을 끊지 말라는 뜻이 내포되어 있었다. 소초산이 손을 들어 보이며 고개를 끄덕였다. 곧 염옥림이 침을 삼키며 다시 읽어 내려가기 시작했다.

"과거 일월교의 절대고수이자 절대패자로 알려진 신마(神魔) 독고무정은 대천무유공을 겨우 오성까지 익혔다고 한다. 오성의 대천무유공으로 그는 백 년 동안 적수를 찾지 못했을 뿐만 아니라 마도인들의 전설이 되었고 고금제일의 고수가 되었다."

"독고무정……. 고금제일이라면 소문이라도 들었어야 하지 않아?"

소초산이 궁금한 듯 다시 말을 자르자 염옥림이 인상을 찌푸렸다.

"일단 다 읽고 말하자, 응?"

소초산이 손을 들어 보이며 고개를 끄덕였다. 염옥림이 다시 말했다.

"독고무정은 대천무유신공이 너무 어렵고 난해하기에 그것을 풀이해서 무공서를 작성하기 시작했는데 그것이 일월신록이었다. 하나 일월신록의 다섯 권을 썼지만 그것은 어디까지나 오성 정도 깨우친 무공서였으며 독고무정의 한계였다고 한다. 그래서 독고무정은 대천무유공을 다른 곳에 따로 보관했으니 그곳을 천계라 한다. 천계(天界)에 대천무유공의 원문을 적은 독고무정은 곧 그곳에서 신선이 되었으니 그곳을 정파인들은 마천(魔天)이라 불렀다. 하나 그것은 어디까지나 전설일 뿐, 지금까지 마천을 찾은 사람은 없었으며 오직 그가 남긴 대천무유공의 일월신록만이 존재할 뿐이다. 비록 오성의 대천무유공이 담겨 있다고 하지만 일월신록을 모두 모은다면 그것 역시 천하제일, 고금제일이 되지 않겠는가?"

염옥림이 책을 덮으며 소초산을 향해 미소 지었다. 도정문의 역사를 자랑하기 위함이었다.

"대단하지? 일월신록이 이렇게 대단한 물건이었다니…… 몇 권까지 모았어?"

"음… 세 권."

소초산이 손가락을 세 개 올리자 염옥림이 그 손을 잡았다.

"보여줘."

간절한 소망이 담긴 눈동자가 소초산을 향하고 있었다. 소초산은 거절할 수 없다는 것을 알고는 고개를 끄덕였다. 그러자 염옥림이 환호하며 기뻐했다.

"대신 독고무정에 대해 말해줄 수는 없어? 말해주면 보여줄게."

"독고무정?"

좋아하던 염옥림이 그 이름을 되뇌이며 잠시 생각하는 듯했다. 그러더니 곧 정리가 끝난 듯 말하기 시작했다.

"삼백 년 전 사람인데… 나도 문헌으로 봤기 때문에 자세히는 몰라도 기본적인 것은 기억하고 있어."

"삼백 년……."

소초산은 그 삼백 년이라는 말을 곱씹었다.

"지금까지 그 사람의 이름이 잘 알려지지 않은 것은 오직 마교라 불린 일월교의 교주였기 때문이래. 그 이유 때문에 정파에서 숨긴 거였지. 알잖아? 무림은 명문정파가 이끌어간다는 그들만의 사상 말이야."

"으음……."

소초산은 부정하지 않았다. 자신이 볼 때도 가끔 그런 면이 보였기 때문이다. 염옥림이 빠르게 말하기 시작했다.

"하지만 아무리 부정하려 해도 독고무정의 무공은 천하제일, 고금제일이란 말이 맞아. 지금도 정파의 역사서에는 독고무정의 이름이 거론되어 있으니까. 그리고 독고무정의 무공을 깨기 위해 정파에서는 많은 노력을 기울였다고 해."

"이야… 거 대단한데?"

"명문정파의 십대고수를 혼자 싸워서 오백 초 만에 모두 쓰러뜨렸다니까 말 다 한 거지."

"오백 초? 정말?"

소초산이 그 말에 놀라 눈을 동그랗게 떴다. 염옥림이 고개를 끄덕였다.

"그것도 정파에서 흘린 이야기니까… 내가 볼 때 그들이 허풍 떠는 것을 감안해서 삼 할 정도만 진실이라 믿어도… 아마 오십 초가 아닐까?"

"오십 초라……."

소초산이 굳은 표정으로 중얼거렸다.

"지금의 강호에서 십대고수라 볼 수 있는 모든 사람들이 그 한 사람에 덤벼서 그렇게 당한 거야. 믿든 안 믿든 자유지만."

소초산이 고개를 끄덕이며 궁금한 것을 물었다.

"그런데 왜 그자의 일월교가 천하를 잡지 못했을까?"

그 말에 염옥림이 다시 말했다.

"독고무정의 단 하나뿐인 단점이 바로 그것이야. 패자의 길을 안 간다는 것. 그것 때문에 좌천되어서 일월교의 교주 자리를 내주게 되었지. 바로 그의 제자 혈마서생(血魔書生) 무천생이… 그놈이 나쁜 놈이었어."

소초산은 무천생에 대해 들어본 적이 있었기 때문에 고개를 끄덕였다.

"무천생은 스승의 자리를 메우기에 그릇이 작았어. 교도들의 뜻에 따라 패천의 길을 가려고 했으나 실패했지. 독고무정 때문에 일월교를 두려워하던 정파 사람들이 독고무정이 없는데 무서워하겠어?"

"그건… 그렇지."

소초산이 고개를 끄덕이자 염옥림이 빠르게 말했다.

"아무튼, 독고무정은 정파에서 지워 버린 이름이야. 하나 일월교의 후신이라 불리는 일신궁은 알지 않을까? 아마… 일신궁의 궁주가 쓰는 무공 역시 대천무유공의 변형된 신공이지 않을까……? 그저 조심스럽게 추측할 뿐이지만."

"그럴지도……."

소초산은 눈을 빛내며 염옥림을 바라보았다. 염옥림은 자신의 말이 다 끝난 듯 손을 내밀었다.

"보여줘."

소초산은 가볍게 웃으며 일어섰다. 자신의 방에 있기 때문이다. 이 기회에 한번 읽어볼까 했지만 다 모이기 전까지 읽을 생각이 없었기에 염옥림이 읽는다고 하여도 크게 신경 쓰지 않았다.

'독고무정이라… 심아영이라면 더 자세히 알지도 모르겠어…….'

소초산은 자신의 방으로 향하며 짧게 생각했다. 왠지 모르게 호감이 가는 사람 같았기 때문이다. 그런 인물이 있다는 것 자체가 기분 좋은 일 같았다.

*   *   *

슈슈슉!

화살비가 또다시 떨어져 내렸다. 임파영은 지친 안색으로 도를 들어쳐 나갔다. 이미 하늘은 어두웠으며 주변 또한 어두웠다. 단지 임파영의 주변으로 배 위에서 던진 횃불들이 반짝이며 타오르고 있었다. 임파영의 위치를 파악하기 위함이다.

"지치지도 않나, 저 새끼는."

쾌속정 위에 타고 있던 하종일이 인상을 찌푸리며 말했다. 하종일은 하오문의 특별조 중 하나인 혈궁조(血弓組)의 조장이었다. 칠십 인의 혈궁조는 사시사철 활만 쏜다.

물론 기본적인 무기술 역시 배웠으며 무공 또한 일류는 안 되어도 이류 이상은 되는 무인들이었다. 그들이 쏘는 화살은 쉽게 막을 수 있는 화살이 아니었다. 화살에 담긴 경풍이 강하기 때문에 나무를 뚫어 버리는 위력을 지니고 있었다.

하지만 임파영은 그런 화살비를 계속해서 막고 있었다. 가볍게 도로 쳐내듯.

"몇 개가 남았느냐?"

"각각 두 개씩입니다."

하종일의 표정이 굳어졌다. 서른 개씩 들고 왔지만 모두 써갈 동안 상처 하나 입히지 못한 것이다.

"천 근 화약에 우리 혈궁까지… 그것도 물 위에서……. 수풍조 녀석들을 투입시켜야겠다."

결국 가장 하기 싫은 말을 하게 되었다. 수풍조장과 그리 사이가 좋지 않기 때문이다. 하지만 어쩔 수가 없었다. 대기하고 있는 그들을 불러서 해결해야 할 것 같았다. 물속이라면 그들이 최고의 해결사가 되기 때문이다.

물론 할 일은 다 했다. 자신들이 맡은 일에 대해서는 충실히 행했기 때문에 후회는 없었다. 이제 나머지는 수풍조가 하기 나름이었다. 가만히 임파영을 쳐다보던 혈궁조장은 시선을 돌리며 중얼거렸다.

"철수."

삐이익! 펑!

하늘 위로 푸른 섬광이 터졌다. 그러자 십여 척의 쾌속정이 뒤로 물러서더니 임파영의 시야에서 사라져 가기 시작했다.

임파영은 그제야 한숨 놓으며 판자 위에 주저앉았다. 하나 다음이 아직 남았다는 생각을 버리지 못하고 있었다. 임파영은 잠시라도 조식해야 한다는 생각을 했다. 사실 한계에 다다르고 있었던 것이다. 다행히 그 한계의 끝에 다다르기 전 끝이 났다. 휴식이 필요했다.

스르륵!

순간 임파영의 눈에 수면에서 헤엄쳐 오는 사람들이 들어왔다. 모두 검은색이었으며 얼굴만이 가끔 밖으로 나와 있었다. 그들의 수영은 물고기처럼 빨랐으며 신속했다. 순간 임파영의 표정이 굳어졌다.

그들은 소문으로 들어본 수중살객(水中殺客) 같았기 때문이다. 하오문에 있다는 소문의 수중살객은 물속에서만큼은 따라올 적수가 없다고 알려져 있었다. 특수한 교육을 받고 있는 그들의 모습을 본 자는 대다수가 죽었다고 한다.

임파영은 인상을 찌푸렸다. 지금은 평소와는 다르기 때문이다. 순간 도를 양손으로 잡으며 노를 젓듯 움직이기 시작했다. 판자가 빠른 속도로 달리기 시작했다.

"젠장할 새끼들!"

임파영이 욕지기를 크게 터뜨리며 양손을 번개처럼 움직이기 시작했다.

쉬아악!

물속에서 작살이 십여 개나 튀어 올라와 허공을 날았다. 순간 임파영은 더욱 빠르게 도를 저었다. 마음속으로는 분노를 담았다. 분노를 곱씹어야 했던 것이다. 하나 아무리 그래도 물보다는 땅이 좋았다. 일단 땅으로 가야 한다는 생각만이 머릿속을 가득 메우고 있었다.

팡! 팡!

작살들이 아무도 없는 수면에 박히며 사라졌다.

픽!

임파영의 등을 스치며 작살 하나가 판자에 박혔다. 순간적으로 고통이 등줄기를 스쳤지만 손을 멈출 수가 없었다. 이들의 손에 들린 작살들을 물속에서 피할 자신이 없었던 것이다. 그것도 지금 몸 상태로는 아쉽지만 마음속으로 살기를 품어야 했다.

'일단은 나가자, 일단은……'

임파영은 뒤도 안 돌아보고 치달렸다.

쉬쉬쉭!

또다시 작살들이 수면을 차 올라 임파영을 향해 날아들었다. 순간 임파영이 그 경풍을 느낀 듯 잠시 손을 멈추며 앉은 자세를 유지한 채 오른손만 뒤로 돌려 휘둘렀다.

따다다당!

십여 번의 금속음이 울리며 작살들이 수면 위로 떨어져 내렸다. 순간 임파영이 재빠르게 도를 수면에 넣어 저어가기 시작했다. 아직도 땅은 멀었지만 포기하기에는 일렀다.

'대책도 없이 물에 들어온 것이 죄라면 죄였다.'

임파영은 자신의 경솔한 행동을 욕하며 이를 강하게 물었다. 죽을 각오를 해야 할 것 같았기 때문이다. 그렇지 않으면 지금 이 위험을 빠져나오기 어려울 것 같았다.

'그놈이라면 이럴 때 어떻게 했을까? 그놈이라면……'

문득 임파영의 머릿속에 소초산의 모습이 떠올랐다. 소초산이 이런 경우를 당한다면 어떻게 대처할지 궁금해졌다. 추측일 뿐이지만 아마 자신보다 조금 더 여유가 있지 않았을까? 문득 그런 생각이 들었다.

정대원은 반백의 수염을 쓰다듬으며 가만히 서 있었다. 앞에 보이는 포양호를 바라보는 그의 시선에는 과거의 회상만이 남아 있었다.

'지금까지 살아오면서 얼마나 많은 사람들의 죽음을 보았던가?'

정대원은 수많은 사람들의 죽음을 바라보며 지금까지 살아왔다. 모두 무인들이었고 모두 하오문을 배신한 자들이었다. 하지만 오늘은 달랐다. 하오문을 배신한 자가 아니라 하오문을 적대시하는 자였다. 물론 그런 자들도 더러는 베어왔다. 하지만 오늘처럼 긴장된 날이 또 있을까? 마치 처음에 살인을 했던 그때의 긴장이 다시 돌아오는 것 같았다.

스슥!

주변으로 소리없는 움직임이 있었다. 그의 주변으로 수많은 사람들이 긴장한 표정을 지으며 낮게 허리를 낮추고 있었다. 오직 정대원만이 서 있을 뿐이었다. 정대원은 가만히 호수를 바라보고 있었다.

탁!

판자가 바위에 닿자 재빠르게 내린 임파영은 숨을 헐떡이며 뭍으로 걸었다. 완전히 몸이 밖으로 나오자 모래 위에 무릎 꿇으며 쓰러졌다.

"허억! 허억!"

숨을 크게 몰아쉬던 임파영의 입으로 침이 흘러내렸다. 지쳤기 때문이다. 그 피로가 대단했다. 임파영은 곧 대 자로 몸을 눕히며 하늘을 보았다. 어두워지기 전의 하늘은 붉었다. 이 붉음이 사라지면 세상은 완전한 어둠으로 변할 것이다. 임파영은 고개를 들어 호수를 보았다. 저 멀리 이십여 장 정도 뒤에 고개만 내민 사람들이 보였다.

그들은 더 이상 접근하지도 않았으며 그저 바라보다 물속으로 사라졌다. 임파영은 그 모습에 미소 지었다.

"지금 달려와서 덤빈다면 나를 죽일 수 있을 것이다. 왜 도망가느냐?"

임파영은 가만히 웃으며 말했다. 그리곤 곧 하늘을 바라보며 더욱 크게 숨을 몰아쉬었다. 그러던 어느 순간 임파영이 놀란 눈으로 벌떡 일어나 몸을 돌렸다. 살기를 느낀 것이다.

임파영의 시선에 오 장여의 거리에 서 있는 반백의 중년인이 눈에 들어왔다. 오십대 중반으로 보이는 중년인의 인상은 그리 나쁜 편이 아니었다. 단지 좋지 않을 때 만났다는 것뿐이었다.

"누구시오?"

임파영이 도를 늘어뜨리며 정대원을 바라보았다. 정대원은 가볍게 뒷짐을 지며 말했다.

"정대원이네."

"환수도(環首刀)⋯⋯?"

정대원이 고개를 끄덕였다. 환수도라는 별호는 강호의 도객 중 수위에 올라 있는 이름이기 때문이다. 그리고 하오문과의 마찰에서 그를 만났다.

"정답이네."

정대원의 짧은 대답에 임파영은 숨을 몰아쉬며 도를 강하게 움켜잡았다. 다른 곳에서 정상의 몸으로 만났다면 오히려 즐거웠을 것이다. 하나 지금은 정상이 아니었다. 그것을 잘 아는 정대원은 가볍게 미소를 보였다.

"지쳤나?"

임파영은 대답하지 않았다. 하지만 그 모습이 지쳤다는 것을 알게 해주었다.

"적당히 지치게만 하라고 시켰네. 적당히 상대하면서 지치게 만들어 주면 그것으로 좋고, 자네가 삶을 포기하고 죽어준다면 더욱 좋겠지만. 그럴 리가 있겠나?"

임파영은 굳은 표정으로 정대원을 응시했다. 정대원이 다시 말했다.

"내가 나서는 게 아니니 아직 희망은 있네. 지친 몸으로 나를 상대하는 것보다 애들을 상대하는 게 좋지 않겠나?"

"구걸하란 것이오?"

임파영의 차가운 목소리에 정대원은 고개를 끄덕였다.

"물론이네. 구걸하면 내가 깨끗하게 죽여주지."

스스슥!

순간 임파영의 눈에 사방을 가득 채우며 나타난 수많은 무인들의 모습이 들어왔다. 족히 몇백 명은 되어보이는 무인들이 사방에 가득 차 있었다. 임파영의 시선이 경직되었다. 그리고 지금까지 모든 일들이 다 이 상황을 위해 만들어진 것이란 사실을 알게 되었다. 무공만 믿었던 자신에 대한 후회가 밀려왔다. 하나 그런 생각도 짧은 순간 지워 버렸다. 지금 중요한 것은 살아야 한다는 사실뿐.

*　　　　*　　　　*

추마단의 오백 인원은 질서 정연하게 도열해 있었다. 그 앞에는 전가장의 정문이 보였으며 정문은 크게 열려 있었다. 그리고 정문으로 전가장의 장주 외에 십여 명의 무인들이 나와 있었다. 모두 가지각색으로 정수를 비롯한 조영비도 보였다. 그들은 서로를 노려보며 인상을 쓰고 있었다.

"우리 집에 왜 왔나?"

전가장주인 전문정이 크게 소리쳤다. 그러자 추마단의 오백 인원이 좌우로 갈라지며 그 사이로 작은 키의 소년 같은 얼굴을 한 영소정이 천천히 걸어나왔다. 영소정의 모습에 조영비와 정수의 표정이 크게 변하였다.

"헉!"

"저 꼬마 놈이……!"

정수와 조영비는 영소정의 얼굴을 한눈에 알아보았다.

"이럴 수가, 어떻게 저놈이 여기에 있을 수가 있는 거죠?"

아미파의 가정려가 영소정의 얼굴을 알아보곤 놀라 말했다. 전문정은 그들이 영소정을 알아보자 살짝 인상을 찌푸렸다. 일이 조금 어긋나는 것 같았기 때문이다. 애초에 이들이 여기에 온다는 것 자체가 어긋나 있는 일이었다.

"잘들 지냈나?"

영소정이 정수와 조영비를 알아보곤 미소 지으며 손을 들었다.

"여기에는 왜 왔나?"

정수가 경직된 표정으로 영소정을 향해 말하자 영소정이 웃으며 말했다.

"왜 오긴? 싸우러 왔지. 그러는 무림맹은 왜 이곳에 있나?"

"전가장은 오래전부터 무림맹에 소속된 정파이기 때문에 온 것이다. 네놈들이 칠성회인지 뭔지 하는 사이한 집단이라면서? 사마원은 어떻게 하였나?"

정수가 차가운 표정으로 검의 손잡이를 잡아가며 말하자 영소정이 어이없다는 듯 정수를 바라보았다. 그러다가 영소정은 큰 소리로 웃기 시작했다.

"하하하하! 아하하하하!"

영소정이 배까지 잡아가며 크게 웃자 전가장주인 전문정은 이마에 땀방울을 떨어뜨렸다. 조영비와 정수는 왜 그가 웃는지 모르기 때문에 이상한 표정으로 그를 바라보았다. 조영비가 차가운 얼굴로 말했다.

"빚이 있는 놈을 봤으니 절대 그냥 못 넘어가겠어. 그때 당한 아픔이 아직 남아 있으니까 말이야. 영소정… 아니, 암회주라고 해야 하나?"

영소정이 그 말에 웃음을 멈추며 기가 막히다는 듯 조영비를 바라보다 정수를 바라보며 다시 키득거리기 시작했다.

"칠성회와 우리는 아무런 원한도 없을 터인데 왜 우리에게 그러는 것인가?"

전문정이 호통을 치듯 크게 말하자 영소정이 이번에는 웃음을 거두며 싸늘한 얼굴로 전문정을 바라보았다.

"이제는 정파 흉내까지 내나? 썩었군, 썩었어……."

영소정이 고개를 저으며 말하자 전문정의 안색이 굳어졌다. 정수가 다시 말했다.

"사마원을 어떻게 하였느냐!"

"그놈을 어떻게 하든 그건 이미 내 손을 떠난 일이니까. 왜? 사마원을 놓친 것이 그렇게 후회되나? 아니면 억울해? 바보 같은 놈들."

비웃듯이 영소정이 말하자 조영비가 몸을 떨며 검을 들려 했다. 그러자 정수가 그의 앞을 막았다.

"정파 놈들은 어떻게 된 것이 낄 때하고 안 낄 때를 가리지 못해. 여기저기 다 끼어보고 조금이라도 이득이 있으면 취하려 하지. 마치 먹이를 놓고 달려드는 파리 떼처럼 말이야. 지저분한 새끼들."

영소정의 차가운 눈동자가 정수와 조영비를 향했다. 전문정이 그 말에 안색을 찌푸리며 영소정에게 말했다.

"우리는 결사 항전할 것이네. 어디 덤벼보게나."

"결사 항전? 웃기는군. 내가 온 이유는 멸하기 위해서가 아니라 다시 한 번 과거의 영화를 누려보자는 뜻에서 온 것이다."

"흥! 과거의 영화? 무슨 말이냐?"

"아직도 연기를 할 터인가? 전가장이 언제부터 무림맹의 편이었지? 전가장과 일신궁은 친척 관계가 아니었나? 언제부터 일신궁을 배신하고 무림맹에 가담한 것이냐? 일월교의 좌호법인 전씨의 후예가 너희들일 텐데 조상님을 욕보이고 있군 그래. 하하하!"

"……!!"

순간 정수를 비롯한 정파의 인물들이 충격에 빠진 듯 두 눈을 부릅떴다. 영소정이 그 모습에 다시 말했다.

"정과 마는 함께 서 있을 수가 없다. 이것은 우리 가족 간의 싸움, 그런 가족 싸움에 정파가 끼어들 셈인가!"

영소정이 크게 외치자 정수가 굳은 표정으로 전문정을 바라보았다.

"저 말이 사실이오?"

심각한 표정으로 정수가 묻자 전문정은 애써 부인하지 않고 말했다.

"사실이네. 하나 자네가 볼 때 우리의 어디가 마인 같나?"

전문정의 직접적인 물음에 정수는 일순간 대답하지 못하고 있었다. 이들은 마인들이 아니었기 때문이다.

"그건……."

"대체로 마인은 그 사람의 행실이 정하는 것이지 조상이 정하는 것은 아니네."

전문정의 말에 정수는 입을 다물었다. 잠시 한숨을 크게 내쉬던 정수는 짧게 읍했다.

"죄송합니다."

정수의 대답에 전문정은 고개를 끄덕였다. 예상했던 대답이기 때문이다. 그리고 어쩔 수 없는 선택이었을 것이다.

"돌아가자."

"형님."

"그냥 가자."

조영비가 잡자 정수가 고개를 저었다. 어쩔 수 없는 일이기 때문이다. 어떻게 이들과 함께 서 있을 수 있을까? 그건 불가능했다. 단지 보고 알았을 뿐이다. 이들도 사람이라는 것을.

전문정은 정파 사람들이 짐을 꾸리고 나가는 것을 지켜보고 있었다. 영소정은 저 멀리서 그 모습을 바라보며 비웃음을 입가에 담았다.

전문정의 옆으로 일신궁의 안주인 전영림이 다가왔다.

"쉽게 보낼 사람들을 굳이 받을 필요가 있었어요?"

전문정이 미소 지었다.

"그냥 예의야, 예의. 물론 보여줄 것도 있었지만……. 아마 저들도 알겠지, 결국 우리도 사람이라는 것을 말이야. 그것 하나를 위해서라면 너무 비싼 건가? 중요한 것은 우리 집에서 정파 사람들이 머물렀다는 것이다. 그 사실 하나로 충분하다고 생각하는데?"

전문정은 의미있는 눈동자를 굴리며 말했다. 곧 짧게 숨을 내쉬며 다시 말했다.

"오늘부터 무림맹에 돈을 못 보내게 되었어. 그 돈으로 무엇을 할까?"

"땅이나 사세요."

"그럴까?"

전문정이 전영림의 말에 웃었다.

"전가장을 시작으로 마선신가와 일신궁을 일월맹은 통합할 것이다. 폭력이 아닌 대화로 하고 싶은데, 장주는 어때?"

영소정이 다가오며 말하자 전문정이 웃음을 거두며 영소정을 바라보았다. 전문정의 얼굴에는 지금까지와는 다른 살기가 보였다.

"대대로 일월교주는 대천무유신공을 익혔다. 칠성회주가 대천무유신공을 익혔나? 대천무유신공을 익히지 못한 자를 우리가 따를 거라고 생각했단 말인가? 웃기는 소리를 하는군."

전문정의 말에 영소정이 표정을 굳히며 말했다.

"대천무유신공? 그따위가 무슨 소용이지? 어차피 전설로만 존재하는 무공을 어떻게 익히나? 강호의 법칙은 힘! 강자존이다. 우리는 예전부터 강자존을 지키며 살아오지 않았나? 아직도 이해를 못하는가? 전씨는 대대로 일월교주의 보좌로서 그 역할에 최선을 다해왔다. 우리가 일신궁마저 통합한다면 일월교는 새롭게 만들어질 것이고 전가장의 자리는 서열 사위라는 좌호법이 될 것이 분명한데 그것을 거절할 것인가?"

"헛소리 집어치워라! 대천무유신공을 익히지 못한 교주는 교주가 아니다. 나는 그렇게 어릴 때부터 배워왔다. 너희 칠성회주가 대천무유신공을 익혀 일신궁주와의 대결에서 승리한다면 내가 고개를 숙이마. 하나 그렇지 않은 이상 절대 우리 집에 들어올 수 없을 것이다."

전문정의 싸늘한 말에 영소정이 굳은 표정으로 그를 바라보았다. 그러자 전문정의 옆으로 전영림이 얼굴을 내밀며 입을 열었다.

"칠성회의 회주는 부교주의 후예인 무(無)씨로 알고 있어요. 그렇다면 대천무유공이 우리 일월교에 있어서 얼마나 중요한지 잘 알 거라 생각하는데 회주는 그런 이야기를 하지 않았나요? 아니면 오랜 세월 때문에 까먹은 것인가요?"

영소정의 시선이 전영림을 향했다. 뭔가 미묘하게 달랐지만 전문정과는 또 닮은 것 같기도 했다. 그제야 영소정은 그녀가 누구인지 알게 되었다. 영소정은 입가에 미소를 담았다.

"부교주였던 내 사부께서 직접 내린 명령이라 거역할 수가 없어 안타깝군. 사실을 한 가지 말해주면 내 사부께서는 일월교의 잃어버린 무공들을 복원하고 수집하고 계셨지. 그런 와중에 대천무유공만을 제외하고 거의 대다수를 복원하거나 찾을 수가 있었다. 마천십세(魔天十世)의 여섯 가지를 완성하셨지."

순간 전영림과 전문정이 그 말에 놀란 표정을 지었다. 과거 일월교를 지탱했던 열 가지의 무공 때문이다. 그것은 대천무유공을 제외한 열 가지의 절대신공절기였다.

"우리가 칠성인 이유는 그 일곱 가지 무공을 나누어 익혔기 때문이다. 결국 스승님까지 포함해서 우리 일월맹은 마천십세의 일곱 가지를 익히고 있다. 상대가 될 것 같은가?"

영소정이 이를 드러내며 웃어 보이자 전영림과 전문정의 표정이 경직되었다. 영소정이 다시 말했다.

"일신궁과 마선신가, 그리고 전가장. 이 세 곳의 무공만 우리가 가진다면 우리는 마천십세를 모두 가지게 된다. 그런데 뭐가 두렵다는 것이지?"

영소정의 말에 전영림과 전문정은 싸늘한 안색으로 변하며 영소정을 바라보았다.

"아무리 그렇다고 해도 어차피 마천십세의 무공은 모두 백중지세(伯仲之勢). 오직 대천무유공만이 마천십세를 능가한다. 그런 대천무유공이 없는 이상 지금의 평화를 우리는 깰 생각이 없어. 그것은 칠성회주도 잘 알 터인데?"

전영림의 말에 영소정이 웃으며 말했다.

"한 가지 잘 모르는 것 같아서 말해두는데 맹주는 스승님이 아니다. 내 사형이지."

순간 전영림이 놀란 표정을 지었다. 전문정도 놀란 듯 경직된 표정으로 변하였다.

"그 자식이 회주가 아니라고?"

전영림의 말에 영소정이 인상을 싸늘하게 굳히며 그녀를 노려보았다. 자신의 스승을 그 자식이라 불렀기 때문이다. 영소정은 살기를 뿌리며 미소 지었다.

"전가장이 거부할 경우 스승님은 전가장을 불태우고 무공서만 가지고 오라 하셨다. 그 명에 따라야 할 것 같군."

"좋다. 우리 한번 해보자. 칠성회인지 일월맹인지 너희들의 힘을 한번 봐야겠구나."

전문정이 굳은 표정으로 고개를 끄덕였다. 그러자 영소정이 기다리지 않고 외쳤다.

"쳐라!"

쉬쉭!

오백의 인원이 땅을 박차며 쾌속하게 전가장을 향해 날아들었다. 영소정은 천천히 걸어서 정문으로 향했다. 그의 손에 검이 들렸다. 그 모습을 바라보던 전문정이 도를 손에 쥐었고 전영림은 비수를 손에 쥐었다. 긴박한 공기가 회오리치며 돌기 시작했다.

❖第九章❖

인연일까?

인연일까?

퍽!

"크악!"

비명성이 터지며 사람의 육체가 썩은 짚단처럼 쓰러졌다. 그 사이로 임파영은 재빠르게 달렸다. 숨이 턱까지 차 올랐으며 온몸이 땀으로 젖어 있었다. 얼마나 달렸는지 모른다. 도망치고 있는 것이다. 자신이 이렇게 도망자가 될 줄은 꿈에도 몰랐었다.

'빌어먹을 세상……'

저절로 세상에 대한 원망이 터져 나왔다.

"저기다!"

쉬릭!

모두 일류급은 안 되어도 이류 이상은 되어보였다. 고수들이었다. 적당히 상대할 만큼 여유있는 상대들이 아니었던 것이다. 하오문에 어떻게 이런 고수들이 존재하고 있는지 의문이었다. 하오문은 말 그대로 하오문이 돼야 했다.

하지만 이들은 어디 중소문파의 조장급 되는 고수들이었다. 임파영은 모르지만 이들은 하오문의 정예였다. 고강한 무인들을 상대하기 위해 훈련받은 인물들인 것이다.

솔직히 평소의 자신이라면 인원이 몇 명이든 신경 쓰지 않았을 것이다. 모두 죽이면 그만이기 때문이다. 하지만 이미 지칠 대로 지쳤으며 내상까지 겹친 상태였다. 팔은 들어올리기 힘들 만큼 굳어 있었다. 거기다 힘줄이 터진 듯 오른 어깨가 시퍼렇게 변한 상태였다.

쉬릭!

임파영의 상체를 향해 허공중에 떠오른 인영이 도를 내려쳤다. 임파영은 재빠르게 달리던 속도를 유지하며 신형을 회전하며 도를 허공중에 베었다. 얇은 도기가 살짝 흘러나가 허공을 잘라 버렸다.

푸악!

"크아악!"

비명성과 함께 허리가 베인 상대의 신형이 피를 뿌리며 땅에 쓰러졌다.

"허억! 허억!"

숨을 몰아쉬던 임파영은 지척으로 다가온 상대들을 눈으로 확인하며 앞으로 치달렸다. 어둠 속을 달리는 임파영의 눈에는 아무것도 보이지 않았다. 그저 앞으로 달리고만 있었다.

쉬아악!

바람 소리가 울리며 두 명의 인영이 임파영의 좌우로 가까이 다가오기 시작했다. 그 뒤로 수많은 사람들의 발소리가 들려왔다.

"천하의 마도가 꼬리를 말아 올리고 개처럼 도망치는구나!"

저 멀리서 거대한 말소리가 울려 퍼졌다. 자존심에 상처를 내는 말이었다. 그것은 임파영의 발을 멈추게 만들 충분한 위력이 담겨 있는 말이었다. 하나 그것은 평소였을 때였다. 지금은 그렇지가 못했다.

임파영은 숨을 몰아쉬며 앞으로 치달렸다. 언제까지 달려야 할지 몰랐으나 지금은 그저 달려야 했다. 그게 살길이기 때문이다. 불행 중 다행이라면 지금이 밤이라는 것이다. 정말 앞이 아무것도 안 보일 정도의 어둠이 깔린 밤이었다.

하늘에 떠 있는 달이라도 있다면 조금 나을지도 모르지만 달조차도 없었다. 하늘을 구름이 막고 있는 것이었다. 완전한 어둠만이 퍼져 있는 밤이었다. 그게 운이 좋았다면 좋은 일일까? 임파영은 그 어둠에 희망을 걸고 있었다.

쉬악!

좌측에서 도날이 날아들었다. 임파영은 재빠르게 고개를 숙이며 앞으로 치달렸다. 등을 스치고 도날이 지나치는 순간 임파영은 앞으로 이미 두어 발 나간 상태였다. 그대로 앞을 향해 더 나아갔다. 짧은 틈이지만 거리를 둘 수 있는 행동이었다. 그것은 경험에서만 나올 수 있는 대응이었다. 그리고 임파영은 경험이 풍부한 고수였다. 많은 실전을 겪으면서 살아왔던 것이다.

임파영은 마지막에 마지막까지 아껴두었던 두어 모금의 진기를 발에 주었다.

쉬아악!

임파영의 신형이 바람처럼 앞으로 치달렸다. 임파영은 어둠에 승부를 건 것이었다. 이들은 자신보다 어둠 속에서 사물을 구별하기 힘들 것이다. 하지만 임파영은? 이미 지옥곡에서 몇 달 동안 어둠과 함께 살았다. 햇살이 들어오지 않는 그곳에서 반년 동안 살다 나온 임파영에게 어둠은 더 이상 어둠이 될 수가 없었다. 그저 낮과 동일할 뿐이었다.

"쫓아라!"

외침이 터지며 사람들의 발소리가 더욱 급박하게 돌아가기 시작했다.

임파영은 바위 그늘 밑으로 들어가 한숨 돌리고 있었다. 숨을 거칠게 몰아쉬던 임파영은 아직 끝나지 않았다는 것을 알고 있었다. 이름 모를 야산이었고 그런 야산을 몇 개나 지나친지 몰랐다.

"······?"

문득 바람을 타고 코끝을 스치는 냄새가 있었다. 그것은 물 냄새였다. 순간 놀란 임파영은 고개를 돌렸다. 어둠 속에서 저 멀리 희미하게 보이는 호선이 있었다. 포양호였다. 호수의 냄새가 코끝을 스친 것이다. 분명 호수에서 반대로 달렸다고 여겼다. 하지만 어느새 호수로 다시 돌아온 것이다.

스슥!

발소리가 몇 개 들리기 시작했다. 임파영은 숨을 죽이고 바위의 그늘 속에 몸을 묻었다. 아직은 안심할 수 없기에 조심할 필요가 있었다. 이들이 모두 지나치고 나서야 한숨 돌릴 것이다.

타닥!

몇 개의 발소리가 다시 들렸다. 임파영은 숨을 죽였다. 곧 몇 명의 인영이 왼편으로 보였다가 사라졌다. 나뭇잎 속으로 사라진 것이다. 그 뒤로 또다시 몇 명의 인영이 보였다. 그들은 앞선 자들보다 속도가 느렸다. 하지만 주변을 세세하게 살피고 있었다. 그게 달랐다.

'조직적이군…….'

가장 앞선 자들은 앞으로 달렸으며 두 번째는 좌우를 살피며 달렸다. 그리고 마지막 세 번째 무리는 주변을 샅샅이 수색하고 있었다. 멀리 못 갔다는 것을 당연히 알고 있는 듯 그들의 움직임은 신중했다. 상대가 상대이니만큼 신중할 수밖에 없을 것이다.

마지막 무리들이 나뭇잎들을 헤치며 바위 주변으로 다가오기 시작했다. 인원은 세 명이었다. 그들은 일정한 간격으로 벌어진 상태에서 천천히 앞으로 나아가고 있었다. 임파영은 곧 들킨다는 것을 직감했다. 어떻게든 움직여야 했지만 한번 누운 몸이 잘 일어날 리가 없었다.

온몸에서 일어나는 고통 때문이다. 여기저기 터진 자국과 도날에 베인 상처가 온 상체에 가득했다. 피를 지혈시켜야 한다는 생각도 못했기에 머리도 몽롱하게 변하고 있었다. 위급하다는 것을 직감적으로 알고 있었다.

꾸욱!

임파영은 도를 힘껏 잡았다. 잡는 것도 아팠지만 참아야 했다. 상대는 세 명이었다.

"어?"

누군가가 멈춰 서다 임파영의 눈과 마주쳤다. 불과 지척의 거리였다. 순간 임파영의 도가 앞으로 찔러갔다. 온몸의 힘을 다 손에 모아서 찔렀던 것이다.

"……!!"

임파영은 순간 눈을 부릅떴다. 자신의 팔이 올라가지 않았기 때문이다. 놀란 것은 상대도 마찬가지다. 임파영을 발견한 상대가 눈을 부릅뜨며 임파영을 응시했다. 잠시의 정적이 맴돌았다. 그러던 어느 순간 상대의 표정이 정상으로 돌아오며 입을 벌렸다.

"여기……!"

픽!

임파영은 눈을 부릅떴다. 자신의 눈앞을 붉게 물들였기 때문이다. 아니, 그것은 배를 뚫고 나온 도날 때문이었다. 임파영은 놀라 시선을 들었다. 순간 한 명의 어두운 얼굴과 눈이 마주쳤다. 그는 소리없이 배에서 도를 뽑으며 상대를 눕혔다. 어느새 옆에 있던 다른 한 명도 땅에 누운 상태였다.

"주인님……."

순간 임파영의 눈동자가 부릅떠졌다.

"너는?"

"쉿!"

차홍이었다. 차홍이 손으로 입을 가리며 임파영을 바라보고 있었다.

"업히십시오."

차홍이 등을 보이며 앉았다. 임파영은 그저 놀란 표정으로 차홍을 바라보고 있었다. 그러다 본능적으로 도를 도집에 넣으며 힘겨운 얼굴로 차홍의 등에 업혔다.

스슥!

소리없이 차홍이 밑으로 내려가기 시작했다. 방향은 포양호가 있는 방향이었다.

"어… 어떻게 된 일이냐?"

"헤헤… 제 친구 중에 한 명이 하오문에 있다고 하지 않았습니까? 그 녀석이 어느 날 마도를 잡는다는 소식을 제게 알려주었습지요. 그래서 이렇게 그 녀석의 힘을 빌려서 수염도 자르고 머리카락도 좀 잘랐습니다."

차홍이 누런 이를 보이며 웃었다.

"미안하군……."

축 늘어진 양팔이 차홍의 어깨를 타고 흘러내렸다. 임파영은 이미 실신하기 직전이었다. 아니, 보통의 사람이라면 몇 번이라도 실신했을 것이다.

뚝! 뚝!

늘어진 팔에서 핏방울이 흘러내렸다. 어디서 흘러내리는지 알 수 없었지만 차홍이 볼 때도 상태는 심각했다. 차홍은 자신의 등이 젖어간다는 느낌을 받았기 때문이다. 그 느낌이 피라는 것도 짙은 혈향(血香)으로 알 수 있었다. 위험했다.

"어디를 가느냐?"

"……!!"

다다닷!

들려온 목소리에 차홍은 놀란 표정으로 뒤도 안 돌아보고 앞으로 치달렸다.

"이놈!"

정대원의 외침이었다. 차홍은 죽을힘을 다해 뛰기 시작했다. 자신이 미리 이 근처에다가 배를 준비했기 때문이다. 이 근처만이 아니다. 포양호 주변에 배를 몇 척이나 준비해 놓았다. 혹시나 도망을 치게 된다면 배로 가야 할 것 같았기 때문이다.

'일 다경… 일 다경만 죽어라 달리자… 후회하지 않도록.'

마음속으로 다짐하며 차홍은 있는 힘을 다해 달렸다.

미끄러지듯 산을 내려온 차홍은 호변으로 치달렸다. 저 멀리 몇 개의 집들이 보였고 그곳에 배들이 정박하고 있었다. 차홍은 그곳으로 신형을 날리고 있었다. 포양호를 주변으로 작은 마을들이 수없이 많이 존재했으며 배는 그곳에 몇 개씩 꼭 있었다. 그중에 하나를 미리 포섭하는 일은 어려운 일이 아니었다.

"멈춰라!"

정대원이 소리치며 뒤따랐다. 그 뒤로 수많은 무사들이 날렵하게 달려오기 시작했다. 차홍의 마음은 다급했다. 심장이 터질 것 같았기 때문이다. 태어나서 이렇게 긴장되는 순간은 없었다. 처음 있는 일이었다. 그러니 다급하고 긴장할 수밖에.

"빨리… 빨리……."

차홍은 죽을힘을 다해 달렸다. 하나 멀게만 느껴지는 배였다.

쉬악!

뒤에서 바람 소리가 들렸다. 차홍은 그 소리에 놀랐으나 신경 쓸 겨를이 없었다. 그저 달려야 했다.

픽!

차홍이 지나친 자리에 도가 하나 땅에 박혔다. 차홍은 그저 죽어라 달릴 뿐이었다. 그리고 어느새 호변에 놓인 배에 손이 닿자 재빠르게 임파영을 배 위에 싣고는 배를 밀기 시작했다. 죽을힘을 다했다.

"차홍……."

임파영이 쓰러진 몸을 겨우 일으키려 하며 차홍을 바라보았다. 그의 흐릿한 시선이 차홍에게 닿자 차홍은 웃어 보였다.

"걱정하지 마십시오. 잘 풀릴 겁니다. 끙차!"

슈욱!

배가 물 위로 밀려 나가기 시작했다. 차홍은 더욱 힘을 가해 배를 밀었다.

"차홍……."

다시 한 번 임파영이 흐릿한 시선으로 차홍을 찾았다. 차홍은 고개를 숙이며 더욱 강하게 배를 밀었다. 그 뒤로 수많은 발걸음 소리가 급박하게 가까워지기 시작했다.

"란이를… 꼭… 찾으셔야 합니다."

"차홍……."

쉬악!

순간 도 하나가 허공을 날아 차홍의 등으로 떨어졌다.

픽!

"크억!"

차홍이 입을 벌리며 두 눈을 부릅떴다. 하지만 그것은 순간이었다.

"으으윽!"

더욱 강하게 배를 밀었다. 그리고 배가 호수면에 뜨기 시작하자 차홍의 허벅지까지 물이 찼다.

픽!

또 하나의 도가 허공에서 차홍의 등으로 날아들었다. 차홍의 신형이 흔들렸다.

"차홍……!"

임파영이 그 모습에 차홍의 상체를 잡고 배 위로 끌어당겼다. 차홍의 상체가 배 위로 끌려 들어가듯 매달렸다.

"사실… 행복했습니다. 란아와… 함께 살 때는……. 그런 행복… 다시는 오지 않겠지요?"

"차홍! 무슨 헛소리를 하는 것이냐! 함께 살 것이다!"

임파영이 소리치며 차홍을 배 위로 당겼다. 마지막 힘을 다해 당긴 것이다. 차홍의 신형이 배 위로 올라오자 임파영이 노를 잡아 온 힘을 다해 저었다.

"으아아아!"

고통을 이기려는 외침성이 터지며 배가 밀려 나갔다. 차홍의 등에 박힌 두 개의 도날이 임파영의 정신을 일깨운 것이다. 그것은 오직 정신적인 악이었다. 오직 악으로 노를 저었다. 그렇게 배가 멀어지기 시작했다.

"망할!"

정대원이 땅을 차며 멀어지는 배를 바라보았다. 십 장은 넘은 듯 배의 모습이 시야에서 사라졌다.

"뭐 하는 것이냐! 어서 타거라! 우리도 쫓아간다. 지옥이라도 따라가서 죽여야 한다. 알았느냐?"

정대원이 소리치며 배에 올랐다. 작은 배였다. 그곳에 두 명의 수하가 따라 올라탔다. 정대원이 앞에 앉았으며 배가 이동하기 시작했다. 임파영이 사라진 곳으로 향한 것이다.

강서성과 안휘성의 경계에 있는 호구(湖口)는 장강과 포양호가 만나는 곳에 위치하고 있었다. 그곳의 선착장에 거대한 상선이 도착했다.

장강을 따라 운행되고 있는 상선이었다. 사람과 물건을 실어 나르는 배가 도착하자 수많은 사람들이 몰려들었다. 짐을 나르기 위한 짐꾼들이었다.

소초산과 염옥림은 그런 사람들의 틈으로 배에서 내렸다.

"세상에는 참으로 사람이 많아. 어딜 가도 사람뿐이니……."

소초산은 많은 사람들이 선착장 주변에 있는 것을 보고 중얼거렸다.

"일단 이곳에서 하루 쉬고 내일 안휘성으로 들어가자. 장강만 건너면 안휘성이니까."

그 말에 소초산이 고개를 끄덕였다. 그런 사람들의 틈으로 선착장을 빠져나갈 때였다.

"시체다!"

누군가의 외침 소리에 반사적으로 고개를 돌린 소초산과 염옥림은 강물 위로 작은 배가 떠가는 것이 눈에 들어왔다. 그리고 그 위에 두 자루의 도를 박고 엎어져 있는 사람과 뱃전에 기대어 쓰러져 있는 사람의 모습이 보였다.

"죽었나?"

염옥림이 수많은 사람들이 몰려드는 인파 속을 비집고 나가 바라보며 말하자 소초산은 턱을 어루만졌다. 곧 몇 명의 사람들이 강변으로 다가오는 배를 잡아끌었다.

"아이고야… 시체야, 시체… 수적이라도 만났나벼……."

아주머니들의 말소리에 소초산은 배가 있는 곳으로 다가갔다. 염옥림도 따라갔다.

"왜 그래?"

염옥림이 소초산의 행동에 따라가며 물었다. 소초산은 그저 담담한 표정이었다.

"아니… 신경 쓰이는 칼이라……."

소초산의 손이 뱃전에 놓인 묵빛 도를 향하고 있었다.

"살아 있어!"

몇 명의 사람들이 소리치자 웅성거림이 더 커졌다. 사람들의 손으로 쓰러진 청년이 끌어 내려지는 순간 소초산이 그 얼굴을 확인했다. 염옥림도 얼굴을 확인했다. 순간 염옥림의 굳은 표정이 소초산을 향했다. 소초산은 뒤돌아섰다.

"그냥 갈까?"

"웅."

염옥림이 고개를 끄덕였다.

"그래도……."

소초산이 신형을 돌렸다. 염옥림도 신형을 돌렸다.

"꼴을 보니 어디서 바보짓하다 당한 것 같은데?"

염옥림의 말에 소초산은 쓰게 웃으며 그들에게 다가갔다.

흔들리고 있었다. 흔들리는 육체의 느낌에 가만히 눈을 뜨자 좁은 시선 속으로 일남일녀가 나란히 앉아 있는 모습이 눈에 들어왔다.

'누구지……?'

임파영은 그들의 뒷모습이 낯익다는 생각이 들었다.

덜컥! 덜컥!

수레가 대로를 따라가고 있었다.

"처어엉! 사아아안!"

"그만 해!"

염옥림의 외침에 소초산이 입을 다물었다. 이렇게 날씨가 좋고 따뜻한 날에는 노래를 하면서 길을 가는 것이 좋다고 생각했다. 하지만 염옥림은 지옥이었다. 벌써 이틀 동안 그의 노래를 들어야 했기 때문이다. 이제는 지겨웠다.

"그런데 저놈들은 왜 안 일어나? 그 의원이 돌팔이 아니야?"

"에이, 설마… 저놈들이야 안 일어나도 상관없지만……."

"그냥 다음 마을에 도착하면 시궁창에 던져 버리고 가자. 귀찮다."

"그럴까?"

염옥림이 고개를 슬쩍 돌리자 임파영이 눈을 감으며 고개를 떨구었다.

'망할 놈들에게 걸렸군. 제기랄.'

"아직도 자네."

염옥림의 말에 소초산이 고개를 돌렸다. 임파영과 처음 보는 얼굴이 나란히 누워 있었다. 소초산은 그들을 바라보다 앞을 보았다.

"으음……."

신음 소리가 들리자 소초산이 다시 고개를 돌렸다. 순간 임파영이 눈을 떴다.

"여어."

소초산이 손을 들자 임파영이 굳은 안색으로 인상을 찌푸렸다. 곧 일어나기 위해 몸에 힘을 주었다. 그 순간 온몸이 무언가에 묶인 듯 움직이지 않자 놀라 눈을 크게 떴다.

"묶었으니까 움직이기 힘들 거야."

임파영이 차가운 눈동자로 소초산을 응시했다. 아닌 게 아니라 온몸이 천으로 둘둘 말려 있었기 때문이다. 그러다 고개를 옆으로 돌렸다. 그곳에 차홍의 얼굴이 나타나자 순간적으로 목소리를 높였다.

"차홍!"

"아… 그놈이 차홍이란 놈이군. 누군지는 모르지만 운이 좋아. 목숨에는 지장이 없다니까. 걱정하지 말아라. 근데 누구야?"

소초산이 고개를 돌리며 묻자 임파영이 잠시 이맛살을 찌푸렸다. 뭐라고 말해야 할지 망설인 것이다.

"그냥… 내 종이다."

"풋!"

"큭!"

그 말이 떨어지자 소초산과 염옥림이 서로의 얼굴을 바라보며 손으로 입을 막았다. 하지만 눈은 웃고 있었다. 그것을 가릴 수가 없었는지 소초산이 웃는 표정으로 임파영을 바라보았다.

"종? 그… 땡! 땡! 때리는?"

소초산이 종을 치는 시늉을 하며 말하자 임파영이 인상을 찌푸렸다.

"그래… 웃어라… 실컷… 실컷 비웃어라."

임파영의 다 포기한 듯한 목소리에 소초산이 웃음을 거두며 말했다.

"그래도 인연이라 살려주었더니 저 표정 봐라. 저게 살려준 은인에게 할 말이야? 안 그래? 이런 배은망덕한 놈 같으니라고, 앞으로 은인이라 불러라. 크크크."

순간 임파영의 신형이 미미하게 떨렸다. 등골이 서늘해지는 말이었기 때문이다. 아니, 마지막 웃음소리가 서늘했으며 차가웠다.

"으음……."

"어? 저 녀석도 눈을 뜨려 하네."

염옥림이 차홍을 바라보며 말하자 소초산의 시선이 차홍을 향했다. 차홍이 그 말처럼 눈을 뜨다 벌떡 상체를 일으켰다.

"크아아악!"

이내 고통스런 비명을 토하며 다시 쓰러졌다.

"기절했나 봐?"

염옥림이 쓰러진 채 다시 눈을 뜨지 않는 차홍의 모습을 보며 말하자 소초산도 고개를 끄덕였다. 상체를 일으키다 등에 난 상처가 벌어지며 너무도 큰 고통에 다시 정신을 잃어버린 것이다. 참으로 어이없는 일이었다.

"정말 네 종 맞아?"

소초산이 실눈을 뜨며 임파영에게 묻자 임파영이 고개를 옆으로 돌렸다.

"이거나 풀어라."

"움직이기 힘들걸. 그 상처에 내상까지… 족히 몇 달은 누워서 쉬라는 의원의 말이 있었다. 환자는 의원의 말을 들어야지?"

"내 몸은 내가 가장 잘 알아. 조식이라도 해야지."

"그건 그렇고 너 같은 녀석이 그렇게 다치다니… 인과응보라도 받은 모양이다?"

소초산이 히죽거리며 묻자 임파영은 순간적으로 그 얼굴에 주먹을 갈기고 싶다는 욕망이 타올랐다. 아니, 온몸을 갈기갈기 찢어버리고 싶은 충동을 느꼈다. 하나 아쉽게도 그럴 수가 없었다.

"개인적인 일이다."

임파영의 대답에 소초산은 인상을 찌푸리며 고개를 돌렸다. 염옥림이 소초산의 어깨를 두드리며 말했다.

"원래 저렇게 어두운 놈이잖아. 이해해……."

"그렇지? 우리처럼 밝음을 모르는 놈이었지."

소초산이 고개를 끄덕였다.

"배고프다."

임파영이 그들의 뒤통수를 향해 말하자 소초산의 손이 움직였다.

퍽!

"큭!"

임파영의 입속으로 건포가 반쯤 들어갔다. 임파영의 눈동자가 부릅떠졌다. 손도 움직일 수가 없었기 때문이다.

"읍! 읍! 읍!"

임파영이 숨을 몰아쉬며 가쁜 숨소리를 내뱉자 소초산이 중얼거렸다.

"녹여서 먹어라."

정대원은 임파영의 뒤를 밟아 따라갔다. 그리고 아직 살아 있다는 것도 알았다. 또한 장강을 넘어 안휘성으로 들어간 것 역시 알고 있었다.

"임파영… 정말 질긴 생명이구나."

정대원은 대로에 서서 저 멀리 다가오고 있는 수레를 바라보며 말했다. 대로의 좌우로 낮은 구릉이 있었으며 숲이었다. 그 속에 대기하고 있는 이백의 인원이 조용하게 서 있었다. 포양호에서 헤어지고 다시 모인 인원이었다. 아직도 덜 모였지만 이 정도면 충분했다. 시간상 빨리 도착한 인원들만 대기시킨 것이다.

정대원은 저 멀리 마부석에 앉아 있는 일남일녀를 응시하고 있었다. 조금 어리숙해 보이는 청년과 꽤나 귀엽게 생긴 미모의 여성이었다.

"죄가 있다면 임파영을 의원에 데리고 간 것이 죄……."

정대원은 가만히 중얼거리며 눈을 빛냈다.

"뉘시오?"

소초산이 수레를 멈추며 대로의 중앙에 서 있는 정대원을 응시했다. 정대원은 담담한 표정으로 소초산을 바라보았다.

"누워 있는 사람과 친분이 있는 사람이오."

"그래요?"

소초산이 고개를 돌려 임파영을 바라보자 임파영이 입에 물고 있던 건포를 이리저리 돌리며 바라보았다. 그러다 정대원과 눈이 마주쳤다. 순간 임파영이 건포를 뱉으며 소리쳤다.

"이 새끼!"

소초산이 그 말에 고개를 돌려 정대원을 향해 물었다.

"이 새끼라는데요?"

"흐음……."

정대원의 안색이 순간 굳어졌다. 자신을 모욕했기 때문이다. 정대원은 쓰게 웃으며 도를 들었다. 그리곤 가늘게 눈을 뜨며 살기를 뿌렸다.

"이름을 말하거라. 혹시라도 내가 아는 사람과 친분이 있다면 나도 곤란하니까."

"아마 없을 겁니다. 왜냐하면 우리 집에는 나 혼자만 살거든요. 그렇지?"

소초산이 염옥림을 바라보며 말하자 염옥림이 고개를 끄덕였다. 사실이기 때문이다.

"응. 그렇지, 혼자 살았지."

"그런데 저 녀석이 당신을 보자 화난 것을 보아하니… 당신이 저렇게 만들었다는 뜻인데……?"

소초산의 시선이 정대원에게 향하자 정대원은 순간적으로 자신도 모르게 한 걸음 물러섰다. 왜 그랬을까? 강렬한 기도가 뿜어진 것도 아니었다. 그렇다고 민 것도 아니었으며 살기를 보인 것도 아니었다. 그저 한번 눈이 마주쳤을 뿐인데 정대원은 한 걸음 물러서야 했다.

정대원은 흐릿한 소초산의 눈동자를 바라보다 어이가 없었는지 쓰게 웃으며 도를 늘어뜨렸다. 자신의 실책 때문이다.

"저 녀석은 마도라고 불리는 살인마다. 그런 살인마를 살려주다니 하늘이 무섭지도 않느냐? 더욱이 함께 다니다니… 정녕 네놈 역시도 대마두가 분명하렸다."

일단 정대원은 임파영이 마인이란 사실을 일깨워 주며 소초산이 물러서길 바랐다. 다른 이유가 없었다. 단지 관계없는 사람까지 말려들게 할 생각이 없었던 것이다. 혹시라도 거대 문파의 사람이라면 일이 꼬이기 때문이다.

"알고 있는데?"

소초산의 대답에 순간적으로 정대원은 살심을 이기지 못하고 도를 들었다. 그러자 소초산이 미소 지었다.

"백주 대낮에 사람 죽이려고? 그것도 내가 보는 앞에서? 에이… 그만두시게나… 내가 사실은 모르는 사람들이 많아서 그렇지… 아는 사람들은 다 아는 초절정의 그런 무인일세."

정대원이 그 말에 순간 당황하며 도를 내렸다. 잠시 소초산을 살피던 정대원은 곧 크게 웃었다.

"하하하하! 미친놈. 처라!"

정대원이 웃음을 멈추며 소리쳤다. 순간 좌우의 숲 속에서 수십 인의 무인들이 달려들었다. 소초산은 인상을 찌푸리며 고개를 저었다. 어느새 그의 손에는 운중검이 들려 있었다.

"왜 사람들은 내가 말하면 안 믿지? 나는 진실만을 말하는데 왜 안 믿는 것일까?"

고뇌에 찬 소초산의 얼굴이 염옥림을 바라보자 염옥림이 눈을 부릅뜨며 소리쳤다.

"빨리 처리하지, 뭐 해!"

쉬아아악!

십여 명의 무인들이 뛰어올라 덮쳤으며 좌우에서 십여 명이 달려들었다. 거리가 불과 삼 장여. 그 순간 소초산의 검이 허공중에 원을 그렸으며 좌우로 빛을 번뜩였다. 그 섬광이 곧 거대하게 변하더니 이내 태양 같은 빛을 내뿜었다.

쿠아아아!

따다다다당!

수십 개의 금속음이 빛 속에서 들리며 달려들던 무인들이 뒤로 나가떨어졌다. 순간 빛이 사라지며 하늘에서 은색의 비가 떨어져 내렸다.

퍼퍼퍼퍽!

수십 개의 부러진 도날이 수레의 말 앞으로 떨어져 내리며 땅에 박혀 들어간 것이다.

"억!"

정대원이 저도 모르게 놀라 뒤로 물러섰다. 그것은 달려들던 무사들도 마찬가지다. 땅에 박힌 부러진 도(刀)들이 대로에서 반짝이고 있었다. 소초산은 검을 늘어뜨리며 가볍게 미소 지었다. 그의 얼굴에 밝은 서광이 비치고 있었다. 우연일까? 햇살이 그의 얼굴 뒤에서 번뜩이고 있었다. 그 찬란한 서광에 모두들 넋을 잃고 바라보았다. 그것은 부처님의 재래였다.

"이봐, 뭘 그렇게 놀라나? 내가 좀 멋있어? 한 가지만 말하는데 난 남자가 취향이 아니다."

정대원이 멍하니 소초산을 응시하다 그 말에 정신을 차리곤 재빠르게 도를 도집에 넣었다.

"실례했습니다."

재빠르게 신형을 돌린 정대원이었다. 금방 본 것은 자신의 기준으로 볼 때 분명한 검강(劍罡)이었다. 생전 태어나서 검기 쓰는 고수를 한 명 본 것이 전부인 그에게 소초산이 보인 무위는 가히 하늘이었다. 어떻게 덤비겠는가?

"어이."

정대원이 그 말에 몸을 돌렸다.

"어디에 누구인지는 말해줘야 하지 않겠어? 난 소초산이다."

"소초산……!"

순간 정대원의 표정이 굳어졌다. 그의 이름을 잘 알기 때문이다. 강호에서는 신룡이라 불렸지만 하오문에는 임파영도 능가하는 고수로 알려져 있었다. 물론 일반 문도는 모른다. 정대원 정도의 인물들까지만 알고 있었다.

"실례했습니다."

정대원이 포권하며 재빠르게 신형을 날렸다. 그 뒤로 부러진 도를 든 수하들이 따라갔다. 바람처럼 그들이 사라지자 소초산은 혀를 차며 자리에 앉았다.

"요즘 애들은 뼈대가 없어, 뼈대가. 안 그래? 너처럼 뼈대있는 무인들이 좀 많았으면 좋겠는데? 그런데 저런 놈들에게 그렇게 당한 거야? 불쌍하다……."

소초산이 고개를 돌려 누워 있는 임파영을 바라보았다. 소초산의 표정은 정말 말 그대로 불쌍한 사람을 보는 듯한 표정이었다. 더욱 화나게 하는 것은 염옥림도 같은 표정으로 임파영을 응시하고 있었다.

임파영이 인상을 찌푸리며 소초산을 응시했다. 자신을 개고생시킨 놈들이었다. 그런 놈들이 이렇게 가볍게 물러서다니 뭔가 억울했다.

"함정에 걸렸기 때문에 이렇게 되었다. 그것만 아니라면 저런 놈들 쯤 일 다경도 지나지 않아 시체로 들판에 버려져 거름으로 변했을 것이다."

"여전하군, 그 살벌한 어투는."

소초산이 피식거리며 고개를 돌렸다. 염옥림도 고개를 돌렸다.

며칠 동안은 별일이 없었다. 그리고 목적지인 대도관에 도착할 수가 있었다. 대도관은 안휘성의 남단에 위치하고 있었으며 주변으로 경관 좋은 태호(太湖)가 자리잡고 있었다. 대도관은 태호가 내려다보이는 장산(長山)의 초입에 있었다.

대도관의 밖에 수레가 놓여져 있었으며 차홍과 임파영은 여전히 누워 있었다. 지나가던 사람들이 그들의 모습에 신기한 듯 모여들어 한

번씩 쳐다보다 지나쳐 갔다. 임파영은 고개를 돌린 채 애써 무시했지만 창피함이 극에 달하고 있었다.

"으음……."

삼 일 만에 다시 눈을 뜨려 하는 차홍이었다.

"엇!"

벌떡!

상체를 일으킨 차홍이 처음에는 주변에서 구경하던 사람들과 눈이 마주치자 잠시 멍하니 그들을 바라보았다.

"살았나 봐? 진짜네. 움직인다."

꼬마들이 나뭇가지로 꾹! 꾹! 찌르다 차홍이 눈을 뜨자 놀란 듯 물러섰다. 차홍의 시선이 임파영으로 향하였다. 순간 자신도 모르게 차홍이 엎드렸다.

"아이고, 주인 어른!"

순간 주변에 큰 웃음소리가 넘쳐났다. 그의 행동 때문이다. 임파영은 얼굴을 붉혔다. 차홍은 순간 아파오는 고통에 인상을 찌푸렸다.

"아이고오오… 숨을… 쉬기가 힘듭니다."

"누워 있어라."

"그럼… 염치 불구하고……."

임파영의 말에 차홍이 다시 누웠다. 사실 너무 아팠기 때문이다. 곧 대문에서 소초산과 염옥림이 서생의 배웅을 받으며 밖으로 나왔다.

"어? 일어났네, 이놈?"

"누구신데 이놈이라니."

차홍이 소초산의 말에 눈을 부라렸다. 순간 염옥림이 입을 가리며 미소 지었다.

"임 공자의 종이라면서? 우리는 임 공자의 생명의 은인인데? 그렇다면 종은 우리에게도 종이 아닐까? 그렇지?"

"아이고, 물론입죠. 헤헤."

차홍이 다시 일어나 엎드리며 웃어 보였다. 염옥림의 미모가 상당했기 때문이다. 임파영이 그 모습에 인상을 찌푸렸다.

"멍청한 놈."

그 모습에 소초산이 가볍게 미소 지으며 마부석에 앉았다. 주변의 사람들이 물러서자 소초산은 가볍게 말했다.

"조금 회복하기는 한 모양이네."

임파영은 얼굴을 붉히며 하늘을 바라보았다. 그동안 많은 생각들이 머리를 스치고 지나쳤다. 지금까지 이곳으로 오면서 혼자만의 상념에 빠진 경우가 많았다. 그런 생각들이 꼬리에 꼬리를 물어서 조금은 성숙한 마음을 만들어주었다.

"차홍이라 했나?"

"예? 그런데요."

"저 녀석 몸에 감은 것 좀 풀어줘."

소초산의 말에 차홍이 임파영의 몸에 묶여 있는 얼룩진 천을 풀기 시작했다. 수레는 천천히 마을을 지나치다 의원집 앞에 멈춰 섰다.

"안으로 데리고 가. 기다릴 테니까."

"예."

차홍이 순순히 임파영을 업고는 안으로 들어갔다. 천을 풀었지만 며칠 동안 손끝 하나 움직이지 않았던 몸이다. 그런 몸이 갑작스럽게 움직일 리가 없었다.

소초산은 그저 가만히 미소만 보였다. 그들이 들어가자 소초산은 품에서 책을 꺼내 들었다. 일월신록 삼권이란 제목의 책이었다. 그 책을 얻기 위해 관주와 흥정을 해야 했다. 그리고 세상에 돈에 안 넘어가는 것이 어디에 있던가? 금 오백 냥에 책을 넘겨받았다. 물론 염옥림의 전표가 큰 힘이 되었다. 금화 오백 냥짜리 전표는 관주의 눈을 휘둥그렇게 만들기에 충분했다.

"이것으로 네 개가 모인 것인가?"

"그런데 일권은 도대체 누가 가지고 있는 것일까?"

염옥림의 물음에 소초산은 고개를 저었다.

"아마도… 인연이 있는 자가 가지고 있지 않을까?"

소초산은 가볍게 미소 지었다.

*   *   *

안개가 발밑으로 깔린 꽃이 만발한 정원이었다. 그 정원을 걷고 있는 두 명의 그림자는 한 명의 청년과 한 명의 선녀 같은 백색 궁장의의 미인이었다.

"전가장의 반항이 생각보다 심하군. 지금쯤이면 해결될 거라 여겼는데 말이야……"

일신궁과 정파에는 칠성회주라 불리는 일월맹의 맹주 홍수월은 살짝 인상을 찌푸렸다. 그러자 옆에 있던 미녀가 미소 지었다.

"조급해하시는 것 같군요?"

"아니야……"

홍수월이 고개를 저었다. 심아민의 앞에서 잠시 추태를 보였다고 생각한 것이다.

"단지 걱정할 뿐이다. 전가장보다 마선신가가… 마선신가보다 일신궁이… 그리고 중원… 하하… 정말 천하에 나가는 것이 멀고도 먼 길 같아 한번 해본 소리네."

홍수월의 말에 심아민이 수긍하는 듯 고개를 끄덕였다. 뭔가 생각난 듯 홍수월이 고개를 돌리며 물었다.

"마선신가 쪽은 어떻게 되어가나?"

"진행은 수월하게 되어가고 있다고 하네요. 잠입했으니 이제 마선신가의 유일한 약점인 그 소가주를 납치하는 일만 남았어요."

"납치라… 내 성격에는 맞지 않은 일이나 대의를 위해서는 어쩔 수가 없겠지. 오게 되면 극진히 대하라고 일러야겠어."

"물론이에요."

심아민이 찬성한다는 듯 대답하자 홍수월은 다시 말했다.

"그 소초산인가 뭔가 하는 녀석은 어떻게 되어가는지 알고 있나?"

"잘 풀릴 거라고 장홍이 보고하더군요. 하나 사태를 지켜보며 기다려야 할 것 같아요."

"쯧… 장홍이 이렇게 무능력할 줄이야……."

홍수월이 불만인 듯 혀를 차며 걸었다. 곧 정자가 하나 나타났다. 정자로 들어서자 어디에서 나왔는지 모를 시비들이 나타나 차와 다과를 준비했다. 그리고 정자 너머로 호수가 보였다. 호수의 맑은 물빛이 햇살에 반짝이기 시작했다.

쪼르륵!

시비가 찻잔에 차를 따랐다. 그 맑은 물소리에 홍수월은 미소를 그렸다. 곧 찻잔을 들어 한 모금 마신 홍수월이 호수를 바라보며 말했다.

"사매하고 이렇게 있으면 왠지 마음이 편해……."

그 말에 심아민은 얼굴을 붉혔다. 홍수월은 심아민을 바라보며 말했다.

"청혼은 천하를 얻고 나서 하지. 천하를 손에 쥔 자만이 사매에게 청혼할 자격이 있다고 생각해. 물론 나 혼자만의 생각이지만. 하하!"

심아민이 그 말에 손으로 입을 가리며 웃어 보였다. 홍수월은 곧 품에서 책을 꺼내 내려놓았다. 그 책에는 일월신록이라는 글귀가 적혀 있었다. 심아민의 눈동자가 빛나기 시작했다. 어떤 책인지 알기 때문이다.

"고민이야. 역시 일권만 있으면 안 되겠어……."

"나머지는요? 늘 찾고 계셨잖아요?"

"물론이지. 하나 그 일이 어디 쉽나? 그래도 다행인 것이, 곧 내 손에 들어올 것 같단 말이야. 곧……."

심아민이 그 말에 눈을 크게 떴다. 홍수월은 알 수 없는 미소만을 입가에 담았다. 심아민은 그 모습에 자신도 모르는 홍수월의 다른 세력이 있다는 것을 감지했다. 다른 세력도 아니라면 또 다른 제삼의 인물이 있을 것이다. 일월맹의 조직은 심아민조차 삼 할을 몰랐다. 그 삼 할이 늘 궁금한 심아민이었다.

"누구인가요? 그자가? 아니, 그 사람들이?"

심아민이 그 속을 간파하듯 찻잔을 들어올리며 미소 짓자 홍수월이 순간 들켰다는 듯 손을 저으며 눈을 크게 떴다.

"하하하! 어떤 누구? 설마 사매가 좋아하는 사람이?"

홍수월의 말에 심아민은 미소 지으며 고개를 저었다.

"아무튼 사형은 숨기는 것이 너무 많아요."

홍수월은 그 말에 웃으며 말했다.

"어차피 일신궁과 하나가 된다면 알기 싫어도 알게 될 거야. 뭐, 궁금하다면 나의 비밀 세력들을 말해줄 수도 있지만?"

"됐어요."

심아민이 고개를 돌리자 홍수월은 다시 웃어 보였다. 자신 앞에서만 이렇게 토라지는 사매의 모습이기에 홍수월은 기분이 너무 좋았다. 이런 사매의 모습을 다른 사람은 모를 것이다. 오직 자신만이 알고 있는 비밀이었다.

파라락!

탁자 위에 놓여 있는 일월신록의 책장이 바람에 휘날리며 넘어가고 있었다.

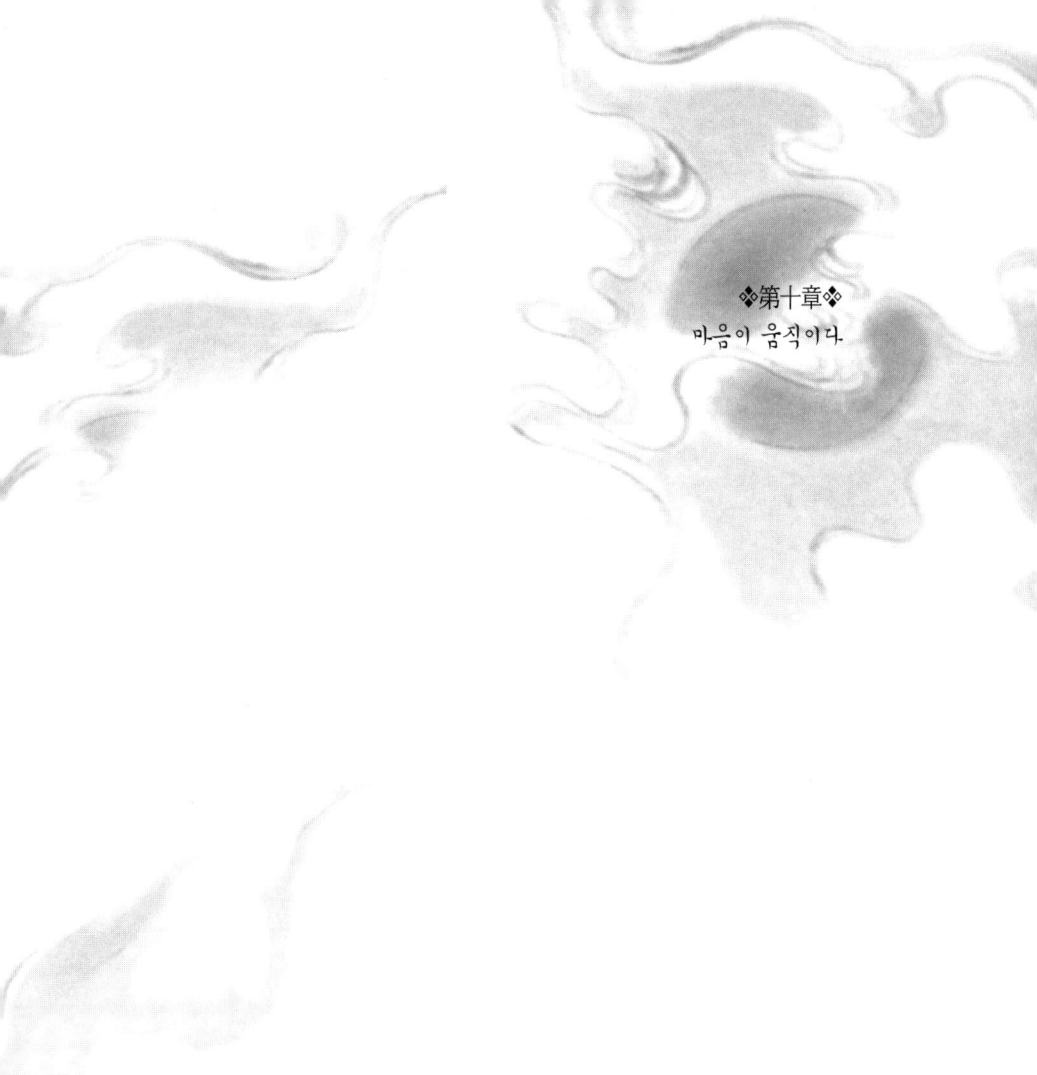

❖第十章❖
마음이 움직이다

마음이 움직이다

무림맹은 정수를 비롯한 전가장에 갔던 사람들이 돌아오자 급히 회의를 열었다. 그리고 내려진 결론이 전가장과 비슷한 곳이 또 있을지도 모른다는 생각에 내사에 들어간 것과 그들만의 싸움이니 지켜보자는 것이었다. 누가 이기고 지든 그들에게는 이득이 되었기 때문이다. 내심 무림맹은 일신궁을 응원하고 있었다.

다른 이유가 없었다. 일신궁은 조용했으며 강호를 제패하겠다는 야욕이 현재로서는 없어 보였기 때문이다. 그들도 쓸데없는 싸움은 싫어했던 것이다.

"기다리는 자에게 복이 온다. 기다리면 이루어질 것이다. 급하면 체하고 여유있는 자만이 꿈을 쟁취한다. 그럼 도대체 세상 기다리다 끝나라고? 여유있으면? 남들 다 잡을 때 혼자만 못 잡고 멍하니 바라만 보고 있으라고? 미친 말이지."

장홍이 나무 꼭대기에 홀로 서서 혼자 말하고 인상 쓰며 투덜거렸다.

덜컹! 덜컹!

저 멀리서 들려오는 수레의 소리에 장홍은 콧노래를 흥얼거렸다. 이제는 피할 곳도 없었다. 아니, 격전의 순간이 다가온 것이다. 피할 생각도 없었으며 이곳에서 끝장을 볼 생각이었다.

"온다. 준비하거라!"

가볍게 소리친 장홍의 목소리에 여기저기서 수많은 사람들이 분주하게 움직이기 시작했다. 이미 소초산의 무위를 한번 본 그들이었다. 그때만큼 부주의하게 행동하지 않을 것이다. 좀 더 조직적으로, 좀 더 강하게, 그리고 대담하게 덤빌 것이다.

"준비 끝났습니다."

손무수가 나무 위로 올라오다 중간쯤에 멈춰 서서 말하자 장홍이 고개를 끄덕였다.

"차륜전이다. 알겠지?"

"물론입니다."

"좋아."

손무수의 대답에 만족한 장홍은 곧 바닥에 내려왔다. 그리고 대로로 천천히 걸어나갔다. 그것도 주변이 백여 장 정도 되는 평평한 평지를 지나치는 곳이었다. 싸울 때 유리한 위치를 점하는 것이 기본이었기에 그렇게 한 것이다. 그 주변을 둘러싼 숲 속에는 혈마대의 인원들이 숨어 있었다. 그리고 따로 오십여 명의 인원들이 앞으로 나아갔다. 기습을 위해서이다.

소초산은 아무것도 모르고 있었다. 그저 흥얼거리는 콧노래를 스스로 만족하듯 중얼거리며 앞을 바라보고 있었다. 그러다 콧노래를 멈추곤 입을 열었다.

"그러니까… 네 말은 그 란이라는 아이 때문에 저놈이 저렇게 되었다는 것이지?"

"물론입니다, 소 공자."

소초산의 말에 차홍이 공손한 표정으로 대답했다. 그러자 임파영이 인상을 찌푸렸다.

"쓸데없는 말은 하지 말라고 했지?"

"아! 하지만… 말 안 하면 때린다고 하시니……."

염옥림이 주먹을 쥐며 인상을 썼다. 그러자 임파영이 차가운 눈으로 염옥림을 쏘아보았다. 그러자 염옥림이 혀를 내밀며 말했다.

"그렇게 봐도 내가 무서워할 것 같아? 지금은 닭 모가지 비틀 힘도 없잖아? 이 기회가 아니면 언제 내 손으로 마도를 때려봐. 그지, 그지?"

"물론이지, 암……."

"흥! 내가 무공이 회복되면 그냥 넘어갈 거라 생각했냐?"

"그냥 이 기회에 저 녀석 단전을 파괴하는 것은 어떨까?"

순간적으로 임파영의 등줄기에 식은땀이 흘러내렸다. 염옥림의 서늘한 말 때문이다. 어떻게 들으면 잔인한 말이었기 때문이다. 그리고 소초산은 그럴 능력이 있었다. 임파영의 안색이 굳어졌다.

소초산은 고개를 저으며 미소 지었다.

"한번 생각 좀 해보고……."

그 말에 임파영의 안색이 더욱더 무겁게 변하였다. 그 순간이었다. 마차가 숲길로 들어서는 순간 경쾌한 바람 소리가 일어난 것은.

쉬악!

검을 앞으로 찔러가며 한 명의 인영이 바람처럼 튀어나왔다. 소초산의 표정이 굳어지며 검을 뽑아 앞으로 찔렀다. 사람을 향한 것이 아니라 말을 향한 일격이었다.

퍽!

"큭!"

말을 찌르기 위해 몸을 날렸던 검은 괴한이 신음성을 삼키며 뒤로 물러섰다. 허벅지에 찔렸기 때문이다.

"살인에 익숙하지 않으면 언젠가 후회하게 될 거다."

그 모습에 임파영이 차가운 목소리로 말했다. 그가 볼 때 소초산은 정이 너무 많은 검을 썼기 때문이다. 그것이 그의 유일한 단점이었다. 그것을 잘 아는 임파영이었다. 소초산은 그 말에 그저 담담한 표정으로 검을 들었다.

"누구냐?"

염옥림이 소리치자 다리를 절며 뒤로 물러서던 괴한이 차갑게 웃었다.

"빙신."

쉬아악!

순간 세 명의 괴한이 위에서 떨어져 내렸다. 그들의 일격은 강했으며 무거웠다. 그것을 느낀 소초산이 굳은 표정으로 고개를 들었다. 순간 소초산의 안색이 굳어졌다. 그들이 노린 것은 소초산이 아니라 뒤에 타고 있는 차홍과 임파영이었기 때문이다.

"수를 쓰는데……?"

소초산이 인상을 쓰며 검을 위로 쳐올렸다. 순간 세 가닥의 검기가 바람처럼 떨어지는 괴한에게 날아들었다. 괴한들의 검이 방향을 바꾸며 그 검기를 향했다.

따다당!

금속음이 울리며 신음성과 함께 괴한들의 신형이 방향을 틀어 뒤로 날아갔다. 부딪치는 순간 일어난 충격 때문이다.

휘익!

땅을 밟은 괴한들이 재빠르게 신형을 틀어 수레를 향해 달려들었다. 그 순간 좌우의 숲에서 십여 명의 검수들이 튀어나와 날아들었다. 소초산의 표정이 굳어졌다. 다른 이유는 없었다. 그저 귀찮았기 때문이다.

"집요한 놈들 같으니라고."

소초산은 투덜거리며 신형을 회전시켰다. 순간 그의 모습이 세 명으로 변하며 좌우와 뒤로 분리되었다. 그 신비한 모습에 달려들던 무사들이 순간 주춤거렸다. 그 틈을 놓치지 않은 소초산은 뒤에서 날아드는 세 명을 향해 십여 개의 검기를 뿌렸으며 좌우에서 달려들던 무사들을 향해서도 십여 개의 검기를 뿌렸다.

세 명으로 분리된 그의 모습은 마치 분신을 보듯 같은 자세였다. 앞으로 검을 쭉 내민 세 명의 그림자가 앞으로 쭉 뻗어나가는 자세를 취한 후 재빠르게 회전하며 한 명으로 만났다. 절정의 보법을 보이며 만들어진 환상이었다.

달려들던 무사들도 잠시 걸음을 멈출 정도로 멋들어진 모습이었다. 그 결과 그들은 어깨가 뚫리는 고통을 맛봐야 했다.

"크악!"

그들의 입에서 저절로 비명성이 터져 나왔으며 어깨를 잡으며 뒤로 물러섰다. 소초산의 검이 좀 전보다 강도가 높아진 것이다.

시선을 앞으로 돌린 소초산은 순간적으로 수레를 멈춰 세웠다. 앞을 바라보자 백여 명의 무인들이 살기를 뿌리며 넓은 공터에 가득 차 있었다. 그들의 앞으로 두 명의 부대주인 손무수와 우전방이 서릿발 같은 차가운 표정으로 서 있었다.

"가히 절륜할 무공이로구나……."

손무수가 중얼거리며 도를 들었다. 우전방도 고개를 끄덕였다. 그러자 뒤에 서 있던 무사들이 빠르게 이동하며 원을 그렸다.

"호오… 녀석들, 차륜전을 사용할 모양인데?"

누워 있던 임파영이 실낱같은 미소를 보이며 말하자 염옥림이 쏘아 보았다. 그러자 임파영은 소초산을 향해 다시 말했다.

"이런 경우는 처음 당해보나? 당황한다고 해결될 문제가 아닐 텐데?"

소초산은 그 말에 가볍게 미소만 보였다. 순간 소초산의 머리카락이 가볍게 휘날리기 시작했다. 염옥림과 임파영은 순간적으로 바람이 부는 것이라 착각했다. 하나 바람은 불지 않았다. 임파영은 굳은 표정으로 소초산의 뒷모습을 바라보았다. 그의 옷자락도 휘날렸으며 그의 기도가 범상치 않게 변하였기 때문이다.

"그런 쓸데없는 짓을 왜 하는 것인데?"

"뭐가 말인가?"

임파영의 물음에 소초산은 시선을 돌리며 미소 지었다.

"차륜전."

"그건……."

일순 임파영은 말문이 막혔다. 차륜전을 하는 이유를 모르는 것 같았기 때문이다. 설마 하니 그것을 모를까? 하나 소초산의 물음은 진지했다.

"일반적으로 차륜전을 하는 이유는 강한 자를 약한 자가 상대할 때 혼자보다 여럿이서 덤빈다는 뜻이지. 늑대 무리가 사냥을 하듯이 말이야. 그놈들은 떼거지로 몰려다니면서 한 마리의 먹잇감을 사냥하는데 그 모습이 대단해서 무인들이 가장 상대하기 어려운 동물을 늑대로 꼽아. 호랑이보다 더 까다로우니까. 한 마리면 호랑이가 제일 무섭겠지만 말이야."

염옥림이 친절하게 설명하자 소초산은 고개를 끄덕였다.

"그러니까 약한 놈들이 혼자서는 안 되니까 여럿이서 함께 덤빈다는 뜻이군?"

"그렇지."

"누가 약한 놈들이냐!"

우전방이 소초산과 염옥림의 대화에 화난 표정으로 소리쳤다. 소초산이 고개를 돌려 그들을 바라보았다.

"그럼… 당신들이 약한 놈들 아니었어?"

순간적으로 손무수와 우전방의 이마에 힘줄이 튀어나왔다. 이런 모욕적인 말을 받아보기는 처음이었기 때문이다.

"쳐라!"

쉬릭!

큰 원을 그린 무사들이 앞으로 나오다가 두 명 중 한 명만이 앞으로 튀어나갔다. 마치 약속이라도 한 듯 손무수와 우전방도 우전방이 먼저 나섰다. 그렇게 공간을 좁히며 검은 그림자들이 앞으로 튀어나가다 십여 명이 땅을 차며 위로 올라갔다. 공간이 좁혀지며 그들이 치고 들어갈 자리가 없었기 때문이다. 물론 그런 이유도 있지만 더 많은 공간을 메우기 위해서였다.

소초산은 오 장여를 남기고 결국 열 명만이 도를 뽑아 달려드는 것을 보았다. 달려오면서 빠진 것이다. 빠진 사람들은 이선에 있었다. 그 뒤로 삼선과 사선을 치며 네 겹의 벽을 쌓고 달려오는 모습이었다.

대충 앞으로의 전개를 예상한 소초산은 검을 들어 흔들었다. 순간 검날이 거대하게 빛을 뿌리며 커졌다. 하늘 높이 솟은 거대한 검날은 유형의 빛을 띠고 있었다. 마치 산이라도 쪼갤 듯 거대하게 커진 검날의 모습에 순간적으로 달려들던 무사들의 눈동자가 부릅떠졌다.

"피하지 않으면 다친다!"

휙!

하늘을 향한 거대한 검이 땅으로 떨어졌다.

콰콰쾅!

거대한 폭음성과 함께 땅이 터지면서 솟아오른 풀들과 흙덩이들이 사방으로 날아올랐다.

"이럴 수가……."

손무수는 멍하니 길게 파인 땅과 검을 늘어뜨린 소초산을 응시했다. 달려들던 무사들은 어느새 흩어져 있었으며 충격파에 당한 무사들이 땅에 쓰러져 신음성을 토하고 있었다.

오 장 정도의 길이로 깊게 파인 홈이 수레의 앞으로 나 있었다. 단 한 번 검을 휘둘러서 그렇게 만든 것이다. 상상을 불허하는 모습이었다. 거기다 검이 그렇게 거대하게 변하는 모습을 본 적도 없었다.

"도대체 네놈은 어디서 나타난 놈이란 말이냐……?"

우전방이 도를 든 손을 미미하게 떨며 말했다. 그의 목소리도 떨리는 것 같았다. 소초산은 수레에서 내려와 천천히 앞으로 걸었다. 말을 두드려서 뒤로 몇 걸음 물러서게 한 소초산이 검을 늘어뜨리며 미소 지었다.

"차륜전을 한다면서? 어디 한번 구경 좀 해보자."

"이놈이……."

우전방이 도를 굳게 움켜쥐며 입술을 깨물었다. 쓰러진 수하들 중에 상당수가 신음을 토하며 일어섰다. 기절한 녀석들도 있었지만 그들이 일어나는 모습에 우전방의 눈동자가 빛났다. 죽은 사람이 없는 것 같았기 때문이다.

"멈춰라."

우전방은 뒤에서 들려오는 목소리에 고개를 돌리다 허리를 숙였다. 장홍이었기 때문이다. 장홍은 붉은 무복을 입고 있었다. 가늘게 떠진 눈동자가 소초산을 향하고 있었다. 소초산도 장홍의 모습을 눈에 담으며 표정을 굳혔다.

"귀신은 아니었군……."

소초산이 작은 목소리로 말하자 장홍이 차가운 미소를 보였다.

"귀신이라고 착각했었나?"

"뭐… 꼭 그렇다는 것은 아니라, 갑작스럽게 나타나서 말이야. 전혀 생각지도 못했던 사람인데 눈앞에 나타났다고 생각해 봐? 그것도 분명히 죽은 놈이."

"웃기는 놈이군. 누가 죽었다는 말이냐?"

"지금 말하는 놈."

"하하하하! 나 장홍에게 이렇게까지 싸가지없게 구는 놈은 천하에 네놈 단 하나뿐일 것이다. 하나 인정해 주마. 네놈은 충분히 그럴 만한 자격이 있다. 하지만 그 입도 오늘로서 끝이다. 그 주둥아리를 내가 틀어막아 줄 테니까."

장홍의 칼날 같은 서늘한 목소리에 소초산은 왼손으로 자신의 입을 만졌다.

"큰일날 소리를."

소초산이 놀란 표정으로 대답했다. 입이 없으면 어떻게 산다는 말인가? 입이 있어야 자고로 먹을 수가 있으며 말을 할 수 있는 낙이 생기는 법이다.

"어떻게 살 수가 있었나? 아직도 그게 의문이야. 며칠 동안 네놈이 꿈에 나타나는 바람에 잠을 설치기도 했지. 내가 의외로 귀신을 좀 무서워하거든."

"그럼 내가 지금 네 눈에는 사람으로 보이나?"

장홍의 미소 띤 말에 소초산의 표정이 굳어졌다. 심각하게 장홍을 살피기 시작한 것이다. 발끝부터 머리끝까지 찬찬히 살핀 소초산은 이내 고개를 끄덕였다.

"귀신은 확실히 아닌데… 어디 한번 확인해 볼까?"

쉬릭!

말이 끝나기 무섭게 소초산의 신형이 앞으로 뻗어나가며 장홍의 가슴을 찔러갔다. 장홍은 가볍게 옆으로 물러서며 길게 뻗어 나온 검기를 피했다. 그러자 검기가 채찍처럼 휘더니 가슴을 베어왔다. 소초산의 검이 횡으로 회전한 것이다. 장홍은 가볍게 손을 앞으로 내밀어 검기와 부딪쳤다.

팍!

먼지가 일어나며 검기가 사라졌다. 팔을 앞으로 뻗은 소초산의 눈동자가 빛났다. 전과는 달랐기 때문이다. 그 표정 또한 달라질 수밖에 없었다.

"정말 사람이군."

소초산의 목소리에 장홍의 눈동자가 빛나며 입가에 살기를 미소로 꽃피웠다.

"사람이니까 이렇게 서 있지. 거기다 여자도 좋아하고 말이야."

장홍의 시선이 염옥림에게 향하자 염옥림이 놀라 자신도 모르게 손으로 어깨를 감싸며 몸을 돌렸다. 장홍이 어떤 놈인지 알기 때문이다.

"저 파렴치한 놈이."

염옥림이 중얼거리며 말하자 임파영은 흥미가 있는 시선으로 책상다리를 한 채 앉아 장홍을 살폈다. 자신이 볼 때 장홍은 분명한 고수였다. 또한 알 수 없는 그 기이한 기세가 생각보다 강하다는 것을 느꼈다.

"어떤 녀석이지?"

임파영의 낮은 목소리가 염옥림을 향하자 염옥림이 인상을 찌푸리며 말했다.

"사파의 노마두라 불리는 장홍이야."

"아… 장홍……."

임파영이 그 말에 눈을 빛내며 고개를 끄덕였다. 자신도 들어봤던 이름이기 때문이다. 또한 절대고수라는 것 역시 알고 있었다. 임파영은 자신과 장홍을 저울질하기 위해 그들의 대결을 눈여겨봐야 한다고 생각했다. 다른 이유는 없었다. 소초산에게 당한 것을 갚기 위한 복수를 생각해야 했기 때문이다.

"그럼, 어디… 가볼까?"

휘릭!

장홍의 오른손에 검은 기류가 회오리치며 어깨까지 휘감아 올라갔다. 혈마신공(血魔神功)을 펼치기 위함이다. 흑마수(黑魔手)와 혈정비검(血精飛劍)을 내심 준비하며 온몸에 혈마신공을 감고 돌았다. 소초산도 그 모습에 가볍게 검을 한번 흔들었다. 그러자 검명이 울리며 주변으로 가벼운 바람을 만들어주었다.

장홍의 오른팔에 감고 있던 기류가 서서히 줄어들더니 팔로 흡수되어 들어가는 것 같았다. 그 모습에 소초산은 눈을 빛냈다. 곧 장홍의 손이 검게 변하더니 얼마 지나지 않아 백색으로 변하는 것 같았다. 그러더니 다시 원래의 색으로 변하였다. 극성으로 흑마수를 끌어올린 것이다.

장홍은 미소를 그리며 오른손을 가슴 앞으로 들었다. 그 표정은 자신감이었다. 극성까지 흑마수를 끌어올린 적이 없었다. 오직 지금 한 번뿐이었다. 그렇기 때문에 더욱 자신감이 붙은 것이다.

"오늘은 내 평생에 있어서 가장 기억에 남는 날이 될 것이네."

장홍의 말에 소초산이 검을 늘어뜨리며 굳은 표정으로 대답했다. 심상치 않다는 것을 피부로 느끼고 있었기 때문이다.

"오늘이 지날 때까지 살아 있다면 그렇겠지?"

소초산도 이미 마음속으로 정한 상태였다. 그것은 단호한 결의였다. 장홍만큼은 절대로 살려둘 생각이 없었던 것이다.

"좋은 말이다. 내가 할 말을 대신 해주는구나!"

획!

장홍이 소리치며 땅을 박찼다. 그의 그림자가 빛살처럼 소초산의 안면으로 날아들었다. 앞으로 뻗어 나온 것은 손끝.

순간 소초산이 손을 잘라 버릴 듯 원을 그렸다. '핑!' 거리는 날카로운 소성이 울리며 백색 유형의 검기가 뻗어 나와 검과 함께 호선을 그렸다. 장홍은 차가운 미소를 보이며 검기를 피할 생각도 없이 더욱 강하게 파고들었다. 소초산의 검기가 팔에 닿는 순간 소초산의 표정이 굳어졌다.

팍!

검기가 조각나듯 사라진 것이다. 놀란 소초산이 재빠르게 발을 움직였다. '팟!' 거리는 소리와 함께 소초산의 자리에 장홍의 모습이 나타났다. 앞으로 뻗어가던 그의 손끝에 강력한 경풍이 휘몰아치며 앞으로 계속 뻗어나갔다. 하나 소초산은 없었기에 빈 허공을 친 것이다. 물론 내력을 거두었지만 남은 잔력이 그런 경풍을 만들어주었다. 위력이 대단하다는 것을 반증하듯 강한 바람이었다.

장홍은 고개를 돌리며 재빠르게 발을 움직였다. 호선을 그리듯 우측으로 소초산의 검날이 십여 개의 검기를 뿌리며 날아들었기 때문이다.

"언제까지 잔재주로 나를 상대하려 하느냐!"

장홍이 소리치며 오른손을 앞으로 뻗었다. 순간 검은 손이 거대한 모습으로 나타났다.

쿵!

"헛!"

그 모습에 놀란 소초산이 검을 상하좌우 종횡으로 마구 그으며 뒤로 재빠르게 물러섰다. 수많은 검기들이 거미줄처럼 엉키며 거대한 손을 막았다.

"이야아압!"

장홍이 소리치며 거미줄 같은 검기 다발을 무시하며 밀고 들어왔다.

콰콰콰!

거대한 손 그림자와 부딪친 검기가 조각나듯 사라지며 앞으로 날아들자 소초산의 눈동자가 빛나며 검이 하늘로 올라갔다. 그러자 검이 순간적으로 거대하게 변하였다. 전에도 보인 적이 있는 대파검(大破劍)이었다. 거대하게 변한 검이 밑으로 떨어졌다.

팍!

거대한 손이 순간 대파검과 부딪치며 반으로 잘렸다. 놀란 장홍이 재빠르게 오른손을 위로 들어올렸다.

쾅!

폭음 소리가 울리며 강력한 충격파가 사방으로 태풍처럼 휘몰아쳤다. 주변에 서 있던 무사들이 오십여 장의 거리를 두고 물러섰다. 그 여파에 닿으면 휘말리기 때문이다.

"큭!"

장홍이 침음을 삼켰다. 생각보다 충격이 주는 아픔이 컸기 때문이다. 순간 머리 위로 그림자가 지는 것을 알았다. 순간적으로 시선을 위로 올리자 태양을 가리고 있는 소초산의 검은 모습이 눈에 들어왔다. 눈으로 확인하는 찰나에 태양처럼 빛나는 수백 개의 우박이 떨어져 내렸다. 검기 다발이었다.

폭우검(暴雨劍)을 펼친 것이다.

슈슈슈슉!

수백 개의 검기 다발이 장홍의 눈동자에 어렸다. 순간 장홍은 내력을 끌어올리며 하늘을 향해 손바닥을 폈다. 원형의 검은 고리가 십여 개나 일어나기 시작한 것도 그때였다.

"으아압!"

콰콰쾅!

기합성이 터지며 폭음성이 연속적으로 계속해서 터져 나왔다. 방원 십여 장을 가득 메우며 떨어지는 검기의 우박이었기 때문이다.

콰콰콰쾅!

폭음성이 또다시 허공중에 터져 나왔다. 장환(掌環)과 부딪치며 일어난 충격음과 파동이 허공중에서 원형을 그리며 사방으로 퍼져 나갔다.

차홍은 지금 벌어지고 있는 일에 멍하니 눈을 부릅뜨며 입을 벌리고 있었다. 입에서 침이 조금 흘러내렸다. 그 느낌에 번뜩 정신을 차린 차홍이 부릅뜬 눈으로 임파영을 바라보았다.

"저 사람들은 도대체 뭐 하는 사람들입니까? 아니, 어디에서 온 사람들입니까?"

차홍의 말에 임파영이 굳은 표정으로 대답했다.

"무림인이다."

짧게 대답했다. 차홍은 임파영에게서 들을 수 있는 대답이 그게 한계라는 것을 알고 있었다.

'누가 무림인이라는 걸 몰라서 묻나? 쳇!'

마음속으로 투덜거리며 고개를 돌린 차홍은 눈을 부릅뜨기 시작했다. 자신의 눈에는 일반적인 무림인들이 싸우는 모습과는 전혀 거리가 먼 모습이었다. 도저히 상상할 수도 없는 일들이 눈앞에서 펼쳐졌기 때문이다. 하늘에서 떨어지는 우박 같은 검들은 생전 처음 보는 환상

과도 같은 장관이었다.

"어떻게 저럴 수가 있단 말인가? 그럼 지금까지 내가 본 무림인들은 도대체 또 뭐란 말인가? 다 삼류잡배?"

차홍이 허탈한 듯 놀란 표정으로 중얼거리자 염옥림이 고개를 돌리며 말했다.

"좀 조용히 해. 그리고 저놈들이 네 눈에는 무림인으로 보여? 저것들은 그냥 괴물이야, 괴물. 일반적인 무림인이라고 생각하면 그게 착각이겠지? 그리고 이런 기회는 흔히 오는 게 아니니까 봐두는 것이 좋을 거야. 상승의 무공 경지를 뛰어넘은 무학(武學)의 경지에 다다른 사람들만이 저런 모습을 보이니까."

"예. 염 소저, 알겠습니다."

차홍이 대답하며 눈을 크게 떴다. 하지만 도저히 자신의 눈으로는 그들의 움직임을 따라가지 못했다. 그저 수십 명의 소초산과 수십 명의 장홍으로만 보였다.

"제길, 뭐가 뭔지 알아야……"

차홍은 투덜거렸다. 차홍과는 달리 염옥림의 눈에는 소초산이 세 명으로 장홍도 세 명으로 보였다. 임파영만이 그들의 움직임을 따라가고 있었다. 그것도 약간의 시간 차를 두고서. 임파영은 그렇기 때문에 굳은 표정을 유지하고 있었다. 자신과 이들은 그 약간의 시간 차이만큼 차이가 난다는 것을 알았기 때문이다. 그리고 그 약간이 얼마나 멀고 높은 벽이라는 것도 알고 있었다.

'개새끼들……'

그저 높은 목표가 있다는 것에 마음으로만 욕을 할 뿐이었다.

쾅!

장흥이 뒤로 밀려 나가며 인상을 찌푸렸다. 거대한 먼지구름이 허공으로 솟구치는 순간 먼지구름이 '뻥!' 거리며 뚫리듯 원형으로 뚫렸다. 그 사이로 소초산의 그림자가 날아들었다.

검을 앞으로 뻗고 있는 소초산의 검날이 순간 미미하게 흔들렸다. 폭우검을 작게 펼친 듯 수십 개의 검날들이 빛살처럼 장흥을 향해 날아들었다.

'괴물 같은 새끼…….'

자기 스스로 자신을 생각할 때 괴물이었다. 하지만 지금 싸우고 있는 상대 역시 괴물이었다.

파파파팟!

손을 움직이며 검기의 다발을 쳐냈다. 그러자 소초산의 신형이 코앞으로 다가왔다.

핑!

검날이 햇살에 반짝이며 목을 향해 반원을 그리며 쳐왔다. 아무리 검기가 강하다고 하여도 검강을 구사한다 하여도 직접적으로 들고 있는 검날은 그것마저도 능가하는 날카로움을 지니고 있다. 그렇기 때문에 검기를 사용하는 고수를 만나면 거리를 두고 상대하는 것이다. 거리가 멀어지면 멀어질수록 그 위력이 약해지기 때문이다.

소초산의 차가운 눈동자가 확고한 결단을 내린 듯 유연한 살기를 은연중 보이고 있었다. 그리고 빨리 끝을 낼 생각인 듯 신속하게 움직이고 있었다.

"흡!"

장흥이 침음을 삼키며 발을 움직였다. 그 순간 소초산의 운중검이 장홍의 목을 잘랐다.

퍽!

후두둑!

순간적으로 소초산의 눈동자가 굳어졌다. 떨어진 것은 머리카락이었기 때문이다. 눈에 마주치고 있는 것은 장홍의 얼굴이었다. 그리고 장홍의 목에 검은 선이 그어져 있었다. 그런 장홍의 표정은 웃고 있었다.

스륵!

장홍의 신형이 흐릿하게 사라졌다. 이형환위(移形換位)의 고도의 움직임을 순간적으로 보인 것이다.

"나를 죽이려면 그림자마저도 잡아야 할 것이다, 소초산!"

쉬악!

순간 소초산의 머리 위로 거대한 검은 구름이 떨어져 내렸다. 그것은 세상을 검게 덮을 구름이었다. 그 구름 자체가 강기(罡氣) 덩어리라는 것이 순간적으로 소초산의 머리를 스쳤다. 주변으로 회오리치는 거대한 경풍과 강력한 중압감 때문이다.

검은 구름이 삼 장 정도의 거리를 두는 찰나 소초산의 발목까지 땅으로 꺼져 들어갔다. 소초산의 표정이 더없이 굳어졌다.

순간 소초산의 머리카락이 하늘 높이 숫구치며 백색과 검은색이 절반으로 나타나기 시작했다. 그런 모습이 순식간에 흐릿하게 변하더니 희미한 선만이 얼굴의 반을 갈랐다. 그 짧은 순간 대양신공을 자신이 할 수 있는 한계를 넘어 극도로 끌어올린 것이다. 하나 시간이 촉박했다.

검을 하늘로 향하는 순간 검은 구름이 소초산을 덮쳤다. 그 순간 소초산의 신형이 땅으로 꺼졌다. 마치 거대한 검은 바위가 사람을 깔아 버리는 모습 같았다. 그 모습이 염옥림의 눈에 느릿한 그림처럼 천천히 지나쳤다.

쿠콰쾅!

"꺄악!"

염옥림이 양손으로 얼굴을 가리며 고개를 돌렸다. 차마 눈뜨고 볼 수 없었기 때문이다.

"……."

임파영의 두 눈도 놀라 부릅뜨고 있었다. 자신의 눈에도 소초산이 거대한 바윗덩어리에 깔린 모습처럼 보였기 때문이다.

"이럴 수가……."

임파영도 저도 모르게 중얼거렸다. 소초산이 누구인가? 인정하기 싫지만 자신도 두 수는 접고 들어가는 녀석이었다. 그런 소초산이 지금 검은 구름에 깔렸다. 마치 피떡이 된 것 같은 모습이 머릿속을 스쳤다. 믿을 수가 없었다.

"초산… 초산!"

염옥림이 붉어진 얼굴로 소리쳤다. 염옥림의 표정은 울상이었다. 그녀의 눈에 깔려 들어가던 소초산의 모습이 선명하게 남아 있었기 때문이다.

"하하하하!"

장홍이 양손을 벌리며 크게 소리 높여 웃기 시작했다.

"으하하하하!"

장홍은 큰 소리로 웃었다. 그것은 통쾌함이 담긴 웃음소리였다. 소초산 같은 고수를 이겼다는 생각을 하자 기분이 좋았던 것이다. 그 앞에 삼 장의 거리를 두고 소초산의 모습이 보였다. 삼 장 정도의 거대한 원형을 그리며 깊게 파인 공간 안으로 소초산의 대 자로 뻗은 모습이 있었다.

헝클어진 머리카락과 여기저기 뜯겨진 옷자락이 처참하게 보였다.

"그럼 목을 잘라야지."

장홍이 중얼거리며 깊게 파인 골 안으로 걸음을 옮겼다. 순간 중앙에 누워 있던 소초산의 손이 미묘하게 움직였다. 그 변화가 장홍의 눈에 박혀들었다. 순간적으로 놀라 뒤로 물러섰다.

번뜩!

눈을 뜬 소초산이 재빠르게 일어섰다. 그런 소초산의 눈동자가 장홍을 향하고 있었다.

"아주 잠깐이지만 스승님이 도화원에서 놀고 계시더군. 도화원에서 말이야……."

소초산이 중얼거리며 허리를 이리저리 움직였다. 옷에 묻은 흙과 먼지를 털기 위함이다.

뚜둑!

목을 몇 번 움직이자 어긋나는 듯한 소리가 흘러나왔다. 희미한 흑백의 얼굴에 기괴한 미소가 입가에 담겼다.

"잠깐이었는데 스승님이 그러더군. 아직 이곳에 올 때가 아니라고."

순간 장홍의 표정이 굳어졌다. 소초산의 말을 종합하면 죽었다가 살았다는 뜻이 되기 때문이다.

"그 스승 누구인지 몰라도 나에게는 안 좋은 놈이로군. 죽인 놈을 살렸으니 말이야."

장홍의 군은 목소리에 소초산이 피식거렸다.

주륵!

순간 소초산의 이마를 타고 핏물이 흘러내렸다. 어디가 터진지 모르지만 머리에서 흘러내린 핏방울이 얼굴의 반을 쪼개듯 타고 흘러내렸다.

장홍이 인상을 찌푸리며 오른손의 검지를 입에 물었다. 살짝 물자 검지손가락에서 핏방울이 흘러내렸다. 곧 손을 내린 장홍은 싸늘한 표정으로 말했다.

"역시 네놈은 이걸로 끝낼 수밖에 없어……."

핏!

순간 그의 검지에 핏빛 붉은 선이 튀어나왔다. 마치 침봉 같은 얇고 날카로운 송곳이었다. 그 모습에 소초산이 검을 들어올리며 눈을 빛냈다. 한번 봤던 것이기 때문이다. 혈정마공이라고 들었던 것 같았다. 거기다 저 피로 만든 검은 닿기만 해도 강력한 독에 중독된다는 것도 알고 있었다.

"간다, 애송이."

"덤비거라, 늙다리."

쉬악!

장홍의 신형이 땅을 박차며 소초산을 압박해 들어갔다. 그의 혈색 검이 소초산의 전신을 수십 조각으로 잘라 버릴 듯 수많은 적색의 반원을 만들었다. 소초산의 그림자가 빠르게 움직이며 검날이 급박하게 회전하기 시작했다.

따다다당!

수십 개의 원형의 검 그림자와 적색의 혈선들이 교차하기 시작했다. 장홍이 소초산의 검날을 쳐가며 기합성을 외쳤다.

"합!"

소초산의 안면으로 왼손을 앞으로 뻗자 적색 고리가 앞으로 튀어나갔다. 소초산의 표정이 굳어지며 옆얼굴로 날아드는 핏방울에 신형을 재빠르게 회전시키며 앉았다. 그 순간 장홍의 양다리를 향해 검날을 베었다.

쾅!

핏방울이 소초산을 지나 나무에 부딪치며 폭발했다.

휘리릭!

장홍과 소초산의 신형이 허공중에 마주치며 십여 줄기의 백색 선과 혈색의 선을 만들었다. 그들의 모습은 환상처럼 수십 개로 변하고 있었다.

염옥림은 안도의 한숨을 내쉬며 그들의 대결을 지켜보고 있었다.

"그럼 그렇지… 암……."

가슴이 조마조마했었다. 급작스러운 일이었고 충격도 컸었다. 그런 상태에서 소초산이 일어났다. 그 기쁨이란 말로 표현할 수 없을 만큼 좋았다.

"아자자! 초산 이겨라!"

염옥림이 소리 높여 외쳤다. 그러자 저도 모르게 임파영이 손을 높이 올렸다.

"아자! 아자!"

순간 차홍과 염옥림의 시선이 임파영에게 향하였다. 임파영은 그들과 눈이 마주치자 손을 내리며 차가운 표정을 지었다.

"저 녀석이 진다면 우리도 죽어."

주변을 둘러보며 그렇게 말하자 염옥림과 차홍도 수긍하는 듯 고개를 끄덕였다. 수레의 주변을 감싸고 있는 혈마대의 싸늘한 시선들이 냉혹하게 빛나고 있었다. 그들은 언제라도 덮칠 듯한 기세였다.

단지 장홍과 소초산의 대결이 너무도 대단하여 그들의 대결에 집중하고 있을 뿐이었다. 그들의 대결이 어느 정도 지나 한쪽으로 기운다면 그들은 행동을 보일 것이다. 염옥림과 임파영, 차홍은 그것이 소초산 쪽으로 되기를 바라야 했다.

"큭!"

장홍이 신음성을 토하며 뒤로 물러섰다. 옆구리부터 가슴까지 얇은 선이 그어지며 옷자락이 잘렸다. 그리고 붉은 선이 한 줄 그려지자 광포한 살기를 얼굴에 담았다.

"이 녀석……."

"검으로 상대하려면 족히 천 년은 수련해야 할 거야."

소초산이 검을 들어올리며 말하자 장홍의 표정이 더없이 차갑게 변하였다. 그러다 낮은 자세로 검지 손가락을 옆으로 세운 장홍이 미소 지었다.

"건방진 녀석."

퍽!

"헉!"

소초산이 눈을 부릅뜨며 왼 어깨를 잡았다. 언제 뚫린 것일까? 그곳에 작은 구멍이 나 있었으며 붉은 핏물이 어깨를 붉게 물들이기 시작했다. 인상을 찌푸린 소초산이 장홍을 응시했다. 장홍도 소초산을 응시하며 사나운 표정을 지었다. 점점 주변의 공기가 무겁게 변해가고 있었다.

'극성의 혈정비검을 펼치지 않는 이상 힘들 것이다.'

'검강(劍罡)으로 날려 버려야 한다.'

각각 서로의 얼굴을 바라보며 생각을 굴렸다. 소초산의 약간 흐릿한 검은 반쪽의 얼굴이 핏빛으로 물들었다. 어느새 흘러내린 핏방울이 그렇게 얼굴을 덮은 것이다. 상의도 점점 붉게 물들어가고 있었다. 이대로 계속된다면 위험했다. 그것을 스스로도 알고 있었다.

장홍도 마찬가지였다. 소초산에게 일격을 가하기 위해 내공을 극도로 모아 흑마수를 펼친 후라 많이 지친 상태였다.

소초산은 검을 가슴 앞으로 들었다. 두 눈 사이에 검면을 멈춰 세운 소초산은 두 눈을 번뜩이며 장홍을 노려보았다.

"호오… 결의를 다지는가?"

장홍의 미소 띤 목소리에 소초산이 서늘한 안광을 빛냈다.

"이대로 싸우는 것은 귀찮으니까."

소초산의 말에 장홍이 고개를 끄덕였다. 검지만을 폈던 오른손을 쫙 펼치자 다섯 손가락에 마치 손톱이 길어진 것처럼 혈선이 길게 뻗어 나왔다.

휘이잉!

순간 강력한 바람이 소초산의 주변에서 회오리치기 시작했다. 장홍의 옷자락도 펄럭이기 시작했다. 그러던 어느 순간 장홍의 신형이 벼락처럼 혈선을 그리며 쏘아져 나갔다. 지금까지 한번도 펼친 적이 없는 무적혈(無敵血)이었다.

그것은 적색의 번개였다. 마치 하늘에서 떨어진 번개처럼 선을 그리며 앞으로 뻗어나가는 모습은 뇌전을 방불케 했다.

슈악!

순간 거대한 빛무리가 원형으로 피어났다. 그리고 뇌전이 날아드는 찰나 거대한 원이 손 앞으로 모이며 사방을 밝게 비추며 앞으로 뻗어나갔다.

콰콰쾅!

엄청난 폭음성과 환한 빛무리가 사방을 가득 채웠다.

"으으윽!"

침음성을 삼키며 비틀거리던 장홍이 뒤로 물러서다 쓰러졌다. 상의는 없어진 지 오래인 듯 없었고 바지도 허벅지까지 뜯어진 모습이었다. 어디서 피가 나오는지도 모를 핏물에 상체는 붉게 물들어 있었다. 헝클어진 머리카락이 얼굴을 덮고 있던 장홍은 앞을 바라보고 있었다.

"미… 친 새끼."

장홍의 입을 통해 나온 것은 욕이다. 그리고 상대에 대한 자신의 생각이었다. 자신이 볼 때 소초산은 미친놈이었다. 미치지 않은 이상 어떻게 자신의 무적혈을 이렇게 받아낸다는 말인가?

"어이! 네놈이……?"

장홍은 비틀거리며 일어서다 소초산의 모습을 바라보며 눈을 크게 떴다.

소초산은 멍하니 앞을 보고 있었다. 상의는 뜯어져 있었으며 피로 물들어 있었다. 얼굴은 본래의 모습이었다. 헝클어진 머리카락 사이로 붉게 물든 얼굴이 장홍을 보고 있었다. 하나 눈동자는? 초점이 없었다. 멍한 눈동자였던 것이다.

검을 들고 서 있을 뿐 정신이 없어 보였다. 장홍도 그것을 느낀 듯 일그리던 인상을 조금씩 펴기 시작했다.

"후후… 하하하… 하하하하!"

장홍이 미친 듯이 소리 내어 웃기 시작했다. 소초산의 상태를 알았기 때문이다. 지금의 소초산보다 자신이 훨씬 유리하다는 것도.

소초산은 이미 정신이 없었다. 멍한 상태였던 것이다. 육체와 정신이 이기지 못할 충격을 당했기 때문이다. 이미 온몸에 힘이 없었으며 검을 들고 서 있는 것조차 힘들었다.

"후후후……."

크게 웃던 장홍이 다시 소리 죽여 웃으며 똑바로 섰다.

"일단 다른 놈들부터 처리하고 네놈의 목을 비틀어주마."

장홍은 차가운 미소를 보이며 신형을 돌렸다. 이미 소초산은 끝났다는 것을 알았기 때문이다. 선천진기까지 다 소모한 소초산의 텅 빈 눈동자가 그것을 말해주고 있었다. 지금은 소초산보다 소초산의 일행이 더 문제였다.

"합!"

쫘악!

기합성을 발하며 몸에 힘을 주자 장홍의 몸 주변으로 수십 개의 혈선들이 송곳처럼 튀어나왔다.

"초산!"

염옥림은 놀란 표정으로 수레에서 뛰어내렸다. 소초산에게 가기 위함이었다. 그녀의 신형이 빠르게 내달리자 그 앞으로 장홍의 그림자가 나타났다.

순간 염옥림의 눈동자에 장홍의 기괴하게 웃고 있는 얼굴이 나타났다. 양손을 앞으로 뻗어나가는 장홍의 손에는 혈색의 비검들이 뻗어 나오고 있었다. 염옥림의 눈동자가 부릅떠졌다.

소초산의 눈동자가 장홍의 뒤를 따랐다. 흐릿한 눈동자만이 장홍의 뒤를 느릿하게 따라가고 있었다.

아무런 생각도 머리에 없었다. 눈은 장홍의 뒤를 보고 있었지만 머리에는 아무것도 그려지지 않았다. 그런 눈동자에 장홍의 너머로 염옥림의 모습이 느리게 들어왔다. 그리고 장홍의 피로 얼룩진 손이 염옥림을 향해 뻗혀가는 모습도 천천히 잡혀 들어왔다.

소초산은 텅 빈 눈동자로 그 모습을 바라보았다. 그러던 어느 순간 심장이 크게 뛰었다. 아니, 염옥림의 일그러진 얼굴과 슬픔에 찬 눈동자가 소초산의 눈과 마주치는 순간 머릿속에 무언가가 터졌다.

순간적으로 소초산의 투명한 눈동자가 느릿하게 장홍의 뒤통수로 향했다. 문득 머릿속으로 어떤 생각이 스쳤을까? 소초산은 자신도 모르게 무언가를 생각했다.

'죽어……'

염옥림은 눈을 부릅떴다. 자신을 덮쳐 오던 장홍의 기괴한 얼굴과 사이한 미소 때문이다. 그 순간 무엇이 잘못되었을까? 장홍의 눈동자가 흔들렸다. 미소 짓던 얼굴도 일그러졌다.

핏!

작은 소리가 흘러나왔다. 덮쳐 오는 장홍의 머리부터 작은 혈선이 나타났다. 그 혈선은 천천히 얼굴의 반을 지나 배로 향하였다.

퍽!

"아악!"

좌우로 갈라진 두 개의 물체가 염옥림의 지나치며 좌우로 떨어졌다. 그 뒤로 소초산의 신형이 흐릿한 눈동자로 서 있었다. 멍한 염옥림의 눈동자가 그런 소초산의 눈을 향하고 있었다.

"헉!"

놀란 임파영이 자신도 모르게 일어섰다. 그런 임파영의 신형은 크게 떨고 있었다. 충격 때문이다. 너무도 거대한 충격이 머리를 때렸다. 그런 임파영의 입에서 작은 목소리가 흘러나왔다.

"심(心)… 즉(卽)… 살(殺)……!"

『청성무사』 6권으로 이어집니다

무한 상상 · 공상 세계, 청어람 신무협&판타지

『두령』, 『사마쌍협』을 보았다면
꼭 섭렵해야 할 월인의 최신작!

천룡신무(天龍神舞) / 월인 지음

2005년 무협계를 평정할
거대한 놈이 나타났다!

『천룡신무』
(天龍神舞)

처음에는 운 좋게 병신춤만 추는 인간들을 만나 사지육신을 온전히 보존하고 있는 줄 알았다.
그리고 십 년 동안 이상한 춤만 가르쳐 주고 몽둥이 휘두르는 법은 물론, 주먹 쥐는 법 하나
가르쳐 주지 않은 사부를 원망하기도 했었다.

하지만 이젠 그딴 거 필요없다.
사부께서는 용무(龍舞)를 열심히 수련하면 네놈 몸뚱이 하나는 네 마음대로 움직일 수 있다고 하셨다.
그리고 그렇게 만들어주셨다.
사부께서는 한계를 뛰어넘고 초식을 무너뜨리는 춤을 가르쳐 주신 것이다.

중원의 무공 따위는 눈 아래로 내려다볼 수 있는 춤!

그래서 천룡신무(天龍神舞)이리라…….

매력적인 작품 세계를 보여온 월인만의 매혹에 다시 한 번 유혹당한다!

유행이 아닌 자유추구 -
WWW. chungeoram.com

무한 상상 · 공상 세계, 청어람 신무협&판타지

『무정지로(無正之路)』의 화끈함을 계승한다!
작가 참마도의 두번째 작품!!

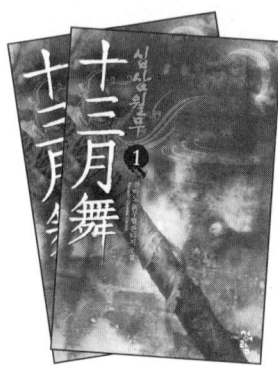

십삼월무(十三月舞) / 참마도 지음

거칠고, 사납게
휘몰아친다!

『십삼월무』
(十三月舞)

"난 살기 위해 싸울 뿐이오. 내 일을 하기 위해 싸울 뿐이고.
그리고 내… 마음속에 있는 사람들을 위해 싸울 뿐이오."

어둡고 무거운 저녁 안개 속을 뚫고서
살아 번뜩이는 야성의 눈동자!
피로 물든 천지 속에서 터져 나온
광포한 포효가 검진강호를 뒤흔든다!

유행이 아닌 자유추구 -
WWW.chungeoram.com